Ana La De Tejas Verdes

Por: L. M. Montgomery

Índice

CAPÍTULO I

La señora Rachel Lynde se lleva una sorpresa

La señora Rachel Lynde vivía donde el camino real de Avonlea baja a un pequeño valle orlado de alisos y zarcillos, y cruzado por un arroyo que nace en los bosques de la vieja posesión de los Cuthbert. El arroyo tenía reputación de ser torrencial e intrincado en su curso superior, entre los bosques, con secretos y oscuros remansos y cascadas; pero al llegar al Lynde's Hollow era una pequeña corriente, tranquila y bien educada, pues ni siquiera un arroyo podría pasar frente a la puerta de la señora Rachel Lynde sin el debido respeto por la decencia y el decoro. Probablemente se daba cuenta de que la señora Rachel estaría sentada junto a su ventana, observando con ojo avizor a todo el que pasaba, de arroyos y niños arriba, y si llegaba a reparar en algo extraño o fuera de lugar, no descansaría hasta descubrir el cómo y el porqué.

Existe mucha gente, tanto en Avonlea como fuera de allí, que puede meterse en la vida de los demás a costa del descuido de la propia. Pero la señora Rachel Lynde era una de esas personas mañosas que son capaces de vigilar al unísono los asuntos propios y los ajenos. Ama de casa notable, su trabajo estaba siempre hecho y bien; «dirigía» el Círculo de Costura, ayudaba en la Escuela Dominical y era el más fuerte puntal de la Sociedad de Ayuda de la Iglesia y de Auxilio a las Misiones en el Exterior. Y a pesar de todo eso, la señora Rachel hallaba tiempo abundante para sentarse horas enteras junto a la ventana de su cocina, tejiendo colchas de «algodón retorcido» —había tejido quince, como se sentían inclinadas a decir las amas de casa de Avonlea en voz reverente—, sin perder de vista el camino real que cruzaba el vallecito y subía la empinada colina roja. Debido a que Avonlea ocupaba una pequeña península triangular que entraba en el golfo de St. Lawrence, con agua a ambos lados, todo el que entraba o salía de allí debía tomar el camino de la colina y así pasar bajo el ojo atento de la señora Rachel.

Allí estaba sentada una tarde de principios de junio. El sol entraba, cálido y brillante, por la ventana; en el huerto de la cuesta, una zumbante nube de abejas cubría los capullos blancos y rojos. Thomas Lynde —un dócil hombrecillo a quien los habitantes de Avonlea llamaban «el marido de Rachel Lynde»— plantaba las semillas de nabo tardío en los campos situados más allá del establo y Matthew Cuthbert debía haber estado plantando las suyas en el gran campo rojo del arroyo, cerca de «Tejas Verdes». La señora Rachel lo sabía porque le había oído decir a Peter Morrison la noche anterior, en la tienda de William J. Blair, que pensaba sembrar sus semillas de nabo durante la tarde siguiente. Peter se lo había preguntado, desde luego, pues no había noticias de que Matthew Cuthbert hubiese dado en su vida, voluntariamente, información alguna.

Sin embargo, allí iba Matthew Cuthbert, a las tres y media de la tarde de un día laborable, cruzando plácidamente el pequeño valle en su carricoche y subiendo la colina; más aún, vestía sus mejores ropas y cuello blanco, lo cual quería decir que iba fuera de Avonlea; y guiaba la calesa, con la yegua alazana, lo que significaba que recorrería una distancia considerable. Ahora bien, ¿adónde iba Matthew Cuthbert y para qué iba?

De haberse tratado de otro hombre de Avonlea, la señora Rachel, atando cabos diestramente, podría haber contestado ambas preguntas con bastante acierto. Pero Matthew salía tan raramente del lugar, que debía ser algo apremiante y poco común lo que le llevaba; era el hombre más tímido de la creación y odiaba tener que ir donde hubiera extraños o tuviera que hablar. Matthew, con cuello blanco y en calesa, era algo que no se veía a menudo. La señora Rachel, por más que reflexionara, nada pudo sacar en limpio, lo que malogró su diversión de aquella tarde.

—Iré hasta «Tejas Verdes» después del té y sabré por Marilla adonde ha ido y por qué —decidió por fin la respetable señora—. Normalmente no va al pueblo en esta época del año; y nunca hace visitas: si se hubiera quedado sin semillas de nabo, no se habría vestido, ni cogido la calesa para ir a buscar más; no de-mostraba prisas como para ir a buscar al médico. Y sin embargo, algo debe haberle pasado desde ayer noche para hacerle partir así. Estoy completamente perpleja, eso es, y no tendré un minuto de paz hasta que no sepa qué ha sacado de Avonlea a Matthew Cuthbert.

En consecuencia, la señora Rachel partió después del té; no tenía que ir muy lejos; la casa con parrales y huerto donde vivían los Cuthbert estaba escasamente a un cuarto de milla por el camino desde Lynde's Hollow. En realidad, el largo sendero aumentaba bastante la distancia. Matthew Cuthbert padre, tan tímido y silencioso como su hijo, al fundar su residencia se había alejado todo lo que pudo de sus congéneres hasta llegar casi a meterse en los bosques. «Tejas Verdes» había sido construido en los confines de sus tierras y allí seguía hasta entonces, apenas visible desde el camino real sobre el cual estaban situadas —demostrando un mayor sentido de la sociabilidad— el resto de casas de Avonlea. La señora Rachel no consideraba que vivir en un lugar así pudiera merecer ese calificativo.

—Es un simple estar, nada más —decía mientras avanzaba por el sendero cruzado por profundos surcos y bordeado por rosas silvestres—. No es de extrañar que Matthew y Marilla sean un poquito raros, viviendo aquí lejos y solos. Los árboles no hacen mucha compañía, aunque quién sabe si habría suficientes si así fuera. Yo prefiero mirar a la gente. Parecen bastante satisfechos, pero supongo que es porque están habituados. El cuerpo se acostumbra a todo, hasta a que lo cuelguen, como decía un irlandés.

Pensando esto, la señora Rachel dejó el sendero y entró en el patio trasero de «Tejas Verdes». Era un jardín muy verde, bien cuidado y ordenado, con grandes sauces a un lado y primorosas casuarinas al otro. No había ni un trozo de madera ni una piedra, pues en caso contrario la señora Rachel las hubiera descubierto. Tenía la opinión de que Marilla Cuthbert barría el jardín tan a menudo como ella su casa. Se podría haber comido algo caído al suelo sin necesidad de quitarle la proverbial mota de polvo.

La señora Rachel llamó cortésmente y entró en cuanto la invitaron a hacerlo. La cocina de «Tejas Verdes» era un lugar alegre; o lo hubiera sido de no estar tan dolorosamente limpia. Sus ventanas daban al este y al oeste. Por la del oeste, sobre el jardín del fondo, entraba la suave luz de junio; pero la del este, desde la que se gozaba de la vista de los capullos blancos de los cerezos del huerto y los abedules esbeltos y cabeceantes de la hondonada del arroyo, estaba reverdecida por una parra. Allí se sentaba, cuando lo hacía, Marilla Cuthbert, siempre ligeramente desconfiada de la luz del sol, que le parecía demasiado danzarina e irresponsable para un mundo destinado a ser tomado en serio; y allí estaba ahora, tejiendo, y la mesa ya se hallaba preparada para la cena.

Antes de haber terminado de cerrar la puerta, la señora Rachel ya había tomado nota mentalmente de todo lo que había sobre la mesa. Eran tres platos, de manera que Marilla debía estar esperando a alguien que vendría con Matthew a cenar; pero los platos eran de diario y con sólo manzanas agrias en almíbar y una única clase de pastel. Por lo tanto, la visita esperada no debía ser extraordinaria. Entonces, ¿a qué venía el cuello blanco de Matthew y la yegua alazana? La señora Rachel casi se mareaba ante este extraño misterio en la tranquila y poco misteriosa «Tejas Verdes».

—Buenas tardes, Rachel —dijo Marilla enérgicamente—. Es una tarde realmente hermosa, ¿no es cierto? ¿No quiere tomar asiento? ¿Cómo están los suyos?

Entre Marilla Cuthbert y la señora Rachel existía desde siempre algo que, a falta de mejor nombre, podía llamarse amistad, a pesar —o quizá a causa— de su diferencia.

Marilla era una mujer alta y delgada, angulosa y sin curvas; su cabello oscuro dejaba entrever algunas hebras grises y siempre estaba recogido en un pequeño moño con dos horquillas agresivamente clavadas. Tenía el aspecto de una mujer de mente estrecha y conciencia rígida, y así era; pero había una cierta promesa en sus labios que, de haber sido ligeramente desarrollada, podría haber sido indicativa de sentido del humor.

—Estamos todos bien —dijo la señora Rachel—. Aunque, al ver partir a Matthew, temí que quizá vosotros no lo estuvierais. Creí que a lo mejor iba a buscar al médico.

Marilla hizo una mueca de comprensión. Esperaba a la señora Rachel; suponía que ver la partida intempestiva de Matthew iba a ser demasiado para la curiosidad de su vecina.

—Oh, no, estoy bien aunque ayer tuve un dolor de cabeza terrible —dijo—. Matthew fue a Bright River. Esperamos a un chiquillo de un orfanato de Nueva Escocia y llega en el tren de esta noche.

La señora Rachel no se hubiera sorprendido más si Marilla le hubiese dicho que Matthew había ido a Bright River a recibir un canguro de Australia. Quedó muda durante cinco segundos. No podía suponer que Marilla se estuviese divirtiendo a su costa, pero la señora Rachel casi se vio obligada a creerlo.

—¿Lo dice en serio, Marilla? —preguntó cuándo recobró la voz.

—Por supuesto —dijo Marilla, como si acoger chicos del orfanato de Nueva Escocia fuera parte de la tarea común de primavera en cualquier granja bien administrada de Avonlea.

La señora Rachel sintió que había recibido una fuerte impresión. ¡Un chiquillo! ¡Marilla y Matthew Cuthbert adoptando un chico! ¡De un orfanato! ¡Vaya, por cierto que el mundo andaba patas arriba! ¡Después de esto, nada podría sorprenderla! ¡Nada!

—¿Quién le ha metido esa idea en la cabeza? —preguntó en tono de reproche.

Aquello había sido hecho sin solicitar su consejo y por lo tanto debía ser reprobado.

—Bueno, lo estuvimos pensando durante un tiempo; en realidad durante todo el invierno —contestó Marilla—. La señora de Alexander Spencer vino por aquí un día antes de Navidad y dijo que le iban a enviar una niña del orfanato de Hopetown en primavera. Su prima vive allí y la señora Spencer la ha visitado y sabe cómo funciona. De manera que Matthew y yo hemos estado hablando sobre esto desde entonces. Pensamos acoger un chico. Matthew está entrado en años (tiene sesenta, sabe usted), y ya no es tan activo como antes. Su corazón le molesta bastante. Y ya sabe lo difícil que es encontrar buenos trabajadores. No se puede obtener nada aparte de esos estúpidos muchachos franceses a medio desarrollar; y en cuanto se ha conseguido que uno de ellos se acostumbre a nuestra manera de ser y se le ha enseñado algo, parte hacia las fábricas de conservas de langostas o hacia los Estados Unidos. Al principio, Matthew pensó en un muchacho de Inglaterra, pero le dije directamente que no. «Puede que estén muy bien, no digo que no; pero no quiero vagabundos londinenses», le dije. «Tráeme por lo menos un nativo de estos lugares. Habría un riesgo, no importa a quién consigamos. Pero me sentiré más tranquila y dormiré mejor si conseguimos un canadiense.» De manera que al fin decidimos pedir a la señora Spencer que nos eligiera uno cuando fuera a buscar a su niña. La semana pasada supimos que iría y le mandamos decir por los parientes de Richard Spencer en Carmody que nos trajera un muchacho inteligente y bien parecido, de unos diez u once años. Decidimos que ésa sería la mejor edad; lo suficientemente mayor como para que preste ayuda en las tareas domésticas y lo suficientemente pequeño como para que se le pueda enseñar en la debida forma. Pensamos darle un buen hogar y educación. Hoy, el cartero trajo de la estación un telegrama de la señora de Alexander Spencer diciendo que venía esta tarde en el tren de las cinco y media. De manera que Matthew fue a Bright River a buscarlo. La señora Spencer lo dejaría en la estación. Ella va a White Sands.

La señora Rachel se preciaba de decir siempre lo que pensaba; procedió a hacerlo ahora, habiendo ajustado su actitud mental ante estas noticias sorprendentes.

—Bien, Marilla, le diré claramente que pienso que está cometiendo un terrible error; una cosa arriesgada, eso es. No sabe usted lo que recibe. Trae a su casa y a su hogar a un niño extraño y no sabe nada sobre él, ni qué carácter tiene, ni qué padres tuvo, ni qué clase de persona resultará. Fíjese que sólo la semana pasada leí en el periódico que una pareja del oeste de la isla había adoptado un niño de un orfanato y éste pegó fuego a la casa la primera noche; adrede, Marilla, y casi los convirtió en cenizas cuando dormían. Y sé de otro caso de un muchacho adoptivo que acostumbraba sorber huevos; no pudieron conseguir que dejara de hacerlo. Si me hubieran pedido consejo sobre el asunto, les habría dicho que hicieran el favor de no pensar en tal cosa, eso es.

Este consuelo de Job no pareció ni alarmar ni ofender a Marilla, que siguió tejiendo tranquilamente.

—No niego que hay algo de verdad en lo que dice, Rachel. Yo misma he tenido algunos escrúpulos de conciencia. Pero Matthew estaba firmemente decidido; de manera que cedí. Es tan raro que Matthew se empecine en algo, que cuando lo hace, siempre siento que es mi deber ceder. Y en lo que se refiere al riesgo, lo hay en casi todo lo que uno hace en este mundo. Hay riesgos en los niños propios si llega el caso; no siempre resultan buenos. Y además, Nueva Escocia está cerca de la isla. No es como si viniera de Inglaterra o de los Estados Unidos. No puede ser muy distinto de nosotros.

—Bueno, espero que resulte bueno —dijo la señora Rachel, con un tono que indicaba claramente sus dudas—. Pero no diga que no la previne si quema «Tejas Verdes» o echa estricnina en el pozo; supe de un caso en Nueva Brunswick, donde uno del orfanato hizo eso, y toda la familia murió presa de horribles sufrimientos. Sólo que en ese caso era una niña.

—Bueno, no tendremos una niña —dijo Marilla, como si el envenenar los pozos fuera una tarea femenina y no hubiera nada que temer a ese respecto en el caso de un muchacho—. Ni soñaría en traer una niña para criarla. Me sorprende que la señora de Alexander Spencer lo haga. Pero ella no dudaría en adoptar todo el orfanato si se lo propusiera.

A la señora Rachel le hubiera gustado quedarse hasta que Matthew volviera a casa con su huérfano importado. Pero reflexionando que pasarían dos buenas horas hasta que llegara, decidió ir a lo de Robert Bell y contarle la novedad. Por cierto que causaría una primerísima sensación y a la señora Rachel le gustaba enormemente provocarlas. De manera que partió, para tranquilidad de Marilla, pues ésta sentía revivir sus dudas y temores bajo la influencia del pesimismo de la señora Rachel.

—¡Por todos los santos del cielo! —exclamó la señora Rachel cuando estuvo a salvo en el sendero—. Parece como si estuviera soñando. Lo siento por ese joven y no me equivoco. Matthew y Marilla no saben nada de niños y esperan que él sea más inteligente y juicioso que su abuelo, si es que alguna vez lo tuvo, cosa que es dudosa. Es espantoso imaginar un niño en «Tejas Verdes»; nunca hubo uno allí, pues Matthew y Marilla yaeran mayores cuando se construyó la nueva casa, si es que alguna vez fueron niños, cosa que es difícil de creer cuando se los mira. No quisiera por nada hallarme en el lugar del huérfano. Lo compadezco, así es.

Eso dijo la señora Rachel a las rosas silvestres, de todo corazón; pero si hubiera podido ver a la criatura que esperaba pacientemente en la estación de Bright River en ese mismo momento, su piedad hubiera sido aún más profunda

CAPÍTULO II

Matthew Cuthbert se lleva una sorpresa

Matthew Cuthbert y la yegua alazana recorrieron lentamente los doce kilómetros que había hasta Bright River. Era un bonito camino que corría entre bien dispuestas granjas, bosquecillos de pino y una hondonada llena de flores de los cerezos silvestres. El aire estaba perfumado por varios manzanos y los prados se extendían en la distancia hasta las brumas perlas y púrpuras del horizonte, mientras Los pajarillos cantaban como si fuera

el único día de verano de todo el año.

Por su manera de ser, Matthew gozaba del paseo, excepto cuando se cruzaba con mujeres y tenía que saludarlas con un movimiento de cabeza, pues en la isla del Príncipe Eduardo se supone que hay que saludar así a quienquiera se encuentre en el camino, tanto si se le conoce como si no.

Matthew sentía terror por todas las mujeres, exceptuando a Marilla y Rachel; sentía la incómoda sensación de que aquellas misteriosas criaturas se estaban riendo de él. Hubiera estado bastante acertado en pensarlo, pues era un extraño personaje, de desmañada figura, largos cabellos gris ferroso que llegaban hasta sus encorvados hombros y castaña y poblada barba que llevaba desde que cumpliera los veinte años. Es verdad, a los veinte tenía casi el mismo aspecto que a los sesenta, salvo el poquito de gris en los cabellos.

Cuando llegó a Bright River no había signo de tren alguno; pensó que era demasiado temprano, de manera que ató el caballo en el patio del pequeño hotel del lugar y fue a la estación. El largo andén habría estado desierto, a no ser por una niña sentada sobre un montón de vigas en el extremo más lejano.

Matthew, notando apenas que era una niña, cruzó frente a ella tan rápido como pudo, sin mirarla. De haberlo hecho, no hubiera podido dejar de percibir la tensa rigidez y ansiedad de su actitud y expresión. Estaba allí sentada, esperando algo o a alguien y, ya que sentarse y esperar era lo único que podía hacer, se había puesto a hacerlo con todos sus sentidos.

Matthew encontró al jefe de estación cerrando la taquilla, preparándose para ir a cenar a su casa, y le preguntó si llegaría pronto el tren de las cinco y treinta.

—El tren de las cinco y treinta ha llegado y ha partido hace media hora —contestó el rudo funcionario—. Pero ha dejado un pasajero; una niña. Está sentada allí en las vigas. Le pedí que fuera a la sala de espera para damas, pero me informó gravemente que prefería quedarse afuera. «Hay más campo para la imaginación», dijo. Yo diría que es un caso.

—No estoy esperando a una niña —dijo Matthew inexpresivamente—. He venido por un muchacho. Debía estar aquí. La señora de Alexander Spencer debía traérmelo de Nueva Escocia.

El jefe de estación lanzó un silbido.

—Sospecho que hay algún error —dijo—. La señora Spencer bajó del tren con esa muchacha y la dejó a mi cargo. Dijo que usted y su hermana la iban a acoger y que usted llegaría a su debido tiempo a buscarla. Eso es cuanto sé a ese respecto; y no tengo más huérfanos ocultos por aquí.

—No comprendo —dijo Matthew desvalidamente, deseando que Marilla estuviese a mano para hacerse cargo de la situación.

—Bueno, mejor pregunte a la muchacha —dijo descuidadamente el jefe de estación—. Me atrevería a decir que podrá explicarlo; tiene su propio idioma, eso es cierto. Quizá se les habían acabado los muchachos de la clase que ustedes querían.

Se marchó corriendo, pues tenía hambre, y el pobre Matthew quedó para hacer algo más difícil para él que buscar a un león en su guarida: caminar hasta una muchacha, una extraña, una huérfana, y preguntarle por qué no era un muchacho. Matthew gimió para sus adentros mientras se volvía y recorría lentamente el andén.

La muchacha le había estado observando desde que se cruzara con ella y le miraba ahora fijamente. Matthew no la miraba y tampoco habría visto cómo era en realidad de haberlo hecho; pero un observador ordinario hubiera percibido lo siguiente: Una chiquilla de unos once años, con un vestido de lana amarillo grisáceo muy corto, muy ajustado y muy feo. Llevaba un sombrero de marinero de un desteñido color castaño bajo el que, extendiéndose por sus espaldas, asomaban dos trenzas de un cabello muy grueso, de un vivo color rojo. Su cara era pequeña, delgada y blanca, muy pecosa; la boca grande y también sus ojos, que según la luz parecían verdes, o de un gris extraño. Eso, para un observador ordinario. Uno extraordinario hubiera notado que la barbilla era muy pronunciada; que los grandes ojos estaban llenos de vivacidad; que la boca era expresiva y los labios dulces; en suma, nuestro observador perspicaz hubiera deducido que no era un alma vulgar la que habitaba el cuerpo de aquella niña descarriada, de quien estaba tan ridículamente temeroso el tímido Matthew Cuthbert.

Éste, sin embargo, se libró de la prueba de tener que hablar primero, pues tan pronto ella dedujo que venía en su busca, se puso de pie, tomando con una mano el asa de la desvencijada y vieja maleta y extendiéndole la otra.

—Supongo que usted es Matthew Cuthbert, de «Tejas Verdes» — dijo con voz dulce y extrañamente clara—. Me alegro de verle. Estaba empezando a temer que no viniera por mí e imaginando lo que no se lo habría permitido. Había decidido que si usted no venía a buscarme esta noche, iría por el camino hasta aquel cerezo silvestre y me subiría a él para pasar la noche. No tendría ni pizca de miedo y sería hermoso dormir en un cerezo silvestre lleno de capullos blancos a la luz de la luna, ¿no le parece? Uno podría imaginarse que pasea por salones de mármol, ¿no es cierto? Y estaba segura que si no lo hacía esta noche, usted vendría por mí por la mañana.

Matthew había tomado desmañadamente en la suya la huesosa manecita y en ese mismo momento decidió qué hacer. No podía decir a esta criatura de ojos brillantes que había habido un error; la llevaría a casa y dejaría esa tarea para Marilla. No importa qué error se había cometido, no la podía dejar en Bright River, de manera que todas las preguntas y explicaciones podían ser relegadas hasta estar de regreso a salvo en «Tejas Verdes».

—Siento mucho haber llegado tarde —dijo con timidez—. Vamos, el caballo está en el patio. Dame la maleta.

—Oh, puedo llevarla —contestó alegremente la niña—. No es pesada. Tengo en ella todos mis bienes terrenales, pero no es pesada. Y si no se la lleva de cierta forma, el asa se sale, de manera que será mejor que me quede con ella, pues conozco el secreto. Es una maleta muy vieja. Oh, estoy contenta de que haya venido, aunque me hubiera encantado dormir en un cerezo silvestre. Tenemos que recorrer un largo trecho, ¿no es así? La señora Spencer dijo que serían doce kilómetros. Estoy contenta porque me gusta ir en coche. Oh, parece algo maravilloso que yo vaya a vivir con ustedes y ser de la familia. Nunca he tenido familia de verdad. Pero el asilo fue lo peor. No he estado allí más que cuatro meses, pero ha sido suficiente. No creo que usted haya sido nunca un huérfano en un asilo, de manera que no puede en manera alguna imaginarse cómo es. Es peor de lo que pueda imaginarse. La señora Spencer dice que hago muy mal al hablar así, pero no tengo mala intención. Es tan fácil hacer mal sin darse cuenta, ¿no es cierto? Era buena, ¿sabe?, la gente del asilo. ¡Pero hay tan poco campo para la imaginación en un asilo!...; sólo están los demás asilados. Era algo muy interesante imaginar cosas respecto a ellos; imaginar que la niña que estaba a mi lado era en verdad la hija de un conde, robada a sus padres en la infancia por una niñera cruel, que muriera antes de poder confesar. Y acostumbraba estar despierta por las noches, imaginando cosas así, porque no tenía tiempo durante el día. Sospecho que es por eso que estoy tan delgada; soy horriblemente flaca, ¿no es así? No hay carne en mis huesos. Me gusta imaginarme que soy bonita y gorda, con hoyuelos en los codos.

Con esas palabras, la compañera de Matthew cesó su charla, en parte porque se le había acabado la respiración y en parte porque habían llegado a la calesa. No dijo otra palabra hasta que hubieron dejado el pueblo y bajaban una colina empinada, en la que el camino había sido trazado tan profundamente, que los terraplenes, cubiertos de cerezos silvestres en flor y abedules, se alzaban muy arriba sobre sus cabezas.

La niña sacó la mano y rompió una rama de ciruelo silvestre que rozaba el costado del carricoche.

—¿No es hermoso? ¿En qué le hace pensar ese árbol que sobresale blanco y lleno de flores? —preguntó.

—Bueno... no sé... —dijo Matthew.

—En una novia, desde luego; una novia toda de blanco con un hermoso velo vaporoso. Nunca he visto una, pero puedo imaginar cómo puede ser. Yo no espero ser nunca novia. Soy tan fea, que nadie querrá jamás casarse conmigo, a menos que sea un misionero. Supongo que un misionero no tiene muchas aspiraciones. Pero espero que algún día tendré un vestido blanco. Ése es mi ideal de felicidad terrenal. Me gusta la ropa bonita y nunca la he tenido en mi vida, en lo que puedo acordarme; pero, desde luego, es lo máximo que se puede ansiar, ¿no es así? Y entonces me imagino que estoy vestida de forma deslumbrante. Esta mañana, al dejar el asilo, estaba terriblemente avergonzada porque tenía que llevar este horrible vestido viejo de lana. Todas las huérfanas lo llevan, ¿sabe? Un comerciante de Hopetown donó el último invierno trescientos metros de esta tela al asilo. Algunos dijeron que era porque no la pudo vender, pero yo creo que fue por bondad, ¿no le parece? Cuando subimos al tren, sentí como si todos me estuvieran mirando y apiadándose de mí. Pero me puse a soñar e imaginé que tenía el más hermoso vestido de seda celeste —cuando uno se pone a imaginar, hay que hacerlo con algo que valga la pena— y un gran sombrero todo flores y plumas, y un reloj de oro y guantes de cabritilla y botas. Me sentí inmediatamente alegre y disfruté con todas mis ganas del viaje a la isla. No me mareé al venir en el buque, ni tampoco la señora Spencer, aunque suele hacerlo. Me dijo que cuidando de que no me cayera por la borda no tuvo tiempo de sentirse mal. Dijo que nunca vio a nadie que me ganara a ser inquieta. Pero si así evité que se mareara, es una suerte que sea inquieta, ¿no es cierto? Yo quería mirar cuanto se puede ver en un buque, porque no sabía si tendría otra oportunidad para ello. ¡Oh, ahí hay más cerezos en flor! Esta isla es el lugar con más flores del mundo. Ya me gusta y estoy muy contenta de venir a vivir aquí. Siempre he oído que la isla del Príncipe Eduardo era el lugar más hermoso de la tierra, y acostumbraba imaginar que vivía aquí, pero nunca esperé que se convirtiera en realidad, ¿no es así? Pero esos caminos rojos son tan cómicos... Cuando subimos al tren en Charlottetown y los caminos rojos empezaron a pasar, le pregunté a la señora Spencer qué los hacía tan rojos, y ella dijo que no lo sabía y que por amor de Dios no le hiciera más preguntas. Dijo que le había ya hecho mil. Supongo que tenía razón, pero ¿cómo se han de saber las cosas si no se preguntan? Y ¿qué hace rojos a esos caminos?

—Y... no sé —dijo Matthew.

—Bueno, ésa es una de las cosas que tendré que averiguar algún día. ¿No es maravilloso pensar en todas las cosas que hay que averiguar? Simplemente me hace sentirme contenta de vivir. ¡Es un mundo tan interesante! Sería la mitad de interesante si lo supiéramos todo, ¿no es cierto? No habría campo para la imaginación. Pero, ¿estoy hablando demasiado? La gente siempre me dice que así es. ¿Le gustaría que no hablara? Me callaré si me lo dice. Puedo callarme en cuanto me decido, aunque es bastante difícil.

Para su sorpresa, Matthew se divertía. Como a la mayoría de los seres callados, le gustaba la gente habladora que deseaba hacer toda la conversación por sí misma y no esperaba que él participara en ella. Pero nunca esperó gozar de la compañía de una chiquilla. Las mujeres eran cosa bastante mala, pero las chiquillas eran peor. Detestaba la forma que tenían de pasar tímidamente a su lado, con miradas de soslayo, como si temieran que se las engullera de un bocado si se aventuraban a decir una palabra. Ése era el tipo de chiquilla bien educada de Avonlea. Pero esta brújula pecosa era muy distinta y, aunque encontraba algo difícil para su lenta inteligencia mantenerse al nivel de sus ágiles procesos mentales, le gustaba su charla. De manera que dijo con la timidez de costumbre: —Oh, puedes hablar cuanto quieras. No me molesta.

—Oh, me alegro tanto. Sé que usted y yo nos vamos a llevar bien. Es un alivio tan grande hablar cuando se quiere y que no le digan a una que a los niños debe vérseles y no oírseles. Me lo han dicho un millón de veces. Y la gente se ríe porque uso palabras largas. Pero si se tienen grandes ideas, deben usarse palabras largas para expresarlas, ¿no es así?

—Bueno, parece razonable.

—La señora Spencer dijo que debo tener la lengua sujeta por el medio. Pero no es así: sujeta por un extremo. La señora Spencer dijo que su finca se llama «Tejas Verdes». Le hice preguntas sobre ella. Y dijo que hay árboles rodeándola. Eso me puso más contenta aún. Me encantan los árboles. Y no había ninguno en el asilo, nada más que unos palos enclenques y miserables, de los cuales colgaban unas jaulas blanqueadas con cal. Esos árboles parecían huérfanos también. Yo acostumbraba decirles: «¡Oh, pobrecillos! Si estuvierais en los grandes bosques con otros árboles en derredor, con alces y ardillas y el arroyo no muy lejos, con pájaros cantando en vuestras ramas, podríais crecer, ¿no es cierto? Pero no lo podéis hacer donde estáis. Sé exactamente lo que sentís, arbolitos». Lamenté dejarlos esta mañana. Uno se siente tan unido a cosas así, ¿no es cierto? ¿Hay algún arroyo cerca de «Tejas Verdes»? Olvidé preguntárselo a la señora Spencer.

—Bueno, sí. Hay uno al lado de la casa.

—¡Qué bien! Siempre ha sido uno de mis sueños vivir cerca de un arroyo. Nunca esperé que así ocurriera, sin embargo. Los sueños no se hacen siempre realidad, ¿no es cierto? ¿No sería hermoso que así fuera? Pero ahora me siento bastante cerca de la felicidad porque…, bueno, ¿qué color diría usted que es esto?

Echó una de sus satinadas trenzas sobre su delgado hombro y la sostuvo frente a los ojos de Matthew. Éste no estaba acostumbrado a decidir sobre el color de los cabellos femeninos, pero sobre éstos no cabían muchas dudas.

—Es rojo, ¿no es cierto? —dijo.

La muchacha dejó caer la trenza con un suspiro que pareció arrancar de lo más profundo de su alma y que expresaba toda la tristeza del mundo.

—Sí, es rojo —dijo resignadamente—. Ahora puede ver usted por qué no puedo ser totalmente feliz. Nadie que tenga cabellos rojos puede serlo. Las otras cosas no me importan tanto, las pecas, los ojos verdes y la delgadez. Puedo imaginar que no las tengo. Puedo imaginar que poseo una hermosa piel rosada y unos hermosos ojos violetas. Pero no puedo imaginar que no tengo cabellos rojos. Hago cuanto puedo. Pienso: «Ahora mi cabello es negro glorioso; negro como el ala del cuervo». Pero todo el tiempo sé que es rojo y eso me parte el corazón. Será una pena toda la vida. Una vez leí en una novela que una muchacha tenía una pena de toda la vida, pero no era pelirroja. Su cabello era oro puro que caía de sus sienes de alabastro. ¿Qué es una sien de alabastro? Nunca he podido averiguarlo. ¿Puede decírmelo?

—Bueno, temo que no —dijo Matthew, que se estaba mareando un poco. Se sentía igual que cuando en su temeraria juventud, otro muchacho le había inducido a subir al tiovivo un día que habían ido de merienda.

—Bueno, no importa lo que fuera, debe de ser algo muy bonito, pues ella era divinamente hermosa. ¿Ha imaginado usted alguna vez lo que debe ser sentirse divinamente hermosa?

—Bueno, no, no lo he hecho —confesó ingenuamente Matthew.

—Yo sí, a menudo. ¿Qué le gustaría ser si le dejaran elegir: divinamente hermoso, deslumbradoramente inteligente o angelicalmente bueno?

—Bueno, no lo sé con exactitud.

—Yo tampoco. Nunca puedo decidirme. Pero no tiene mucha importancia, pues no hay posibilidad de que nunca sea ninguna de esas cosas. Seguro que nunca seré angelicalmente buena. La señora

Spencer dice… ¡Oh, señor Cuthbert! ¡Oh, señor Cuthbert! ¡Oh, señor Cuthbert!

Eso no era lo que había dicho la señora Spencer; ni que la chiquilla se hubiera caído del coche, ni tampoco que Matthew hubiera hecho algo sorprendente. Simplemente habían pasado una curva del camino y se encontraban en la «Avenida».

Lo que la gente de Newbridge llamaba la «Avenida» era un trozo de camino de cuatrocientos o quinientos metros de longitud, completamente cubierto por las copas de altos manzanos, plantados años atrás por un viejo granjero excéntrico. Encima había un largo dosel de capullos blancos y fragantes. Bajo las copas, el aire reflejaba la púrpura luz del atardecer y, a lo lejos, la visión del cielo crepuscular brillaba como la ventana de la torre de una catedral.

Su belleza pareció enmudecer a la niña. Se repantigó en el carricoche, con las delgadas manos apretadas y la cara embelesada ante el esplendor celeste. Ni siquiera después de haberla recorrido por entero, cuando bajaban la larga cuesta que va a Newbridge, se movió ni habló. Todavía con la cara extasiada miraba el crepúsculo lejano, con ojos que contemplaban visiones cruzando sobre aquel brillante fondo. Todavía en silencio cruzaron Newbridge, una ruidosa aldea, donde los perros les ladraron, los muchachos les miraron y caras curiosas les contemplaron desde las ventanas. Ya habían recorrido unos cinco kilómetros y la niña no hablaba. Era evidente que podía quedarse callada con tanta energía como cuando hablaba.

—Sospecho que debes sentirte bastante cansada y hambrienta —se aventuró a decir por fin Matthew, achacando el largo silencio a la única razón que se le ocurría—. Pero no tenemos que ir muy lejos; otro kilómetro nada más.

Ella volvió de su sueño con un profundo suspiro y le miró con los ojos soñolientos de un alma que ha vagado por la lejanía, guiada por una estrella.

—Oh, señor Cuthbert —murmuró—, ese lugar que atravesamos; ese lugar blanco, ¿qué era?

—Bueno, supongo que hablas de la «Avenida» —dijo Matthew después de una profunda reflexión—. Es un sitio muy bonito.

—¿Bonito? Oh, bonito no me parece la palabra más adecuada. Ni tampoco hermoso. No es suficiente. ¡Oh, era maravilloso, maravilloso! Es la primera vez que veo algo que no puede ser mejorado por mi imaginación. Me ha satisfecho aquí —y puso la mano sobre su pecho—, me hizo sentir dolor y sin embargo era placentero. ¿Tuvo usted alguna vez un dolor así, señor Cuthbert?

—Bueno, no recuerdo haberlo tenido.

—Yo lo tengo muchas veces, cada vez que veo algo realmente hermoso. Pero no debían llamar la «Avenida» a ese hermoso paraje. No hay significado en un nombre así. Debían llamarlo... Veamos... «El Blanco Camino Encantado». ¿No es ése un nombre imaginativo? Cuando no me gusta el nombre de un lugar o de una persona, siempre les imagino uno nuevo y siempre me refiero a ellos así. En el asilo había una niña cuyo nombre era Hepzibah Jenkins, pero yo siempre me la imaginaba como Rosalía De Veré. Otros pueden llamar la «Avenida» a ese lugar, pero yo siempre le diré «El Blanco Camino Encantado». ¿Es verdad que debemos hacer otro kilómetro antes de llegar a casa? Estoy contenta y triste. Estoy triste porque el paseo ha sido agradable y siempre me pongo triste cuando finalizan las cosas agradables. Puede ser que después venga algo aún más agradable, pero uno nunca puede estar seguro. Y muy a menudo ocurre lo contrario; ésa ha sido mi experiencia. Pero estoy contenta de pensar que llego a casa. Verá, desde que tengo memoria no he tenido un verdadero hogar. Me da otra vez ese dolor placentero el pensar que voy a tener un verdadero hogar. Oh, ¿no es hermoso?

Habían llegado a la cuesta de una colina. Bajo ellos había una laguna que parecía casi un río, tan grande e irregular era. Un puente la cruzaba y desde allí hasta su extremo inferior, donde el cinturón ambarino de las arenas la separaba del oscuro golfo lejano, el agua era una sinfonía de gloriosos tonos: los más espirituales del azafrán, las rosas y el verde etéreo, mezclados con otros tan irreales que no hay nombre para ellos. Más allá del puente, la laguna llegaba hasta una arboleda de abetos y arces, reflejando sus sombras cambiantes aquí y allá; un ciruelo silvestre sobresalía del margen, como una niña de puntillas que contemplaba su propia imagen. De la espesura en el extremo de la laguna, llegaba el claro y tristemente dulce coro de las ranas. En una cuesta lejana había una casita gris asomando entre los manzanos y, aunque aún no era bastante oscuro, en una de sus ventanas brillaba una luz.

—Ésa es la laguna de Barry —dijo Matthew.

—Oh, tampoco me gusta ese nombre. La llamaré… veamos… «El Lago de las Aguas Refulgentes». Sí, ése es el nombre correcto. Lo sé por el estremecimiento. Cuando doy con un nombre que se ajusta perfectamente, me estremezco. ¿Le hacen estremecer a usted las cosas?

Matthew rumió:

—Bueno, sí. Siempre me estremezco cuando veo las orugas blancas en los pepinos. Odio verlas.

—Oh, no creo que sea ésa la misma clase de estremecimiento. ¿No cree usted? No parece haber mucha relación entre orugas y agua brillante, ¿no? Pero, ¿por qué la llaman la laguna de Barry?

—Supongo que porque el señor Barry vive en esa casa. «La Cuesta del Huerto» es el nombre de la finca. Si no fuera por aquel matorral, se podría ver «Tejas Verdes» desde aquí. Pero tenemos que cruzar el puente y dar una vuelta por el camino, de manera que está todavía unos seiscientos metros más allá.

—¿Tiene hijas pequeñas el señor Barry? Bueno, no demasiado pequeñas; ¿de mi edad?

—Tiene una de alrededor de once años. Su nombre es Diana.

—¡Oh! —Con una larga aspiración—. ¡Es un nombre completamente hermoso!

—Bueno, no lo sé. Me parece que hay algo pagano en él. Me hubiera gustado más Mary o June o algún nombre sensato por el estilo. Pero cuando ella nació, había un maestro hospedado aquí, le dieron a elegir el nombre y eligió Diana.

—Quisiera que hubiese habido un maestro así cuando yo nací. Oh, ya estamos en el puente. Voy a cerrar los ojos; siempre tengo miedo de cruzar puentes. No puedo evitar pensar que, justo cuando llegue a la mitad, quizá le dé por cerrarse como una navaja y me pille. De manera que cierro los ojos. Pero siempre tengo que abrirlos cuando creo que estoy llegando al medio. Porque, verá usted, si le diera al puente por doblarse, me gustaría verlo. ¡Qué estruendo tan alegre! Siempre me ha gustado el estruendo. ¿No es espléndido que haya tantas cosas que gusten en este mundo? Bueno, ya pasamos. Ahora miraré hacia atrás. Buenas noches, querido Lago de las Aguas Refulgentes. Siempre le digo buenas noches a las cosas que quiero, igual que lo haría con la gente. Creo que les gusta. Parece que esa agua me estuviera sonriendo.

Cuando hubieron llegado a la siguiente colina y dado la vuelta a un recodo, Matthew dijo: —Estamos bastante cerca de casa. «Tejas Verdes» está…

—Oh, no me lo diga —le interrumpió, tomando su brazo parcialmente alzado y cerrando los ojos para no ver el gesto—. Déjeme adivinarlo. Estoy segura de acertar.

Abrió los ojos y miró en torno. Estaban en la cresta de una colina. El sol se había puesto hacía rato, pero el paisaje seguía iluminado por un suave resplandor. Al oeste, la aguja de una iglesia se elevaba contra un cielo color caléndula. Abajo estaba el valle, y más allá, una larga y suave cuesta ascendente, con bien dispuestas granjas a lo largo. Los ojos de la niña saltaban de una a otra, ansiosos y pensativos. Por último se posaron en una a lo lejos, a la izquierda, apenas visible entre el blanco de los capullos de los bosques de los alrededores. Sobre ella, en el inmaculado cielo del sudoeste, una gran estrella cristalina brillaba como una lámpara de guía y promesas.

—Ésa es, ¿no es cierto? —dijo, señalando. Matthew dio alegremente con las riendas en la grupa de la yegua.

—¡Bueno, lo has adivinado! Pero sospecho que la señora Spencer la describió.

—No, le aseguro que no. Todo lo que dijo podía adaptarse a cualquiera. Yo no tenía una idea real de su apariencia. Pero tan pronto como la vi, sentí que era mi hogar. Oh, me parece como si estuviera soñando. ¿Sabe usted?, debo tener el brazo amoratado desde el codo hasta el hombro, pues tenía la horrible sensación de estar soñando. Así que me pellizcaba para ver si era verdad, hasta que de pronto recordaba que, aun suponiendo que fuera un sueño, sería mejor seguir soñando cuanto fuera posible; de manera que no me pellizcaba más. Pero esto es verdad, y estamos por llegar a casa.

Con un suspiro de embeleso quedó en silencio. Matthew se revolvió incómodo. Estaba contento de que fuera Marilla y no él quien debiera decir a aquella niña abandonada que el hogar que ansiaba no sería suyo. Cruzaron Lynde's Hollow, donde estaba ya bastante oscuro, pero no lo suficiente como para que la señora Rachel no la viera desde su ventana, y subieron la colina hasta el largo sendero que iba a «Tejas Verdes». Al llegar a la casa, Matthew temblaba ante la cercana revelación, con una energía que no comprendía. No pensaba en Marilla ni en sí mismo, ni en las molestias que derivarían de aquel error, sino en la desilusión de la niña. Cuando pensó que se borraría de sus ojos aquella extasiada luz, tuvo la incómoda sensación de tener que asistir a un asesinato; un sentimiento parecido al que le sobrevenía cuando debía matar un carnero, un ternero o cualquier otra inocente criatura.

El patio estaba bastante oscuro cuando entraron, y las hojas de los árboles rumoreaban en derredor.

—Escuche a los árboles hablar en sueños —murmuró la niña mientras él la bajaba—. ¡Qué sueños más hermosos deben tener!

Entonces, sujetando fuertemente la maleta que contenía «todos sus bienes terrenales», le siguió dentro de la casa.

CAPÍTULO III

Marilla Cuthbert se lleva una sorpresa

Cuando Matthew abrió la puerta, Marilla se dirigió hacia ellos alegremente. Pero cuando sus ojos tropezaron con la desaliñada figurita, de largas trenzas rojizas y anhelantes y luminosos ojos, se detuvo asombrada.

—Matthew, ¿qué es esto? —exclamó—. ¿Dónde está el chico?

—No había ningún chico —dijo Matthew apenado—. Todo lo que había era ella.

Señaló a la niña con la cabeza, cayendo en la cuenta de que ni siquiera había preguntado su nombre.

—¡No es un muchacho! Pero debía haber habido un muchacho —insistió Marilla—. Le mandamos decir a la señora Spencer que trajera un muchacho.

—Bueno, pues no lo hizo. La trajo a ella. Le pregunté al jefe de estación. Y tuve que traérmela a casa. No podía quedarse allí, sea cual fuere la equivocación.

—¡Vaya, pues sí que hemos hecho un buen negocio! —exclamó Marilla.

Durante este diálogo la niña había permanecido en silencio, moviendo sus ojos del uno al otro sin muestra de admiración en su rostro. Repentinamente, pareció captar todo el significado de lo que se había dicho. Dejando su preciada maleta, dio un paso hacia delante y juntó sus manos.

—¡No me quieren! —gritó—. ¡No me quieren porque no soy un chico! Debí haberlo esperado. Nunca me quiso nadie. Debí haber comprendido que todo era demasiado hermoso para que durara. Debí haber comprendido que nadie me quiere en realidad. Oh, ¿qué puedo hacer? ¡Voy a echarme a llorar!

Y lo hizo. Sentándose en una silla junto a la mesa, puso los brazos sobre ésta y escondiendo la cara entre ellos, comenzó a llorar estrepitosamente. Marilla y Matthew se dirigieron sendas miradas de reproche. Ninguno de los dos sabía qué hacer o decir. Finalmente Marilla se decidió a actuar.

—Bueno, no hay necesidad de llorar así.

—¡Sí, hay necesidad! —La niña levantó rápidamente la cabeza, dejando ver su rostro lleno de lágrimas y sus labios temblorosos—. También usted lloraría si fuera una huérfana y hubiera venido a un sitio que creía iba a ser su hogar para encontrarse con que no la quieren porque no es un chico. ¡Oh, esto es lo más trágico que me ha sucedido!

Lo que parecía una sonrisa algo torpe por falta de práctica, suavizó el torvo semblante de Marilla.

—Bueno, no llores más. No vamos a dejarte fuera esta noche. Tendrás que quedarte aquí hasta que investiguemos este asunto. ¿Cómo te llamas?

La niña vaciló un momento.

—Por favor, ¿pueden llamarme Cordelia? —dijo ansiosamente.

—¡Llamarte Cordelia! ¿Es ése tu nombre?

—No-o-o, no es exactamente mi nombre, pero me encantaría llamarme así. Es un nombre tan elegante...

—No entiendo nada de lo que estás diciendo. Si no te llamas Cordelia, ¿cuál es tu nombre?

—Ana Shirley —balbuceó de mala gana—, pero, por favor, llámeme Cordelia. No puede importarle mucho cómo tiene que llamarme, si voy a estar aquí poco tiempo, ¿no es cierto? Y Ana es un nombre tan poco romántico.

—¡Disparates novelescos! —dijo la desconsiderada Marilla—. Ana es un nombre realmente bien sencillo y sensato. No tienes por qué avergonzarte de él.

—Oh, no, no me avergüenzo —explicó Ana—, sólo que me gusta más Cordelia. Siempre he imaginado que mi nombre era Cordelia... por lo menos durante los últimos años. Cuando era joven, imaginaba llamarme Geraldine, pero ahora me gusta más Cordelia. De cualquier modo, si quiere llamarme Ana, hágalo.

—Muy bien, entonces, Ana, ¿quieres explicarnos cómo se ha producido esta confusión? Nosotros le mandamos decir a la señora Spencer que nos trajera un muchacho. ¿No había niños en el asilo?

—Oh, sí, sí, muchísimos. Pero la señora Spencer dijo claramente que ustedes querían una niña de unos once años. Y la directora pensó en mí. No pueden imaginarse lo encantada que estaba yo. No pude dormir durante toda la noche por la alegría. Oh —agregó con reproche volviéndose hacia Matthew—, ¿por qué no me dijo en la estación que no me querían, y me dejó allí mismo? Si no hubiese visto el Blanco Camino Encantado y el Lago de las Aguas Refulgentes, no me resultaría tan penoso.

—¿Qué quiere decir con eso? —preguntó Marilla a Matthew.

—Ella... ella se está refiriendo a una conversación que tuvimos en el camino —dijo Matthew precipitadamente—. Salgo a guardar la yegua, Marilla. Tenme el té preparado para cuando regrese.

—¿Llevaba la señora Spencer a alguien más, aparte de ti? —continuó Marilla cuando Matthew hubo salido.

—A Lily Jones. Lily tiene sólo cinco años y es muy guapa. Tiene el pelo castaño. Si yo fuera tan guapa y tuviera el pelo castaño, ¿me dejaría quedar?

—No, queremos un muchacho para que ayude a Matthew en la granja. Una niña no nos sería útil. Quítate el sombrero. Lo pondré junto con la maleta sobre la mesa del vestíbulo.

Ana se quitó el sombrero humildemente. En seguida regresó Matthew y se sentaron a cenar. Pero Ana no podía comer. En vano mordisqueaba el pan untado con mantequilla y picoteaba las manzanas agrias en almíbar.

—No comes nada —dijo Marilla toscamente, mirándola como si esto fuera una falta grave. Ana suspiró.

—No puedo. Me encuentro sepultada en los abismos de la desesperación. ¿Puede usted comer cuando se encuentra en los abismos de la desesperación?

—Nunca estuve en los abismos de la desesperación, de modo que no puedo decirlo —respondió Marilla.

—¿No? Bueno, ¿ha tratado alguna vez de imaginárselo?

—No.

—Entonces no creo que pueda comprender cómo es. Ciertamente, es una sensación muy desagradable. Cuando uno trata de comer, se forma un nudo en la garganta y no se puede tragar nada, ni siquiera un caramelo de chocolate. Una vez, hace dos años, comí un caramelo de chocolate, y me pareció delicioso. Desde entonces sueño muy a menudo que tengo montones de caramelos de chocolate, pero siempre me despierto justo en el momento en que voy a comerlos. Espero que no se sienta ofendida porque no puedo comer. Todo está extremadamente bueno, pero así no puedo comer.

—Sospecho que está cansada —dijo Matthew, quien no había hablado desde que regresara del establo—. Mejor será que la acuestes, Marilla.

Marila había estado pensando dónde dormiría Ana. Tenía preparado un canapé en la cocina destinado al deseado niño que esperaban. Pero aunque estaba limpio y pulcro, no parecía el lugar más apropiado para una niña. No se podía pensar en el cuarto de huéspedes para una niña desamparada, de manera que sólo quedaba la buhardilla del lado este. Marilla encendió una vela e indicó a Ana que la siguiera, lo que ésta hizo sin ningún entusiasmo. Al pasar junto a la mesa del vestíbulo recogió su sombrero y su maletín. El vestíbulo hacía gala de una limpieza que intimidaba y el pequeño cuarto en el que se encontró repentinamente le pareció a Ana más limpio aún.

Marilla colocó la vela sobre una mesa triangular de tres patas y apartó las frazadas.

—¿Tienes un camisón? —preguntó. Ana asintió.

—Sí, tengo dos. Me los hizo la directora del asilo. Son terriblemente cortos. Nunca alcanza nada en el asilo, todo es escaso, por lo menos en un asilo pobre como es el nuestro. Odio los camisones cortos. Pero se puede soñar tan bien con ellos como con esos otros maravillosos que llegan hasta los pies y tienen volantes alrededor del cuello; es el único consuelo.

—Bueno, desvístete lo más rápidamente posible y métete en la cama. Dentro de unos minutos regresaré a buscar la vela. No me atrevo a confiar en que la apagues por ti misma. Eres capaz de prender fuego a la casa.

Cuando Marilla se hubo retirado, Ana miró pensativamente en derredor. Las paredes blanqueadas resultaban 'tan penosamente desnudas y llamativas que Ana pensó que debían sufrir por su propia desnudez. El suelo también se encontraba desnudo, excepto el centro, cubierto por un felpudo redondo acordonado. En un rincón estaba el lecho, alto y antiguo, con cuatro oscuros postes torneados. En la otra esquina se hallaba la ya citada mesa triangular adornada con un grueso acerico de terciopelo rojo, lo suficientemente fuerte como para doblar la punta del más arriesgado alfiler. Sobre éste colgaba un pequeño espejo. A mitad de camino entre la cama y la mesa se hallaba la ventana, cubierta con una cortina de muselina blanca, y frente a ella se encontraba el lavabo. Toda la habitación era de una austeridad imposible de describir con palabras, pero que hacía estremecer a Ana hasta los huesos. Con un sollozo se despojó apresuradamente de sus vestidos, se puso el corto camisón y se metió en el lecho apretando la cara contra la almohada y cubriéndose la cabeza con las sábanas. Cuando Marilla regresó en busca de la luz, sólo unas mezquinas ropas de vestir desparramadas por el suelo y un bulto en el lecho indicaban que había alguien en el cuarto.

Con circunspección recogió las ropas de Ana, colocándolas cuidadosamente sobre una silla amarilla, y luego, cogiendo la vela, se volvió hacia el lecho.

—Buenas noches —dijo algo torpe, aunque gentilmente. El rostro pálido de Ana y sus grandes ojos aparecieron entre las sábanas con alarmante rapidez.

—¿Cómo puede usted llamar a ésta una noche buena cuando sabe que será la peor noche que pasaré en toda mi vida? —dijo con reproche. Luego se ocultó otra vez entre las sábanas.

Marilla bajó lentamente a la cocina y se puso a lavar los platos de la cena. Matthew fumaba, síntoma evidente de que estaba preocupado. Fumaba muy rara vez, pues Marilla lo consideraba un hábito pernicioso, pero en ciertas ocasiones y temporadas se sentía arrastrado a él, y entonces Marilla hacía la vista gorda, comprendiendo que debía tener un desahogo para sus emociones.

—Bueno, bonito atolladero —dijo airadamente—. Esto nos pasa por mandar decir las cosas en vez de ir nosotros mismos. De cualquier modo, los parientes de Robert Spencer han equivocado el mensaje. Uno de nosotros tendrá que ir a ver a la señora Spencer mañana; eso seguro. Esa niña debe ser enviada de vuelta al asilo.

—Sí, supongo que sí —respondió Matthew de mala gana.

—¡Supones que sí! ¿No estás seguro?

—Bueno… después de todo, es una linda chiquilla, Marilla. Es una pena enviarla de vuelta cuando parece tan ansiosa por quedarse aquí.

—¡Matthew Cuthbert, no querrás decir que debemos dejar que se quede aquí con nosotros!

El asombro de Marilla no hubiera sido mayor de haber afirmado Matthew que prefería hacer el pino.

—Bueno, no. Supongo que no… no exactamente —tartamudeó Matthew viéndose acorralado—. Supongo… que no podemos quedarnos con ella.

—Claro que no. ¿Qué beneficio nos reportaría?

—Podríamos reportárselo nosotros a ella —dijo Matthew repentina e inesperadamente.

—¡Matthew Cuthbert, creo que esa chiquilla te ha embrujado! ¡Se ve a las claras que quieres quedarte con ella!

—Bueno, es una niña realmente interesante —insistió Matthew—. Tenías que haberla oído hablar cuando volvíamos de la estación.

—Oh sí, para hablar es muy rápida. Lo vi de inmediato. Lo cual no dice nada a su favor. No me gustan las chicas que hablan mucho. No quiero una huérfana, y si la quisiera, ésta no es del estilo de la que elegiría. Hay algo que no puedo entender en ella. No; debe ser devuelta directamente al lugar de donde vino.

—Puedo emplear a un muchacho francés para que me ayude, y ella sería una compañía para ti.

—No deseo compañía alguna —dijo Marilla prestamente—. Y no voy a quedarme con ella.

—Bueno, se hará como tú dices, por supuesto, Marilla —dijo Matthew incorporándose y guardando su pipa—. Me voy a dormir.

Y a dormir se fue Matthew. Y cuando hubo terminado con los platos, a dormir se fue Marilla, con el ceño resueltamente fruncido. Y arriba, bajo el tejado del este, una solitaria y desamparada criatura lloró hasta ser vencida por el sueño.

CAPÍTULO IV
La mañana en «Tejas Verdes»

Era pleno día cuando Ana despertó sentándose en la cama y mirando confusamente la ventana, por la que entraba una alegre luz y a través de la cual se agitaba algo blanco.

Por un instante no pudo reconocer dónde estaba. Primero fue un estremecimiento delicioso, como de algo placentero; luego, un horrible recuerdo. ¡Estaba en «Tejas Verdes» y no la querían porque no era un muchacho!

Pero era de mañana y, sí, frente a su ventana había un cerezo en flor. Saltó de la cama y cruzó la habitación. Alzó la ventana, dura y ruidosa, como si no hubiera sido abierta durante largo tiempo, y ésta quedó tan encajada que no hizo falta asegurarla.

Ana cayó de rodillas y contempló la mañana de junio, con los ojos brillantes de alegría. Oh, ¿no era hermoso? ¿No era un lugar maravilloso? Supongamos que no fuera a quedarse realmente. Podría imaginar que sí. En este lugar había campo para la imaginación.

Fuera crecía un enorme cerezo, tan cercano que sus ramas daban contra la casa y tan cargado de flores, que apenas si se veía una hoja. A ambos lados de la casa había una plantación de manzanos y otra de cerezos, también cubiertos de flores, y la hierba estaba salpicada de dientes de león. Desde el jardín, las lilas púrpura alzaban su mareante y dulce fragancia hasta la ventana.

Más allá del jardín, un campo arado y plantado con ajos descendía hasta la hondonada donde corría el arroyo y donde crecían filas de blancos abedules, surgiendo gallardamente de un suelo que sugería deliciosos helechos, musgos y otras muestras de vegetación. Más a lo lejos, había una colina, verde y emplumada por pinos y abetos, donde, en un hueco, estaba el grisáceo tejado de la casita que viera desde el otro lado del Lago de las Aguas Refulgentes.

Lejos, a la izquierda, se hallaban los grandes establos y más allá de los verdes campos descendentes, se veía el chispeante azul del mar.

Los ojos de Ana, amantes de la belleza, vagaron por todo aquello, contemplándolo ávidamente; la pobre criatura había visto muchos lugares feos en su vida, y aquello era más hermoso de lo que pudiera soñar.

Permaneció arrodillada, perdida para todo excepto para aquella belleza, hasta que una mano que se posó en su hombro la devolvió a la realidad. Marilla había entrado sin ser oída por la pequeña soñadora.

—Es hora de que te vistas —dijo severamente.

En realidad, Marilla no sabía cómo hablarle a la niña y su incómoda ignorancia la hacía seca e hiriente, cuando en realidad no quería serlo.

Ana se puso en pie, aspirando profundamente.

—¿No es hermoso? —dijo, abarcando con un movimiento de la mano el mundo exterior.

—Es un gran árbol —dijo Marilla—, tiene muchas flores, pero la fruta nunca es abundante, es pequeña y agusanada.

—Oh, no me refería sólo al árbol; desde luego que es hermoso, sí, es radiantemente hermoso; sino a todo, el jardín, la plantación, el arroyo, los bosques, todo el gran mundo querido. ¿No siente usted en una mañana como ésta como si quisiera a todo el mundo? Y yo puedo escuchar reír al arroyo. ¿Se ha parado a pensar lo alegres que son los arroyos? Siempre se están riendo. Incluso en invierno los he escuchado bajo el hielo. Estoy muy contenta de que haya un arroyo cerca de «Tejas Verdes». Quizá usted piense que no me importa mucho que ustedes no se queden conmigo, pero no es así. Siempre me gustará recordar que había un arroyo cerca de esta casa, aunque nunca la vuelva a ver. Si no hubiera un arroyo, me perseguiría la incómoda sensación de que debería haberlo. Esta mañana no estoy sepultada en el abismo de la desesperación. Nunca me puedo encontrar así por las mañanas. ¿No es fantástico que haya mañanas? Pero me siento muy triste. He estado imaginando que yo era realmente lo que ustedes querían y que iba a quedarme para siempre. Pero lo peor de imaginar cosas es que llega un momento en que uno debe detenerse y entonces duele.

—Será mejor que te vistas y no te ocupes de tu imaginación —dijo Marilla tan pronto como pudo meter baza—. El desayuno espera. Lávate la cara y péinate. Deja la ventana levantada y dobla las mantas. Sé tan pulcra como puedas.

Ana podía serlo cuando se lo proponía, pues bajó a los diez minutos con las ropas compuestas, el cabello cepillado y peinado, la cara lavada y una reconfortante seguridad en el alma de haber cumplido con las instrucciones de Marilla. Sin embargo, había olvidado doblar las mantas.

—Esta mañana tengo bastante hambre —anunció mientras se sentaba en la silla que le destinara Marilla—. El mundo no parece una cosa terrible como anoche. Estoy muy contenta de que sea una mañana de sol. Pero también me gustan las mañanas lluviosas. Toda clase de mañanas son interesantes, ¿no creen? No se sabe qué ocurrirá durante el día y hay un gran campo para la imaginación. Pero me alegro de que hoy no sea lluvioso porque será más fácil estar alegre y resistir la tristeza con un día de sol. Siento que tendré que resistir mucho. Es muy fácil eso de leer sobre dolores e imaginarse viviéndolos heroicamente, pero no es tan sencillo cuando son realidad, ¿no les parece?

—Cierra la boca, por el amor de Dios —dijo Marilla—; hablas demasiado para una niña.

Desde ese instante, Ana fue tan obediente y quedó tan silenciosa, que su mudez puso nerviosa a Marilla, como si se hallase en presencia de algo no natural.

Matthew tampoco hablaba, pero eso por lo menos era natural; de manera que el desayuno fue muy silencioso.

A medida que pasaba el tiempo, Ana se volvía más y más abstraída, comiendo mecánicamente, con los ojos fijos en el cielo a través de la ventana. Esto puso aún más nerviosa a Marilla; tenía la incómoda sensación de que mientras el cuerpo de aquella niña estaba en la mesa, su espíritu vagaba lejos, en alguna región nebulosa, surgida de su imaginación. ¿Quién querría una chica así?

¡Y sin embargo, Matthew deseaba que se quedara! Marilla sentía que él lo deseaba esta mañana tanto como la noche anterior y que seguiría deseándolo. Ésa era su manera de ser; antojársele algo y aferrarse a ello con la más sorprendente y silenciosa persistencia; persistencia diez veces más efectiva en su silencio que si hubiera hablado.

Cuando terminó el desayuno, Ana volvió de su ensueño y se ofreció para lavar los platos.

—¿Sabes fregar bien los platos? —dijo desconfiadamente Marilla.

—Bastante bien. Soy mejor aún para cuidar niños, sin embargo. He tenido mucha experiencia con ellos. Es una lástima que no tengan ninguno para cuidarlo.

—No sé si querría más niños que cuidar después de lo que tengo ya. Tú eres bastante problema. No sé qué hacer contigo. Matthew es un hombre muy extraño.

—Creo que es encantador —dijo Ana defendiéndolo—. ¡Es tan comprensivo! No le importaba que hablara; parecía que le gustaba. Tan pronto como le vi, sentí que era un espíritu gemelo.

—Sois los dos raros, si es a eso a lo que te refieres al decir espíritus gemelos —dijo Marilla con un bufido—. Sí, puedes fregar. Usa bastante agua caliente y asegúrate de secarlos bien. Tengo mucho que hacer esta mañana, pues debo ir esta tarde a White Sands a ver a la señora Spencer. Vendrás conmigo y decidiremos qué hacer contigo. Cuando termines con los platos, sube a hacer tu cama.

Ana lavó los platos con bastante destreza, como pudo comprobar Marilla, que observaba con ojo crítico. Más tarde hizo la cama con menos éxito, pues no había aprendido el arte de luchar con un colchón de plumas. Pero se las arregló como pudo, y entonces Marilla, para verse libre de ella, le dijo que podía salir y divertirse hasta la hora del almuerzo.

Ana voló a la puerta, con la cara encendida y los ojos brillantes. Al llegar al umbral, se detuvo de improviso, se dio la vuelta, volvió y se sentó junto a la mesa, habiendo desaparecido de su cara la luz y la alegría.

—¿Qué ocurre ahora? —preguntó Marilla.

—No me atrevo a salir —contestó Ana, con el tono de un mártir que renuncia a las glorias terrenas—. Si no puedo quedarme aquí, de nada sirve que quiera a «Tejas Verdes». Y si salgo y veo todos esos árboles, flores, plantaciones y el arroyo, no podré evitar quererlos. Ya es bastante duro ahora, de manera que no trataré de hacerlo todavía más. ¡Deseo tanto salir! Todo parece decirme: «Ana, Ana, sal a vernos, Ana, Ana, queremos un compañero de juegos», pero será mejor que no lo haga. De nada sirve querer algo de lo que te tienes que separar, ¿no es así? ¡Y es tan difícil evitar quererlas! Por eso estaba tan contenta de vivir aquí. Pensé que tendría muchas cosas para querer y nada que me lo impidiese. Pero el breve sueño ha pasado. Me resigno a mi suerte, de manera que no pienso salir por temor a perder la resignación. ¿Cómo se llama ese geranio del alféizar?

—Es un geranio injertado.

—Oh, no me refiero a esa clase de nombre. Quiero decir el nombre que le da usted. ¿No le ha puesto ninguno? ¿Puedo ponérselo yo? Puede llamarle… vamos… Bonny estará bien… ¿Puedo llamarle Bonny mientras esté aquí? ¿Puedo?

—No tengo inconveniente. ¿Pero qué sentido tiene ponerle nombre a un geranio?

—Oh, me gustan las cosas que tienen nombres propios, aunque sean nada más que geranios. Les hace parecer a los seres humanos. ¿Cómo sabe usted que no hiere los sentimientos de un geranio el que lo llamen geranio y nada más? A usted no le agradaría que la llamaran nada más que mujer durante todo el tiempo. Sí, lo llamaré Bonny. Esta mañana bauticé al cerezo que está frente a la ventana de mi dormitorio. Le puse Reina de las Nieves porque estaba tan blanco… Desde luego que no estará siempre en flor, pero uno puede imaginarse que sí, ¿no es cierto?

—En mi vida he visto u oído a nadie como ella —murmuró Marilla, batiéndose en retirada, bajando al sótano a buscar patatas—. Es interesante, como dice Matthew. Ya siento que estoy pensando qué diría. Me está hechizando a mí también. Ya lo hizo con Matthew. La mirada que me ha echado repitió todo cuanto me dijo o sugirió anoche. Quisiera que fuese como el resto de los hombres y dijera cosas. Podría contestarle y discutirle hasta hacerle entrar en razón. Pero, ¿qué se le puede hacer a un hombre que sólo mira?

Cuando Marilla regresó de su peregrinaje, Ana estaba absorta con las manos bajo la barbilla. Allí la dejó Marilla hasta que el almuerzo estuvo servido.

—Matthew, supongo que podré disponer esta tarde del coche y de la yegua —dijo Marilla.

Matthew asintió y miró a la niña pensativamente. Marilla interpretó la mirada y dijo secamente: —Voy a ir hasta White Sands para arreglar esto. Llevaré a Ana conmigo, y la señora Spencer arreglará las cosas para mandarla de regreso a Nueva Escocia de inmediato. Te dejaré preparado el té y estaré de regreso para ordeñar las vacas.

Tampoco ahora dijo nada Matthew, y Marilla tuvo la sensación de haber gastado palabras y aliento. No hay cosa más irritante que un hombre que no contesta, salvo una mujer que tampoco lo hace.

A su debido tiempo, Matthew enganchó la yegua al coche y Ana y Marilla partieron. Matthew abrió el portón y mientras cruzaba despacio, dijo, aparentemente sin dirigirse a nadie en particular: —El pequeño Jerry Boute, de la Caleta, estuvo aquí esta mañana y le dije que espero emplearle para el verano.

Marilla no contestó, pero dio tal latigazo a la desdichada yegua, que ésta, poco acostumbrada a tales tratos, echó a andar por el sendero a una velocidad alarmante. Marilla miró hacia atrás y vio al irritante Matthew apoyado en el portón, mirándolas pensativamente.

CAPÍTULO V

La historia de Ana

—¿Sabe una cosa? —dijo Ana confidencialmente—. Estoy resuelta a disfrutar de este paseo. Tengo una gran experiencia al respecto, y sé que se puede disfrutar de todo cuando uno está firmemente decidido a ello. Por supuesto, hay que estar firmemente decidido. Durante nuestro paseo no voy a pensar en que tengo que volver al asilo. Sólo voy a pensar en el paseo. Oh, mire, allí hay una temprana rosa silvestre. ¿No es preciosa? ¿No le parece que debe ser muy bonito ser una rosa? ¿No sería maravilloso que las rosas pudieran hablar? Estoy segura de que podrían contarnos historias fantásticas. ¿Y no es el rosa el color más fascinante del mundo? Lo adoro, pero no puedo usarlo. Las personas de cabello rojizo no pueden usar ropa color rosa, ni aun en la imaginación. ¿Ha sabido alguna vez de alguien que tuviera el pelo rojo de joven y que se le haya cambiado a otro color al crecer?

—No, no creo haberlo oído nunca —dijo Marilla sin piedad— y tampoco creo que sea probable que te ocurra a ti. Ana suspiró.

—Bueno, otra esperanza que se pierde. Mi vida es un perfecto cementerio de esperanzas muertas. Esta frase la leí una vez en un libro y me la repito siempre para consolarme cuando estoy desilusionada por algo.

—No veo dónde está el desconsuelo —dijo Marilla.

—Pues porque suena tan bello y romántico como si yo fuera la heroína de un libro. Me encantan las cosas románticas; y un cementerio lleno de esperanzas muertas es lo más romántico que uno pueda imaginarse, ¿no es cierto? Casi estoy contenta de que mi vida lo sea. ¿Vamos a cruzar el Lago de las Aguas Refulgentes hoy?

—Hoy no pasaremos por la laguna de Barry, si es eso lo que quieres decir. Vamos por el camino de la costa.

—«Camino de la costa» suena muy hermoso —dijo Ana soñadoramente—. ¿Es tan hermoso cómo suena? ¡En el mismo instante en que usted dijo «camino de la costa» lo vi como un cuadro en mi mente! Y también White Sands es un lindo nombre; pero no me gusta tanto como Avonlea. Avonlea es un nombre encantador. Suena como música. ¿Queda muy lejos White Sands?

—A unos ocho kilómetros; y como veo que estás resuelta a hablar, hazlo con algún beneficio, contándome todo lo que sepas sobre ti misma.

—Oh, lo que sé sobre mí misma realmente no vale la pena —dijo Ana ansiosamente—. Si me permitiera contarle lo que imagino, lo encontraría mucho más interesante.

—No, no quiero ninguna de tus fantasías. Atente sólo a la verdad. Comienza por el principio. ¿Dónde has nacido y cuántos años tienes?

—Cumplí once años en marzo —dijo Ana resignándose a la verdad con un pequeño suspiro—. Y nací en Bolingbroke, Nueva Escocia. El nombre de mi padre era Walter Shirley y era maestro en la Escuela Superior de Bolingbroke. Mi madre se llamaba Bertha Shirley. ¿No es cierto que Walter y Berth son nombres preciosos? ¡Estoy tan contenta de que mis padres tuvieran unos nombres tan bonitos! Sería una verdadera desgracia el tener un padre llamado... bueno, digamos Jedediah, ¿no es cierto?

—Creo que lo que tiene importancia no es cómo se llame una persona, sino cómo se comporte —dijo Marilla sintiéndose obligada a inculcar una moral sana y útil.

—Bueno, no sé —dijo Ana pensativamente—. Leí una vez en un libro que si la rosa tuviera otro nombre su fragancia sería la misma, pero no puedo convencerme de que sea cierto. No puedo creer que una rosa fuera tan linda si se llamara cardo o calabaza. Supongo que mi padre podría haber sido un buen hombre aunque se hubiera llamado Jedediah, pero estoy segura que tal nombre habría sido una carga para él. Bien; mi madre también era maestra en la Escuela Superior, pero cuando se casó con papá abandonó el magisterio. Un marido ya es suficiente responsabilidad. La señora Thomas dijo que eran un par de criaturas, y tan pobres como las ratas. Fueron a vivir a una pequeña casita amarilla en Bolingbroke. Nunca la he visto, pero me la he imaginado miles de veces. Estoy segura de que tenía madreselvas sobre la ventana de la sala, y lilas en el jardín y lirios del valle a la entrada. Sí, y cortinas de muselina en todas las ventanas. Las cortinas de muselina dan un aspecto muy bonito a una casa. Yo nací en esa casa. La señora Thomas dijo que yo era la niña más fea que había visto, toda huesos y ojos, pero que para mamá era guapísima. Yo debería pensar que una madre sería mejor juez que una pobre mujer que servía para fregar, ¿no le parece? De cualquier modo me alegra el que mamá estuviera satisfecha conmigo. Me sentiría muy triste si supiera que había sido una desilusión para ella, porque no vivió mucho después de aquello, ¿sabe? Murió de fiebre cuando yo tenía tres meses. ¡Cuánto deseo que hubiera vivido más tiempo para poder recordar el llamarla mamá! Pienso que debe ser muy dulce decir «mamá», ¿no es cierto? Y papá murió cuatro días después, de fiebre también. Me quedé huérfana y los vecinos no sabían qué hacer conmigo, según dijo la señora Thomas. Verá usted, nadie me quería, ni aun entonces. Parece ser mi destino. Mamá y papá habían llegado de lugares muy distantes y era sabido que no tenían parientes. Finalmente la señora Thomas se hizo cargo de mí, a pesar de que era pobre y tenía un marido que estaba siempre borracho. Ella me crió con biberón. ¿Sabe usted si las personas criadas con biberón deben ser por esa razón mejores que las otras? Porque cada vez que la desobedecía, la señora Thomas me preguntaba, como reprochándome, cómo podía ser una niña tan mala, cuando ella me había criado con biberón. El señor y la señora Thomas se mudaron de Bolingbroke a Marysville, y viví con ellos hasta que tuve ocho años. Yo ayudaba a criar a los niños de los Thomas —había cuatro menores que yo— y puedo asegurarle que daban muchísimo trabajo. Luego el señor Thomas murió al caer bajo un tren, y su madre se ofreció a hacerse cargo de la señora Thomas y los chicos, pero no de mí. Así que le tocó a la señora Thomas verse en apuros, como decía ella, respecto a mí. Entonces llegó la señora Hammond, que vivía aguas arriba, y dijo que me acogería, al ver que tenía práctica con los niños; y remonté el río para vivir con ella en un pequeño claro entre los bosques. Era un lugar muy solitario. Estoy segura de que nunca hubiera podido vivir allí de no tener imaginación. El señor Hammond tenía un pequeño aserradero y la señora Hammond tenía ocho hijos. Tuvo mellizos tres veces. Me gustan los niños con moderación, pero mellizos tres veces seguidas es demasiado. Así se lo dije a la señora Hammond cuando llegó el último par. Era terrible lo que cansaba el llevarlos en brazos.

»Viví allí durante dos años, y entonces murió el señor Hammond y la señora vendió la casa. Distribuyó sus hijos entre parientes, y se fue a los Estados Unidos. Yo tuve que ir al asilo porque nadie me quiso. Tampoco me querían en el asilo; decían que tenían ya muchos niños, y así era. Pero tuvieron que aceptarme y estuve cuatro meses, hasta que llegó la señora Spencer.

Ana terminó con otro suspiro, esta vez de alivio. Evidentemente no le gustaba hablar de sus experiencias en un mundo que le había sido tan hostil.

—¿Has ido a la escuela? —preguntó Marilla, dirigiendo la yegua alazana hacia el camino de la costa.

—No mucho. Fui un poco durante el último año que estuve con la señora Thomas. Cuando remonté el río estábamos tan lejos de una escuela que no podía caminar hasta ella en invierno, y en verano había vacaciones, de manera que sólo podía ir en primavera y otoño. Pero, por supuesto, fui mientras estuve en el asilo. Puedo leer bastante bien y sé algunas poesías de memoria: «La Batalla de Hohelinden» y «Edimburgo después de Flodden», y «Bingen en el Rin», y muchos de «La Dama del Lago» y más de «Las Estaciones» de James Thompson. ¿No ama usted la poesía, la poesía que le hace correr un estremecimiento por la espalda? Hay una parte en el quinto libro de lectura: «El ocaso de Polonia», que justamente está llena de estremecimientos. Por supuesto no me tocaba el quinto libro, sino el cuarto, pero las niñas mayores acostumbraban prestarme los suyos para que leyera.

—¿Esas mujeres, la señora Thomas y la señora Hammond, fueron buenas contigo? —preguntó Marilla espiando a Ana con el rabo del ojo.

—O-o-o-h —balbuceó Ana. Su sensitiva carita enrojeció embarazosamente y enarcó las cejas—. Oh, querían serlo; sé que tenían intenciones de ser tan buenas y amables como fuera posible. Y cuando la gente quiere ser buena con uno, no se le da mucha importancia si no lo consiguen del todo siempre. Tenían muchas cosas por las que preocuparse, ¿sabe? Es muy angustioso tener un marido borracho; y debe de ser muy penoso tener mellizos tres veces, ¿no le parece? Pero estoy segura que se proponían ser buenas conmigo.

Marilla no hizo más preguntas. Ana guardó silencio, fascinada por el camino de la costa, y Marilla guiaba la yegua también abstraída, mientras reflexionaba profundamente.

Repentinamente la pena por la niña había inundado su corazón. ¡Qué vida tan desamparada y sin cariño había tenido! Una vida de miseria, pobreza y desdén; porque Marilla era lo suficientemente perspicaz como para leer entre líneas en la historia de Ana y adivinar la verdad. No en vano había estado tan entusiasmada ante la idea de tener un verdadero hogar. Era una pena que tuviera que ser devuelta. ¿Qué ocurriría si ella, Marilla, accedía al irresponsable capricho de Matthew y la dejaba quedarse? Matthew estaba encaprichado y Ana parecía una niña buena y dócil. «Habla demasiado —pensó Marilla—, pero se le puede quitar esa costumbre. Y no hay nada rudo o vulgar en lo que dice. Es delicada. Es probable que sus padres fueran buena gente.»

El camino de la costa era «boscoso, salvaje y solitario». A la derecha, montes de pinos, cuyos espíritus permanecían imbatibles después de largos años de lucha con los vientos del golfo, crecían densamente. A la izquierda estaban los empinados acantilados, tan cerca del camino en algunos lugares, que una yegua de menos estabilidad que la alazana habría puesto a prueba los nervios de las personas que iban detrás de ella. En la falda de los acantilados había rocas erosionadas o pequeñas ensenadas de arena con guijarros incrustados corno joyas del océano; más allá, el mar brillante y azul, y sobre éste se remontaban las gaviotas con sus alas plateadas bajo la luz del sol.

—¿No es maravilloso? —dijo Ana despertando de un largo y ensimismado silencio—. Una vez, cuando vivía en Marysville, el señor Thomas alquiló un coche y nos llevó a todos a pasar el día a la playa, que quedaba a quince kilómetros de distancia. Aun teniendo que vigilar constantemente a los niños disfruté cada uno de los minutos de aquel día. Volví a vivir esos momentos en sueños durante muchos años. Pero esta playa es más hermosa que la de Marysville. ¿No son espléndidas esas gaviotas? ¿Le gustaría ser gaviota? Yo creo que a mí sí; eso es, si no pudiera ser un ser humano. ¿No cree que sería bonito despertarse con los rayos del sol y zambullirse dentro del agua y salir otra vez, y así durante todo el día? ¿Y luego, por la noche, volar de vuelta al nido? Puedo imaginarme haciéndolo. ¿Qué es esa casa grande que hay allí enfrente?

—Es el hotel de White Sands. El dueño es el señor Kirke, pero la temporada no ha comenzado aún. Vienen montones de americanos a pasar el verano. Piensan que es la playa más adecuada.

—Temía que fuera la casa de la señora Spencer —dijo Ana tristemente—. No tengo ganas de llegar. Tengo la sensación de que será el fin de todo.

CAPÍTULO VI

Marilla toma una decisión

Pero llegaron, sin embargo, a su debido tiempo. La señora Spencer vivía en la ensenada de White Sands y apareció en la puerta con una mezcla de sorpresa y bienvenida en la cara.

—Caramba —dijo—, son las últimas personas que esperaría hoy, pero estoy encantada de verlas. ¿Dejará suelta la yegua? ¿Cómo estás, Ana?

—Estoy todo lo bien que puede esperarse, gracias —dijo Ana sin sonreír. Sobre ella pareció haber descendido la desgracia.

—Nos quedaremos un rato mientras descansa la yegua —dijo Marilla—, pero he prometido a Matthew regresar temprano. El hecho es, señora Spencer, que se ha cometido un error en alguna parte y he venido a ver dónde. Matthew y yo mandamos decirle que nos trajera un chico de diez u once años.

—¡No me diga, Marilla Cuthbert! —dijo desesperada la señora Spencer—. Pero si Robert me lo mandó decir por su hija Nancy y ella dijo que ustedes querían una niña, ¿no es así, Flora Jane? —preguntó a su hija, que subía las escaleras.

—Ciertamente, señorita Cuthbert —corroboró Flora Jane.

—Lo siento muchísimo —dijo la señora Spencer—. Es una lástima, pero ya ve que no ha sido por mi culpa. Hice cuanto pude y pensé que seguía sus instrucciones. Nancy es terrible. A menudo he debido reprenderla por sus despistes.

—Fue culpa nuestra —dijo Marilla resignadamente—. Debimos haber ido nosotros y no dejar que un mensaje de tal importancia fuera pasado verbalmente. De todas maneras, el error ha sido hecho y debemos corregirlo. ¿Podemos devolver la niña al asilo? Supongo que la volverán a admitir.

—Supongo —dijo pensativamente la señora Spencer—, pero no creo que sea necesario enviarla. La señora de Peter Blewettestuvo ayer por aquí y me dijo cuánto desearía que le mandaran una chiquilla por mi intermedio para que la ayudara. La señora Blewett tiene familia numerosa y le cuesta encontrar ayuda. Ana es exactamente lo que necesita. Esto es lo que yo llamo providencial.

Marilla no daba la sensación de considerar providencial el asunto. Aquí tenía inesperadamente una buena oportunidad de deshacerse de la indeseada huérfana, y ni siquiera se sentía contenta.

Sólo conocía de vista a la señora de Peter Blewett; de baja estatura, cara de pocos amigos y ni un gramo de carne superflua sobre los huesos. Pero había tenido noticias de ella. «Gran trabajadora y dirigente», se decía de la señora Blewett, y las sirvientas despedidas contaban horripilantes historias de su carácter y su mezquindad, y de sus hijos malcriados y pendencieros. Marilla sentía un escrúpulo de conciencia ante el pensamiento de entregar a Ana a sus tiernas mercedes.

—Bueno, entraré y hablaremos sobre el asunto.

—¡Mire! ¿No es la señora Blewett la que viene por el sendero en este mismo instante? —exclamó la señora Spencer, haciendo cruzar a sus huéspedes el vestíbulo para entrar en el comedor, donde las recibió un frío glacial, como si el aire hubiera perdido hasta la última partícula de calor al cruzar las cerradas cortinas verdes—. Es una verdadera suerte pues así podemos arreglar el asunto inmediatamente. Siéntese en el sillón, señorita Cuthbert. Ana, siéntate aquí y no te muevas. Denme sus sombreros. Flora Jane, ve a poner el agua a hervir. Buenas tardes, señora Blewett, estábamos diciendo que es verdaderamente una suerte era que usted viniera. Permítame que les presente: la señora Blewett, la señorita Cuthbert. Perdónenme un momento: olvidé decirle a Flora Jane que saque los bollos del horno.

La señora Spencer desapareció tras correr las cortinas. Ana, sentada en silencio con las manos fuertemente apretadas sobre su falda, contemplaba a la señora Blewett como fascinada. ¿La dejarían al cuidado de aquella mujer de ojos agudos y cara afilada? Sintió que se le hacía un nudo en la garganta y cerró dolorosamente los ojos. Empezaba a temer que no podría retener las lágrimas, cuando volvió la señora Spencer, decidida, capaz de desvanecer cualquier dificultad, física, mental o espiritual.

—Parece que hubo un error respecto a esta niña, señora Blewett —dijo—. Yo creía que el señor y la señorita Cuthbert querían adoptar una niña. Así se me dijo, pero lo cierto es que querían un muchacho. De manera que si piensa lo mismo que ayer, creo que aquí tiene lo que quería.

La señora Blewett escudriñó a Ana de la cabeza a los pies.

—¿Qué edad tienes y cómo te llamas?

—Ana Shirley —murmuró la sobrecogida niña—, y tengo once años.

—¡Hum! No pareces valer gran cosa. Pero eres flaca. No sé por qué los flacos resultan mejores. Si te acojo habrás de ser buena; ya sabes, buena, pulcra y respetuosa. Espero que te ganes el sustento, no te vayas a equivocar a ese respecto. Sí, supongo que podré desembarazarla de ella, señorita Cuthbert. El niño está terriblemente rebelde y estoy molida de atenderlo. Si usted lo desea, puedo llevármela a casa ya.

Marilla miró a Ana y se ablandó ante la vista de la pálida cara de la niña y su mirada de mudo dolor; el dolor de una indefensa criatura que se encuentra nuevamente atrapada en la trampa de la que acaba de escapar. Marilla tuvo la incómoda convicción de que si hacía caso omiso del ruego de aquella mirada, su recuerdo la perseguiría hasta la muerte. Más aún, no le agradaba la señora Blewett. ¡Entregar una criatura sensible a semejante mujer! ¡No, no podía cargar con la responsabilidad de ese hecho!

—Bueno, no sé —dijo lentamente—. Yo no dije con seguridad que Matthew y yo hubiéramos decidido completamente que no podíamos quedarnos con ella. En verdad, puedo decir que Matthew está predispuesto a quedarse con la niña. Yo sólo vine a ver cómo había ocurrido el error. Será mejor que la vuelva a llevar a casa y lo discuta con mi hermano. Creo que no debo decidir nada sin consultarle. Si decidimos no quedarnos con ella, la traeré o se la mandaré mañana por la noche. Si no ocurre así, es que se queda. ¿Le parece bien, señora Blewett?

—Supongo que sí.

Durante el discurso de Marilla, el sol había salido en la cara de Ana. Primero se desvaneció la mirada de desesperación; luego alumbró débilmente la esperanza; sus ojos brillaron como estrellas. La niña estaba casi transfigurada,, y cuando la señora Spencer y la señora Blewett salieron en demanda de la receta de cocina que esta última había venido a buscar, cruzó la habitación de un salto en dirección a Marilla.

—Oh, señorita Cuthbert, ¿de verdad ha dicho que quizá me dejarían quedarme en «Tejas Verdes»? —murmuró, como si hablando en alta voz pudiera romper esa hermosa posibilidad—. ¿Lo dijo usted en realidad, o sólo fue mi imaginación?

—Creo que será mejor que gobiernes esa imaginación tuya, si es que no puedes distinguir entre lo que es real y lo que no —dijo Marilla—. Sí, me has oído decir eso y nada más. No está decidido y quizá resolvamos que la señora Blewett se quede contigo. Con toda seguridad que ella te necesita mucho más que yo.

—Volvería al asilo antes de vivir con ella —dijo apasionadamente la chiquilla—. Parece exactamente... una arpía.

Marilla escondió una sonrisa ante la seguridad de que Ana debía ser reprendida por tal palabra.

—Una niña como tú debería avergonzarse de referirse así a una señora desconocida —dijo severamente—. Vuelve, siéntate correctamente, cállate y pórtate como una niña buena.

—Trataré de hacerlo si se queda usted conmigo —dijo Ana volviendo dócilmente a su otomana.

Cuando volvieron a «Tejas Verdes» Matthew se les unió en el sendero. Desde lejos, Marilla le vio caminar hacia allí y se puso a pensar en el motivo. Estaba preparada para el alivio que vería en su cara cuando viera que por lo menos volvía con Ana. Pero no le dijo nada del asunto hasta que estuvieron tras el establo, ordeñando las vacas. Allí le relató suavemente la historia de Ana y la entrevista con la señora Spencer.

—Yo no le daría ni un perro a esa señora Blewett —dijo Matthew con inusitado vigor.

—A mí tampoco me gusta su aspecto —admitió Marilla—, pero hay que elegir entre eso o quedarnos nosotros con ella, Matthew. Y, ya que tú pareces querer quedarte con ella, supongo que yo también tendré que quererlo. He estado dándole vueltas a la idea, hasta acostumbrarme a ella. Parece un deber. Nunca he criado una criatura, especialmente una niña, y creo que me provocará enormes trastornos. Pero lo haré lo mejor que pueda. En lo que a mí respecta, Matthew, puede quedarse.

La tímida cara de Matthew brillaba de alegría.

—Bueno, Marilla, esperaba que lo vieras así. Es una chiquilla muy interesante.

—Sería mejor si pudieras decir que es una chiquilla útil —respondió Marilla—, pero yo procuraré que así sea. Y ten en cuenta, Matthew, que no te permitiré interferir en mis métodos. Quizá una solterona no sepa mucho sobre cómo se cría a los niños, pero seguro que sabe más que un solterón. De manera que déjame manejarla. Cuando fracase, tiempo tendrás de echar una mano.

—Bueno, bueno, Marilla, puedes hacer lo que quieras —dijo Matthew tranquilamente—. Sólo te pido que seas tan buena y amable con ella como puedas serlo sin malcriarla. Me parece que esta niña es de la clase de personas de las que se puede obtener casi cualquier cosa con sólo conseguir que te quieran.

Marilla lanzó un bufido para expresar así su desprecio por las opiniones de Matthew respecto a asuntos femeninos y salió con los baldes.

—No le diré todavía que puede quedarse —reflexionó mientras llenaba las lecheras—. Se excitaría tanto que no podría dormir. Marilla Cuthbert, te has entusiasmado. ¿Has pensado alguna vez que llegaría el día en que adoptarías una huérfana de un asilo? Sí que es una sorpresa; pero más lo es que Matthew sea el causante; él, que siempre pareció tener un miedo mortal a las niñas. De cualquier modo hemos decidido probar. Y sólo Dios sabe lo que saldrá de todo esto.

CAPÍTULO VII

Ana dice una oración

Cuando Marilla llevó a Ana a la cama, le dijo firmemente: —Escucha, Ana, he notado que anoche al desnudarte esparciste tu ropa por todo el piso. Es una costumbre muy fea y no puedo permitirla. En cuanto te quites una prenda de vestir, la doblas cuidadosamente y la colocas sobre la silla. No me agradan en absoluto las niñas que no son pulcras.

—Anoche tenía la mente tan turbada, que ni pensé en la ropa —dijo Ana—. La doblaré mejor está noche. Siempre lo hacíamos en el asilo, aunque la mitad de las veces lo olvidaba, tal era mi prisa por meterme en la cama para estar tranquila e imaginar cosas.

—Pues si has de estar aquí, tendrás que recordarlo un poco mejor —la amonestó Marilla—. Di tus oraciones y a dormir.

—Nunca rezo —anunció Ana.

Marilla la miró aterrorizada.

—Pero, Ana, ¿qué estás diciendo? ¿Nunca te han enseñado a rezar? Dios quiere que las niñas siempre digan sus oraciones antes de acostarse. ¿Sabes quién es Dios, Ana?

—«Dios es un Espíritu purísimo, infinitamente bueno, sabio, justo, poderoso, principio y fin de todas las cosas» —respondió Ana rápidamente y de forma locuaz.

Marilla se mostró algo aliviada.

—¡De modo que sabes algo, a Dios gracias! No eres pagana del todo. ¿Dónde aprendiste eso?

—Oh, en la Escuela Dominical del asilo. Nos hacían estudiar todo el catecismo. Me gustaba mucho. Hay algo espléndido en algunas palabras: «infinitamente», «poderoso», «principio y fin». ¿No es grandioso? Tiene la grandiosidad del sonido de un gran órgano. Uno no puede llamarlo poesía, supongo, pero se le parece mucho, ¿no es cierto?

—No estamos hablando de poesías, Ana; estamos hablando sobre tus oraciones. ¿No sabes que es algo muy feo no decir oraciones por la noche? Me parece que eres una niña muy mala.

—Si usted fuera pelirroja vería que es mucho más fácil ser mala que buena —dijo Ana con reproche—. La gente que no tiene el pelo rojo no tiene idea de la molestia que significa. La señora Thomas me dijo que Dios me había dado el cabello de ese color a propósito, y desde entonces no me preocupé más por Él. Y, de cualquier modo, estaba siempre tan cansada por las noches que no me molestaba en rezar. La gente que tiene que cuidar mellizos no tiene tiempo para pensar en rezar. Con sinceridad, ¿no lo cree usted así?

Marilla decidió que la instrucción religiosa de Ana debía comenzar inmediatamente. No había tiempo que perder.

—Mientras estés en mi casa, deberás decir tus oraciones, Ana.

—Por supuesto, ya que usted quiere que lo haga —asintió la niña alegremente—. Haría cualquier cosa por complacerla. Pero por esta vez tendrá usted que indicarme qué debo decir. Cuando me acueste, pensaré una bonita oración para decirla siempre. Creo que será muy interesante, ahora que me ha hecho pensarlo.

—Debes arrodillarte —dijo Marilla embarazosamente. Ana se arrodilló frente a Marilla y preguntó seriamente: —¿Por qué la gente tiene que arrodillarse para rezar? Si yo realmente quisiera rezar, voy a decirle lo que haría. Iría a un campo grande, solitario, o me internaría en lo más profundo del bosque; miraría al cielo, arriba, arriba, arriba, a ese maravilloso cielo azul que parece no tener fin. Y entonces, realmente sentiría una plegaria. Bueno, estoy lista. ¿Qué tengo que decir?

Nunca había sentido Marilla más embarazo. Tenía la intención de enseñarle a Ana la clásica oración de los niños: «Con Dios me acuesto». Pero poseía, como ya se ha dicho, una cierta visión del sentido del humor —que es simplemente otra denominación del sentido de la oportunidad—; y repentinamente se le ocurrió que aquella simple plegaria, sagrada para una niñez vestida de blanco, balbuceada sobre el regazo materno, era algo completamente inapropiado para aquella chiquilla pecosa que nada sabía del amor de Dios, dado que éste no le había llegado por medio del amor humano.

—Eres lo suficientemente mayor como para rezar por ti misma, Ana —dijo por fin—. Sólo dale gracias a Dios por sus bendiciones y ruégale con humildad que te conceda lo que deseas.

—Bueno, haré lo que pueda —prometió Ana escondiendo la cara en el regazo de Marilla—. «Padre nuestro amantísimo...» Así es como decía el cura, de modo que supongo que estará bien para una plegaria privada, ¿no es cierto? —se interrumpió alzando la cabeza por un momento—. «Padre nuestro amantísimo, te doy las gracias por el Blanco Camino del Encanto y por el Lago de las Aguas Refulgentes y por Bonny y por la Reina de las Nieves. Te estoy extremadamente agradecida por ello. Y éstas son todas las cosas que tengo que agradecerte por el momento. En cuanto a las que tengo que pedirte, es tanto, que llevaría mucho tiempo nombrarlo, de manera que sólo mencionaré las dos cosas más importantes: Por favor déjame quedarme en "Tejas Verdes"; y por favor, haz que sea guapa cuando crezca.

Tuya sinceramente, Ana Shirley.

—Ya está. ¿Lo hice bien? —preguntó ansiosamente mientras se levantaba—. Podía haberlo hecho mucho mejor de haber tenido algo más de tiempo para pensarlo.

Lo único que impidió que a la pobre Marilla le diera un colapso fue el convencimiento de que no era la irreverencia lo que motivaba la original petición de Ana, sino la simple ignorancia religiosa.

Arropó a la niña, mientras para sus adentros se hacía la promesa de que al día siguiente le enseñaría una verdadera oración, y ya dejaba la habitación con la vela en la mano, cuando Ana la llamó.

—Ahora me doy cuenta. Debería haber dicho «amén» en vez de «tuya sinceramente», ¿no es cierto?; así decían los curas. Lo había olvidado, pero me parecía que una oración había que terminarla de alguna manera. ¿Cree que importará?

—Yo… yo creo que no —dijo Marilla—. Ahora duérmete como una niña buena. Buenas noches.

—Hoy puedo decir buenas noches con la conciencia tranquila —dijo Ana abrazándose a la almohada.

Marilla se retiró a la cocina, puso la vela sobre la mesa y dirigió a Matthew una mirada penetrante.

—Matthew Cuthbert, ya es tiempo de que alguien se haga cargo de esa niña y le enseñe algo. Es casi una perfecta pagana. ¿Quieres creer que nunca había dicho una plegaria en su vida hasta esta noche? Mañana mandaré pedir a la rectoría el libro de religión; sí, eso es lo que haré. Y asistirá a la Escuela Dominical tan pronto como pueda hacerle algunas ropas apropiadas. Preveo que tendré muchísimo que hacer. Bueno, bueno, no podemos pretender pasar por el mundo sin nuestra carga de tribulaciones. Hasta hoy he llevado una vida fácil, pero ha llegado mi hora por fin y creo que tendré que enfrentarla lo mejor que pueda.

CAPÍTULO VIII

Comienza la educación de Ana

Por razones muy personales, Marilla no dijo a Ana hasta la tarde siguiente que se quedaría en «Tejas Verdes». Durante la mañana mantuvo a la niña ocupada en distintas tareas y la observó con ojo vigilante. Al mediodía ya había decidido que Ana era pulcra y obediente, deseosa de trabajar y rápida para aprender, viendo que su mayor defecto era ponerse a soñar con los ojos abiertos en medio de la labor, olvidándola hasta que una reprimenda o una catástrofe la devolvía al mundo.

Cuando Ana hubo terminado de lavar los platos del almuerzo, se dirigió a Marilla, con el aspecto de alguien desesperadamente decidido a saber lo peor. Su delgado cuerpecito temblaba de la cabeza a los pies; su cara estaba enrojecida y sus ojos dilatados. Juntó las manos y dijo con voz implorante: —Oh, señorita Cuthbert, ¿quisiera decirme si me van a devolver o no? He tratado de ser paciente toda la mañana, pero en realidad siento que no podré resistir más. Es una sensación horrible. Dígamelo, por favor.

—No has limpiado el trapo con agua caliente como te indiqué —dijo Marilla, inconmovible—, ve a hacerlo antes de preguntar más, Ana... Ana fue a hacer lo que le indicaban. Luego volvió junto a Marilla y fijó en ésta sus ojos implorantes.

—Bueno —dijo Marilla, incapaz de hallar alguna otra excusa para retardar más el asunto—. Supongo que ya puedo decírtelo. Matthew y yo hemos decidido quedarnos contigo; esto es, si tratas de ser una buena niña y demostrarte agradecida. Pero chiquilla, ¿qué ocurre?

—Estoy llorando —dijo Ana, con tono azorado—. No puedo pensar por qué. Estoy todo lo contenta que es posible. Oh, contenta no me parece la palabra indicada. Estaba contenta del Blanco Camino y de los capullos del cerezo; pero esto, ¡oh, es algo más que alegría! ¡Soy tan feliz! ¡Trataré de ser muy buena! Será una tarea terrible, supongo, pues la señora Thomas me decía muy a menudo que soy muy mala. Sin embargo, haré cuanto pueda. Pero ¿me puede decir por qué lloro?

—Supongo que porque estás excitada y nerviosa —dijo Marilla con reproche—. Siéntate en esa silla y trata de calmarte. Me parece que ríes y lloras con demasiada facilidad. Sí, puedes quedarte aquí y trataremos de hacer algo bueno de ti. Debes ir a la escuela; pero como sólo falta un par de semanas para las vacaciones, no vale la pena que comiences antes de que reabran en septiembre.

—¿Cómo debo llamarla? —preguntó Ana—. ¿Debo decir siempre señorita Cuthbert? ¿Puedo llamarla tía Marilla?

—No; llámame simplemente Marilla. No estoy acostumbrada a que me llamen señorita Cuthbert y me pondría nerviosa.

—Suena terriblemente irrespetuoso llamarla Marilla —protestó Ana.

—Creo que no habrá nada irrespetuoso en ello si tienes cuidado de hablar respetuosamente. Todos en Avonlea, jóvenes y viejos, me llaman Marilla, excepto el pastor. Él dice señorita Cuthbert, cuando se acuerda.

—Me gustaría llamarla tía Marilla —dijo Ana, pensativa—; nunca he tenido una tía ni pariente alguno; ni siquiera una abuela. Me haría sentir como si realmente fuera de la familia. ¿Puedo llamarla tía Marilla?

—No, no soy tu tía y no me gusta dar a la gente nombres que no le pertenecen.

—Pero podríamos imaginar que lo es.

—Yo no podría —dijo Marilla, ceñuda.

—¿Nunca imagina usted cosas distintas de lo que son en realidad? —preguntó Ana con los ojos abiertos.

—No.

—¡Oh! —Ana aspiró profundamente—. ¡Oh, señorita... Marilla, no sabe lo que se pierde!

—No creo en eso de imaginar las cosas distintas de cómo son en realidad —respondió Marilla—. Cuando el Señor pone en nosotros unas características, no debemos imaginar que son distintas. Y eso me hace recordar algo. Ve al salón, Ana; asegúrate de no dejar entrar moscas y de que tienes las suelas limpias, y tráeme la estampa que hay sobre el mantel. El Padre Nuestro está impreso allí y puedes dedicar esta tarde a aprenderlo de memoria. No quiero oír más oraciones como la de anoche.

—Supongo que fui muy torpe —dijo Ana—, pero es que, ¿sabe usted?, nunca tuve práctica. ¿No esperaría usted que alguien rezara muy bien la primera vez que lo hace, no es así? Pensé una espléndida plegaria después de acostarme, tal como le prometí hacerlo. Era casi tan larga como la de un sacerdote; e igual de poética. Pero, ¿creerá que esta mañana al despertar no recordaba una sola palabra de ella? Y tengo miedo de no poder volver a pensar otra tan buena. Por alguna razón, segundas partes nunca son buenas. ¿Ha notado eso?

—Aquí hay algo que debes notar tú, Ana. Cuando te mando hacer algo quiero que me obedezcas inmediatamente y que no te quedes como una estatua y hagas un discurso. Debes ir y hacer lo que se te mande.

Rápidamente, Ana cruzó el vestíbulo. Tardaba en volver, de manera que después de esperar diez minutos, Marilla dejó su labor y fue en su busca con ceñuda expresión. La encontró inmóvil ante un cuadro colgado entre dos ventanas, con las manos cogidas a la espalda, la cara levantada y los ojos iluminados por los sueños. La luz blanca y verde que cruzaba entre los manzanos y las vides caía sobre la extasiada figurita, dándole un aspecto casi sobrenatural.

—Ana, ¿en qué estás pensando? —preguntó secamente Marilla.

La chiquilla volvió sobresaltada a la realidad.

—En eso —dijo señalando el cuadro, una litografía bastante vivida titulada «Cristo bendiciendo a los niños»—. Me imaginaba que era uno de ellos, esa niña que está sola en el rincón como si no fuera de nadie, igual que yo. Parece triste y solitaria, ¿no cree usted? Sospecho que no tiene madre ni padre. Pero también quería Su bendición, de manera que se acercó tímidamente al extremo de la multitud, esperando que nadie, excepto Él, la notara. Yo sé cómo debía sentirse. Su corazón debe haber latido y sus manos haber estado frías, igual que las mías cuando le pregunté si podría quedarme. Ella temía que Él no la viera. Pero creo que debió verla, ¿no le parece? He estado tratando de imaginarme todo eso; ella se deslizaba hasta llegar a Su lado, y entonces Él la miraba y ponía su mano sobre su cabecita, y ¡qué estremecimiento de alegría recorría su cuerpo! Pero me hubiera gustado que el artista no hubiese pintado al Señor con un aspecto tan triste. No sé si habrá notado que todos sus retratos son así. Yo no creo que Él tuviera ese aspecto en realidad, pues los niños le hubieran temido.

—Ana —dijo Marilla, pensando por qué no había interrumpido antes ese largo discurso—, no debes hablar así. Es irreverente, claramente irreverente.

Ana abrió los ojos.

—Pero si me parecía ser todo lo reverente que podía. No creí que no lo fuera.

—Bueno, no creo que lo hicieras intencionadamente, pero no me parece correcto hablar de esas cosas con tanta familiaridad. Otra cosa, Ana: cuando te mando a buscar algo, has de traerlo enseguida y no quedarte soñando ante los cuadros. Recuérdalo. Coge esa estampa y ven a la cocina. Siéntate en el rincón y apréndete la plegaria de memoria.

Ana colocó la cartulina contra el jarrón lleno de flores que había traído para decorar la mesa. Marilla había contemplado de soslayo aquella decoración, pero nada dijo. Apoyó la barbilla en las manos y la estudió en silencio durante varios minutos.

—Me gusta esto —anunció—. Es hermoso. Ya lo había escuchado antes; el director de la Escuela Dominical del asilo lo dijo una vez. Pero no me gustó entonces. Tenía una voz muy cascada y lo decía muy tristemente. Sentí que él consideraba rezar como un deber desagradable. Esto no es poesía, pero me hace sentir lo mismo que si lo fuera. «Padre nuestro que estás en los cielos, santificado sea tu nombre.» Suena musical. Oh, estoy tan contenta de que haya pensado en hacérmelo aprender, señorita... digo, Marilla.

—Bueno, apréndelo y cierra la boca —dijo Marilla secamente.

Ana acercó el jarrón lo suficiente como para depositar un beso en una flor y luego estudió diligentemente durante algunos momentos más.

—Marilla —preguntó de pronto—. ¿Cree que alguna vez tendré una amiga del alma en Avonlea?

—¿Una...? ¿Qué clase de amiga?

—Una amiga del alma, una amiga íntima, ¿sabe?; un espíritu verdaderamente gemelo a quien confiar lo más profundo de mi alma. Toda mi vida he soñado tener una. Nunca creí poder tenerla, pero ya que tantos sueños hermosos se han hecho realidad de improviso, pensé que éste quizás se hiciera realidad también. ¿Lo cree posible?

—Diana Barry vive en «La Cuesta del Huerto» y tiene más o menos tu misma edad. Es una chiquilla muy buena y quizá sea tu compañera de juegos cuando regrese a su casa. En estos momentos está en Carmody, visitando a una tía. Sin embargo, tienes que tener cuidado de cómo te portas. La señora Barry es una mujer muy particular. No dejará jugar a Diana con una niña que no sea buena.

Ana miró a Marilla a través de las flores con los ojos brillantes de interés.

—¿Cómo es Diana? Sus cabellos no son rojos, ¿no es cierto? Oh, espero que no. Es bastante desgracia que yo los tenga, pero no podría soportarlo en una amiga del alma.

—Diana es una niña muy bonita. Tiene ojos y cabellos negros y las mejillas rosadas. Y es buena e inteligente, que es mejor que ser guapa.

Marilla era muy moralista y estaba firmemente convencida de que cada comentario que se hace a los niños debe tener mensaje. Pero Ana dejó a un lado el mensaje y se dedicó a la parte bella.

—Oh, estoy contenta de que sea guapa. Lo mejor, después de ser guapo uno mismo (cosa imposible en mi caso), es tener una hermosa amiga del alma. La señora Thomas tenía una biblioteca con puertas de vidrio en la sala. Allí no había ningún libro; la señora Thomas guardaba dentro su mejor vajilla y las confituras, cuando tenía alguna. Una de las puertas estaba rota. El señor Thomas la rompió una noche que se encontraba ligeramente intoxicado. Pero la otra se hallaba intacta, y yo acostumbraba imaginar que mi reflejo era otra niña que vivía allí. Yo la llamaba Katie Maurice y éramos muy íntimas. Solía hablarle mucho, especialmente los domingos, y contarle todo; Katie era el único consuelo de mi vida. Solíamos imaginar que la biblioteca estaba encantada y que si yo hubiera sabido el hechizo, la puerta se abriría y habría podido entrar en la habitación donde vivía Katie Maurice, en lugar de dentro de los estantes con vajilla y las confituras de la señora Thomas. Y entonces Katie Maurice me cogería de la mano, conduciéndome a ese lugar maravilloso, lleno de sol, flores y hadas, y hubiéramos vivido allí felices para siempre. Cuando fui a vivir con la señora Hammond, me partió el corazón dejar a Katie Maurice. A ella le pasó lo mismo, pues lloraba cuando me dio el beso de despedida a través de la puerta de la biblioteca. Pero río arriba, a poca distancia de la casa, había un largo valle verde con un hermoso eco. Devolvía cada palabra que se dijera, aunque fuera en voz baja. De manera que imaginé que era una niña llamada Violeta, que éramos las mejores amigas y que yo la quería casi tanto como a Katie Maurice. La noche antes de ir al asilo dije adiós a Violeta, y, ¡oh!, su adiós fue muy, muy triste. Me había acostumbrado tanto a ella que no pude imaginarme una amiga del alma en el asilo, aunque hubiera tenido allí algún campo para la imaginación.

—Me parece bien que no lo hubiera —dijo secamente Marilla—, no me gustan esas cosas. Pienso que crees mucho en tu imaginación. Te hará bien tener una amiga real para terminar con todas esas tonterías. Pero no dejes que la señora Barry te oiga hablar sobre tu Katie Maurice o tu Violeta, o creerá que andas contando cuentos.

—No lo haré. No podría hablar de ellas con cualquiera; su recuerdo es sagrado. Pero me pareció que debía decírselo a usted. Oh, mire esa gran abeja que ha salido de un capullo. ¡Qué hermoso lugar para vivir es un capullo! Debe ser lindo dormir allí cuando lo acuna el viento. Si no fuera un ser humano, me gustaría ser una abeja y vivir entre flores.

—Ayer querías ser una gaviota —gruñó Marilla—. Sospecho que eres inconstante. Te dije que aprendieras la plegaria y que no hablaras. Pero parece que es imposible que dejes de hablar si tienes alguien que te escuche. De manera que sube a tu habitación a estudiarla.

—Oh, ya la sé casi toda, menos la última línea.

—No importa, haz lo que te digo. Ve a tu habitación, termina de aprenderla bien y quédate allí hasta que te llame para que me ayudes a preparar el té.

—¿Puedo llevarme las flores para que me acompañen? —rogó Ana.

—No. ¿Querrás tener la habitación llena de flores? En primer lugar, debiste haberlas dejado en el árbol.

—Así lo pensé. Sentí que no debía abreviar su vida cortándolas; si yo fuera un capullo, no me gustaría que me cortasen. Pero la tentación fue irresistible. ¿Qué hace usted cuando tiene una tentación irresistible?

—Ana, ¿no has oído que debes ir a tu habitación? Ana suspiró, se retiró a su buhardilla y se sentó junto a la ventana.

—Ya está, ya sé la plegaria. Aprendí la última frase al subir por la escalera. Ahora voy a imaginar cosas en esta habitación, de manera que queden imaginadas para siempre. El suelo está cubierto por una alfombra de terciopelo con rosas y en las ventanas hay cortinas de seda roja. Las paredes están cubiertas por tapices de oro y plata. Los muebles son de caoba; nunca he visto caoba, pero suena a tan lujoso. Esto es un sofá cubierto con cojines de seda rosa, azul, escarlata y oro, y yo estoy graciosamente reclinada en él. Puedo ver mi imagen en la pared. Soy alta y hermosa, llevo un vestido de encaje blanco, con una cruz de perla sobre el pecho y perlas en los cabellos. Mi cabello es negro como la noche y mi piel de claro marfil.

Mi nombre es Lady Cordelia Fitzgerald. No, no es así; no puedo hacer que eso parezca real.

Corrió hasta el espejo y se miró. Allí la contemplaron su delgada y pecosa cara y sus solemnes ojos grises.

—Tú no eres más que Ana de las «Tejas Verdes» —dijo—, y te veré con ese mismo aspecto cada vez que trates de imaginar a Lady Cordelia. Pero es un millón de veces más lindo ser Ana de las «Tejas Verdes» que ser Ana de ninguna parte, ¿no es así?

Se inclinó, besó afectuosamente su imagen y volvió junto a la ventana.

—Buenas tardes, querida Reina de las Nieves. Y buenas tardes, queridos abedules de la hondonada. Y buenas tardes, querida casa gris de la colina. ¿Llegará Diana a ser mi amiga del alma? Espero que sí y la querré mucho. Pero nunca olvidaré del todo a Katie Maurice y a Violeta. Se sentirían heridas si lo hiciera y no me gusta hacerle daño a nadie, aunque sea una niña de la biblioteca o del eco. Debo tener cuidado de acordarme de ellas y mandarles un beso cada día.

Ana lanzó un par de besos con los dedos hacia las flores, y luego, con la barbilla entre las manos, vagó por un mar de sueños.

CAPÍTULO IX

La señora Rachel se horroriza

Ana llevaba ya dos semanas en «Tejas Verdes» cuando la señora Lynde fue a visitarla. Para hacerle justicia, hay que aclarar que no tuvo la culpa de su tardanza. Una fuerte gripe fuera de estación había confinado a la buena señora en su casa casi desde su última visita a «Tejas Verdes». La señora Rachel no se ponía enferma a menudo y despreciaba a quienes lo estaban; pero la gripe, aseguraba, no era como las demás enfermedades, y sólo podía interpretarse como una visita especial de la Providencia. Tan pronto como el médico le permitió salir, se apresuró a correr a «Tejas Verdes», muerta de curiosidad por ver a la huérfana de Matthew y Marilla, inquieta por las historias y suposiciones de toda clase que se habían divulgado por Avonlea.

Ana había aprovechado bien cada instante de aquellos quince días. Ya había trabado conocimiento con cada uno de los árboles y arbustos del lugar. Había descubierto un sendero que comenzaba más allá del manzanar y subía a través del bosque y lo había explorado hasta su extremo más lejano, viendo el arroyo y el puente, los montes de pinos y arcos de cerezos silvestres, rincones tupidos de helechos y senderos bordeados de arces y fresnos.

Se había hecho amiga del manantial de la hondonada, aquel maravilloso manantial profundo, claro y frío como el hielo, adornado con calizas rojas y enmarcado por helechos acuáticos.

Y más allá había un puente de troncos sobre el arroyo.

Aquel puente conducía los danzarines pies de Ana hacia una colina boscosa donde reinaba un eterno crepúsculo bajo los erguidos pinos y abetos. Las únicas flores que había eran los miles de delicadas campanillas, las más tímidas y dulces de la flora de los bosques, y unas pocas y pálidas azucenas como espíritus de los capullos del año anterior. Las delgadas hebras centelleaban como plata entre los árboles y las ramas de los pinos y las campanillas parecían cantar una canción de amistad.

Todos estos embelesados viajes de exploración eran llevados a cabo en los ratos libres que le quedaban para jugar, y Ana ensordecía a Marilla y a Matthew con sus descubrimientos. No era que Matthew se quejase; escuchaba todo sin decir una palabra y con una sonrisa de regocijo en el rostro. Marilla permitía la «charla», hasta que se daba cuenta de que ella misma se estaba interesando demasiado, y entonces interrumpía a Ana bruscamente con la orden de que cerrara la boca.

Ana estaba fuera, en el huerto, vagando a sus anchas por el césped fresco y trémulo salpicado por la rojiza luz del atardecer, cuando llegó la señora Rachel, de modo que la buena señora tuvo una magnífica ocasión para hablar de su enfermedad, describiendo cada dolor y cada latido del pulso con una satisfacción tan evidente que Marilla pensó que hasta la gripe debía tener sus compensaciones. Cuando terminó con todos los detalles, la señora Rachel dejó caer la verdadera razón de su visita.

—He escuchado cosas muy sorprendentes sobre usted y Matthew.

—No creo que esté usted más sorprendida que yo misma —dijo Marilla—. Todavía me estoy recuperando de la sorpresa.

—Es una lástima que se diera tal equivocación —dijo la señora Rachel—. ¿No podrían haberla devuelto?

—Supongo que sí, pero decidimos no hacerlo. Matthew se encariñó con ella. Y a mí también me gusta, aunque reconozco que tiene defectos. La casa ya parece otra. Es una niña realmente inteligente.

Marilla dijo más de lo que tenía intenciones de expresar cuando comenzó a hablar, pues leía el reproche en la expresión de la señora Rachel.

—Es una gran responsabilidad la que se ha tomado —dijo la dama tétricamente—, especialmente cuando nunca ha tenido práctica con criaturas. Supongo que conoce mucho sobre ella o sobre su carácter, y nunca se sabe cómo ha de resultar un chico de éstos. Pero en realidad no quiero desanimarla, Marilla.

—No me siento desanimada —fue la seca respuesta de Marilla—. Cuando me decido a hacer una cosa, me mantengo firme. Supongo que querrá usted ver a Ana. La llamaré.

Ana llegó corriendo inmediatamente, con el rostro resplandeciente por la delicia que le ocasionaban las correrías por la huerta; pero, sorprendida al encontrarse con la inesperada presencia de una persona extraña, se detuvo confundida junto a la puerta. Ciertamente, tenía una apariencia ridícula con el corto y estrecho vestido de lana que usara en el asilo y debajo del cual sus piernas parecían deslucidamente largas. Sus pecas se veían más numerosas e inoportunas que nunca; el viento había colocado su cabello en un brillante desorden; nunca había parecido más rojo que en aquel momento.

—Bueno, no te han elegido por tu apariencia; de eso no hay duda —fue el enfático comentario de la señora Rachel Lynde. La señora Rachel era una de esas deliciosas y populares personas que se jactan de decir siempre lo que piensan—. Es terriblemente flaca y fea, Marilla. Acércate, niña, y deja que te mire. ¡Por Dios!, ¿ha visto alguien pecas como éstas? ¡Y su cabello es tan rojo como la zanahoria! Acércate, niña, he dicho.

Ana «se acercó», pero no exactamente como lo esperaba la señora Rachel. De un salto cruzó la cocina y se detuvo frente a la señora Lynde con el rostro enrojecido por la ira, los labios temblorosos y estremeciéndose de pies a cabeza.

—¡La odio! —gritó con voz sofocada, golpeando el suelo con el pie—. ¡La odio! ¿Cómo se atreve a llamarme pecosa y a decir que tengo el cabello rojo? ¿Cómo se atreve a decir que soy flaca y fea? ¡Es usted una mujer brusca, descortés y sin sentimientos!

—¡Ana! —exclamó Marilla, consternada.

Pero Ana continuaba frente a la señora Rachel con la cabeza levantada, los ojos centelleantes, los puños apretados, despidiendo indignación por todos los poros.

—¡Cómo se atreve a decir de mí tales cosas! —repitió vehementemente—. ¿Le gustaría que hablaran así de usted? ¿Le gustaría que dijeran que es gorda y desmañada y que probablemente no tiene una pizca de imaginación? ¡No me importa si lastimo sus sentimientos al hablar así! Tengo la esperanza de que así sea. ¡Usted ha herido los míos mucho más de lo que lo han sido jamás, ni aun por el marido borracho de la señora Thomas! Y nunca se lo perdonaré, ¡nunca, nunca!

—¿Dónde se ha visto un carácter como éste? —exclamó la horrorizada señora Rachel.

—Ana, ve a tu cuarto y quédate allí hasta que yo suba —dijo Marilla recobrando el habla con dificultad.

Ana, rompiendo a llorar, se lanzó contra la puerta del vestíbulo, dio tal portazo que hasta retemblaron los adornos del porche, desapareció a través del vestíbulo y subió las escaleras como un torbellino. Un nuevo portazo que llegó desde arriba informó que la puerta de la buhardilla había sido cerrada con igual vehemencia.

—Bueno, no envidio la tarea de criar eso, Marilla —dijo la señora Rachel con atroz solemnidad.

Marilla abrió la boca para disculparse. Pero lo que dijo fue una sorpresa para ella misma, en ese momento y aun después.

—No debió haberla criticado por su apariencia, Rachel.

—Marilla Cuthbert, ¿no querrá decir que está defendiendo el terrible despliegue de mal carácter que acabamos de presenciar? —preguntó la indignada señora Rachel.

—No —dijo Marilla en voz baja—. No estoy tratando de disculparla. Se ha comportado muy mal y tendré que reprenderla. Pero tenemos que ser indulgentes con ella. Nunca le han enseñado cómo debe comportarse. Y usted ha sido muy dura con ella, Rachel.

Marilla no pudo evitar pronunciar esta última frase, aunque volvió a sorprenderse por lo que hacía. La señora Rachel se incorporó con aire de ofendida dignidad.

—Bien, veo que de ahora en adelante tendré que medir mis palabras, Marilla, ya que los sentimientos de una huérfana traída quién sabe de dónde tienen que ser considerados en primer lugar. Oh, no, no estoy ofendida, no se preocupe. Me da usted demasiada pena como para que pueda enfadarme. Ya tendrá usted sus propios problemas con esa niña. Pero si sigue mi consejo (lo que no creo que haga, a pesar de que yo he criado diez hijos y enterrado dos), le dará «la reprimenda» que ha mencionado conuna vara de buen tamaño. Me parece que ése resultaría el mejor lenguaje para una criatura así. Creo que su carácter compite con su cabello. Bueno, buenas noches, Marilla. Espero que venga a verme a menudo, como antes. Pero no espere que yo vuelva a visitarla otra vez, si estoy expuesta a ser insultada de esa forma. Es algo nuevo para mi experiencia.

Dicho esto, la señora Rachel descendió precipitadamente —si se puede decir que una mujer gorda es capaz de hacerlo— y se alejó. Marilla se dirigió hacia la buhardilla con una severa expresión en el rostro.

Mientras subía la escalera estudiaba lo que debía hacer. No era poca la consternación que sentía por lo que acababa de ocurrir; ¡qué desgracia que Ana hubiera mostrado tal carácter justamente frente a Rachel Lynde! Entonces Marilla, repentinamente, tuvo la desagradable y reprochable sensación de que sentía más humillación que pesar por haber descubierto un defecto tan serio en la personalidad de Ana. ¿Y cómo iba a castigarla? La amable sugestión de la varilla de fresno —de cuya eficiencia podían dar buen testimonio los hijos de Rachel— no venía al caso con Marilla. No creía poder pegar a una criatura con un bastón. No, había que buscar otro castigo para que Ana comprendiera la enorme gravedad de su ofensa.

Marilla encontró a la niña acostada boca abajo sobre su lecho, llorando amargamente, completamente olvidada de que había puesto sus botas sucias de barro sobre un limpio cobertor.

—Ana —dijo suavemente. Ninguna respuesta.

—Ana —esta vez con mayor severidad—, deja esa cama al instante y escucha lo que tengo que decirte.

Ana se arrastró fuera del lecho y tomó asiento rígidamente en una silla, con el rostro hinchado y lleno de lágrimas y los ojos fijos testarudamente en el suelo.

—¡Bonita manera de portarte, Ana! ¿No estás avergonzada?

—Ella no tenía ningún derecho a decir que era fea y tenía el pelo rojo —contestó Ana evasiva y desafiantemente.

—Tú no tenías derecho a enfurecerte como lo hiciste y a hablar de esa manera, Ana. Me sentí avergonzada de ti; profunda-mente avergonzada. Deseaba que te comportaras bien con la señora Lynde, y en vez de eso, me has agraviado. Tengo la seguridad de que tú misma no sabes por qué perdiste la compostura cuando la señora Lynde dijo que eras fea y tenías el cabello rojo. Tú lo dices muy a menudo.

—Oh, pero hay mucha diferencia entre decir una cosa uno mismo y escuchar a otros decirla —gimió Ana—. Uno puede saber que algo es así, pero no puede dejar de tener la esperanza de que los demás no lo vean así. Supongo que usted ha de pensar que tengo un genio horrible, pero no pude evitarlo. Cuando ella dijo esas cosas algo surgió en mí y me hizo saltar. Tuve que estallar.

—Bueno, debo decir que has hecho una buena exhibición de tu carácter. La señora Rachel Lynde tendrá una bonita historia para contar sobre ti por todas partes, y lo hará. Ha sido terrible que hayas perdido así el dominio de tus nervios, Ana.

—Imagínese cómo se sentiría usted si alguien le dijera en su propia cara que es flaca y fea —gimió Ana toda llorosa.

Repentinamente un recuerdo surgió en la mente de Marilla. Una vez, siendo muy pequeña, había oído a una tía decirle a otra: «Qué pena que sea una chiquilla tan morena y fea». Pasó mucho tiempo antes de que ese estigma se borrara de su memoria.

—Yo no digo que la señora Lynde haya estado del todo bien al decirte lo que te dijo, Ana —admitió con tono más suave—. Rachel habla demasiado. Pero ésa no es excusa para tal comportamiento de tu parte. Era una persona extraña, mayor, y estaba de visita, tres buenas razones para que hubieras sido respetuosa con ella. Te mostraste brusca e insolente y —Marilla tuvo una espléndida idea para castigarla— debes ir a verla y a decirle que sientes mucho tu mal carácter y a pedirle que te perdone.

—Nunca podré hacer eso —dijo Ana seca y determinadamente—. Puede castigarme de la manera que quiera, Marilla. Puede encerrarme en un oscuro y húmedo calabozo lleno de culebras y sapos y alimentarme sólo con pan y agua, y no me quejaré. Pero no puedo pedirle perdón a la señora Lynde.

—No tenemos costumbre de encerrar a la gente en oscuros y húmedos calabozos —dijo Marilla secamente—, sobre todo por-que son bastante escasos en Avonlea. Pero debes pedirle perdón a la señora Lynde, y lo harás, y permanecerás en tu cuarto hasta que me digas que estás dispuesta a ello.

—Entonces tendré que quedarme aquí para siempre —dijo Ana tristemente— porque no puedo decirle a la señora Lynde que siento haberle dicho esas cosas. ¿Cómo podría hacerlo? No lo siento. Siento haberla molestado, Marilla, pero estoy contenta de haberle dicho a ella todo lo que le dije. Fue una gran satisfacción. No puedo decir que estoy arrepentida cuando no es cierto, ¿no es verdad? ¡Ni aun imaginar que lo estoy!

—Quizá tu imaginación funcione mejor por la mañana —dijo Marilla, disponiéndose a salir—. Tendrás toda la noche para considerar tu conducta y formarte una idea mejor. Tú dijiste que tratarías de ser buena niña si te dejábamos en «Tejas Verdes», pero debo decirte que esta noche no me lo ha parecido.

Dejando este dardo clavado en el tormentoso pecho de Ana, Marilla descendió a la cocina, confusa la mente y apenado el corazón. Estaba tan enfadada con Ana como consigo misma, porque cada vez que recordaba la sorpresa que reflejaba el rostro de Rachel, su boca se crispaba divertida y sentía unos enormes y reprochables deseos de reír.

CAPÍTULO X

Ana pide perdón

Marilla nada dijo a Matthew del episodio de aquella tarde, pero como Ana no había dado su brazo a torcer, a la mañana siguiente debió dar una explicación de su ausencia en la mesa. Relató todo a su hermano, teniendo cuidado de destacar la enormidad de la conducta de la niña.

—Ha estado bien que alguna vez le contestaran a Rachel Lynde; es una vieja chismosa y entrometida —fue la consoladora respuesta de Matthew.

—Matthew Cuthbert, me sorprendes. ¡Sabes muy bien que el comportamiento de Ana ha sido horrible y sin embargo te pones de su parte! Supongo que tu próxima opinión será que no debemos castigarla.

—Bueno, no, no exactamente —dijo Matthew incómodo—. Creo que debemos castigarla un poco. Pero no seas demasiado dura con ella, Marilla. Recuerda que nunca tuvo a nadie que la educara bien. ¿Vas... vas a darle algo para que coma?

—¿Cuándo has oído que yo mate de hambre a la gente para que se porte correctamente? —preguntó Marilla, indignada—. Ella tendrá las comidas de costumbre y yo se las llevaré. Pero se ha de quedar allí hasta que pida perdón a la señora Lynde; está decidido, Matthew.

El desayuno, el almuerzo y la cena pasaron en silencio, pues Ana permanecía obstinada. Después de cada comida, Marilla iba a la buhardilla con una bandeja llena y la volvía a bajar sin disminución notable. Matthew contempló el último descenso con ojos azorados. ¿Había comido algo Ana?

Cuando Marilla salió al anochecer a reunir las vacas, Matthew, que había estado en el establo a la expectativa, se deslizó dentro de la casa con el aire de un ladrón, subiendo al piso superior. Generalmente, Matthew andaba entre la cocina y su pequeño dormitorio cerca del vestíbulo; alguna vez entraba en la sala o en el comedor, cuando el pastor venía a tomar el té. Pero desde la primavera en que ayudara a Marilla a empapelar el dormitorio de los huéspedes, y eso había ocurrido hacía cuatro años, no se había aventurado a subir.

Cruzó el pasillo de puntillas y se quedó durante varios minutos ante la puerta de la buhardilla, antes de reunir valor suficiente para llamar suavemente y entreabrir la puerta.

Ana estaba sentada en la silla amarilla, junto a la ventana, contemplando tristemente el jardín. Parecía muy pequeña e infeliz, y a Matthew se le encogió el corazón. Cerró suavemente la puerta y se acercó de puntillas.

—Ana —murmuró como si temiera que le oyeran—, ¿cómo lo estás pasando?

Ana le dedicó una sonrisa inexpresiva.

—Bastante bien. Imagino muchas cosas y eso me ayuda a pasar el tiempo. Desde luego, es bastante solitario. Pero quizá me acostumbre también a ello.

Ana volvió a sonreír, afrontando con valentía los largos años de prisión que la esperaban.

Matthew recordó que debía decir sin pérdida de tiempo lo que había ido a decir, no fuera que Marilla volviera prematuramente.

—Bueno, Ana, ¿no te parece que será mejor que lo hagas y termines el asunto? —murmuró—. Tarde o temprano deberás hacerlo, pues Marilla es una mujer muy tozuda. Hazlo ahora y acaba de una vez.

—¿Quiere decir que le pida disculpas a la señora Lynde?

—Sí, pedir disculpas, eso es —dijo vivamente Matthew—. Calmarla, por decirlo así. Ahí es donde estaba tratando de llegar.

—Supongo que podría hacerlo por usted —dijo Ana pensativamente—. Sería bastante cierto si dijera que lo siento, porque ahora lo siento. Anoche, no. Estaba completamente enfurecida, y lo estuve toda la noche. Lo sé porque me desperté tres veces y las tres estaba furiosa. Pero esta mañana todo había pasado. Ya no estaba enfadada. Me sentía terriblemente avergonzada de mí mis-ma. Pero no podía pensar en ir a decírselo a la señora Lynde. Sería muy humillante. Me decidí a quedarme encerrada antes de hacerlo. Pero por usted soy capaz de cualquier cosa, si es que lo quiere…

—Bueno, desde luego que sí. Estoy terriblemente solo abajo sin ti. Ve y trata de arreglarlo, como una buena chica.

—Muy bien —dijo Ana resignadamente—, tan pronto vuelva Marilla le diré que estoy arrepentida.

—Muy bien, Ana, pero no le digas que yo he venido. Podría pensar que me estoy entrometiendo; y le prometí no hacerlo.

—Nadie será capaz de arrancarme este secreto —prometió Ana solemnemente.

Pero Matthew se había ido, asustado de su propio éxito. Huyó presurosamente al rincón más remoto del campo, por temor a que Marilla sospechara su presencia. La propia Marilla, al regresar a casa, fue agradablemente sorprendida por una voz plañidera que la llamaba desde el otro lado del pasamanos.

—¿Bien? —dijo, entrando en el vestíbulo.

—Siento haberme enfadado y dicho cosas malas, y estoy dispuesta a decírselo a la señora Lynde.

—Muy bien. —El ceño de Marilla no daba señas de desarrugarse. Había estado meditando qué hacer si a Ana no se le ocurría ceder—. Te llevaré después de ordeñar.

Por lo tanto, después de ordeñar, cuesta abajo fueron Marilla y Ana; erguida y triunfante la primera, encogida y agobiada la segunda. Pero a mitad de camino, el agobio de Ana se desvaneció como por encanto. Alzó la cabeza y caminó con paso ágil, con los ojos fijos en el cielo crepuscular y un aire de reprimida alegría. Marilla contempló desaprobadoramente el cambio. Ésta no era la triste penitente que tenía que llevar a presencia de la ofendida señora Lynde.

—¿Qué estás pensando, Ana? —preguntó.

—Imagino qué le diré a la señora Lynde —contestó Ana soñadoramente.

Esto era satisfactorio, o debió haberlo sido. Pero Marilla no se pudo librar de la sensación de que su plan de castigo se desbarataba. Ana no tenía por qué parecer tan alegre y radiante.

Y así continuó hasta que llegaron a presencia de la señora Lynde, que estaba sentada tejiendo junto a la ventana. Allí desapareció la alegría y una triste penitencia apareció en todos sus rasgos. Antes de que se cruzara una palabra, Ana cayó de rodillas ante la azorada señora Lynde y alzó sus brazos implorantes.

—Oh, señora Lynde, estoy terriblemente avergonzada —dijo, con temblor en la voz—. Nunca podré expresar cuánto lo siento, ni aunque usara todo el diccionario. Imagínese, me he portado muy mal con usted y he hecho quedar mal a mis queridos Marilla y Matthew, que me permiten vivir en «Tejas Verdes» aunque no soy un muchacho. Soy una niña terriblemente mala e ingrata y merezco que se me castigue y se me aparte para siempre de la gente respetable. Hice muy mal en enfadarme porque usted me dijo la verdad. Era verdad; cada una de sus palabras lo fue. Mi cabello es rojo, tengo pecas, soy fea y flaca. Lo que yo le dije a usted era verdad también, pero no debí haberlo dicho. Oh, señora Lynde, por favor, perdóneme. Si se niega, será para mí una pena para toda la vida. A usted no le gustaría infligir a una pobre huérfana una pena para toda la vida, aunque ella tenga un carácter terrible, ¿no es cierto? Estoy segura de que no. Por favor, diga que me perdona, señora Lynde.

Ana juntó las manos, inclinó la cabeza y esperó la voz de la justicia.

Sobre su sinceridad no cabían dudas; cada palabra la expresaba. Tanto Marilla como Rachel reconocían el inconfundible acento. Pero la primera comprendió que Ana estaba disfrutando con su humillación; se divertía con todo aquello. ¿Dónde estaba el castigo que ella había previsto? Ana lo había transformado en una especie de positivo placer.

La buena señora Lynde, que no gozaba de una percepción tan aguda, no podía ver eso. Sólo percibía que Ana había pedido amplias disculpas y todo resentimiento se desvaneció de su buen corazón.

—Vamos, vamos, levántate, chiquilla —dijo cariñosamente—. Desde luego que te perdono. Creo que fui un poco dura contigo, de todas maneras. Pero soy una persona charlatana. No debes darme importancia, eso es. No se puede negar que tus cabellos son de un rojo intenso; pero yo conocía a una niña (fuimos juntas al colegio) que tenía el pelo tan rojo como tú cuando era joven, pero al crecer se le oscureció y llegó a ser de un hermoso castaño claro. No me sorprendería que a ti te pasara lo mismo, eso es.

—¡Oh, señora Lynde —Ana aspiró profundamente al ponerse en pie—, me ha dado una esperanza! Siempre sentí que usted era una buena persona. Oh, podría resistir cualquier cosa si sólo pudiera pensar que mi cabello será de un hermoso castaño claro cuando crezca. Sería tan fácil ser buena si el cabello fuera de ese color, ¿no le parece? ¿Y ahora puedo salir al jardín y sentarme en ese banco bajo los manzanos, mientras usted y Marilla hablan? Hay allí tanto campo para la imaginación...

—Sí, corre, niña. Y puedes hacer un ramito de lilas si quieres. Al cerrarse la puerta tras Ana, la señora Lynde fue a encender una lámpara.

—Verdaderamente, es una chiquilla rara. Siéntese en esta silla, Marilla, es mejor que la que tiene ahora; ésa la guardo para el criado. Sí, por cierto que es una criatura rara, pero tiene algo que atrae. No me sorprende que usted y Matthew se hayan quedado con ella, ni les compadezco tampoco. Puede resultar muy buena. Desde luego, tiene una manera extraña de expresarse, algo... algo violenta; pero es probable que la venza, ahora que ha venido a vivir entre gentes civilizadas. Y además, su genio es bastante vivo; pero hay una ventaja: una criatura que tiene el genio vivo, que se arrebata y se calma con facilidad, no es dada a ser taimada o impostora. En conjunto, me gusta, Marilla.

Cuando Marilla salió de la casa, Ana abandonaba la fragante penumbra del huerto con un ramo de narcisos en las manos.

—Me disculpé bastante bien, ¿no es cierto? —dijo orgullosa-mente mientras bajaban la cuesta—. Pensé que ya que tenía que hacerlo, lo haría ampliamente.

—Lo hiciste bien —fue el comentario de Marilla, quien se escandalizó al verse propensa a reír ante el recuerdo de la entrevista. Tenía la incómoda sensación de que debía reprender a Ana por disculparse tan bien, pero eso era una ridiculez. Transigió con su conciencia diciendo severamente: —Espero que no tengas más motivos para pedir disculpas y que aprenderás a dominarte, Ana.

—Eso no sería tan difícil si la gente no me reprendiera por mi aspecto —dijo Ana suspirando—. Otras cosas no me molestan, pero estoy tan cansada de que me reprendan por mi cabello, que no puedo evitar saltar de indignación. ¿Cree usted que mi cabello se volverá castaño claro cuando crezca?

—Ana, no deberías preocuparte tanto por tu apariencia. Temo que eres una criatura muy presumida.

—¿Cómo puedo ser presumida cuando sé que soy fea? —protestó Ana—. Me gustan las cosas bellas y odio mirar al espejo y ver algo que no sea hermoso. Me hace sentir muy triste; igual que cuando veo algo horrible.

—Quien hace cosas hermosas es hermoso —dijo Marilla.

—Eso ya me lo han dicho antes, pero tengo mis dudas al respecto —comentó escéptica Ana, oliendo los narcisos—. ¡Oh, estas flores son preciosas! La señora Lynde fue muy buena al dármelas. No tengo resentimiento. Pedir disculpas y ser perdonada produce una hermosa sensación, ¿no es así? ¿No están brillantes las estrellas esta noche? Si pudiera vivir en una estrella, ¿cuál elegiría? A mí me gustaría aquella grande que se ve a lo lejos, sobre la colina.

—Ana, por favor, cállate —dijo Marilla, completamente agotada por tener que seguir los giros del pensamiento de Ana.

Ana no habló más hasta que llegaron al caminito. Allí las recibió una brisa juguetona, cargada de aromas. A lo lejos, entre las sombras, una alegre luz brillaba en la cocina de «Tejas Verdes». Ana se acercó de pronto a Marilla y deslizó su mano entre las endurecidas palmas de la mujer.

—Es hermoso volver al hogar, cuando se sabe que es un hogar —dijo—. Yo quiero a «Tejas Verdes». Ningún lugar me pareció antes ser mi hogar. ¡Oh, Marilla, soy tan feliz! Podría ponerme a rezar en este momento sin que me resultara difícil.

Al contacto de aquella manecita, algo cálido y placentero invadió el corazón de Marilla; quizá era un resabio de la maternidad que no gozara. Lo insólito y dulce de aquella sensación la turbó. Se apresuró a restaurar su estado de ánimo habitual inculcando moral.

—Mientras seas buena serás feliz, Ana. Y nunca debe costar-te trabajo decir tus oraciones.

—Decir las oraciones no es lo mismo que rezar —dijo Ana, meditabunda—. Pero voy a imaginarme que soy el viento que sopla en los árboles. Cuando me canse de los árboles, imaginaré que estoy en los helechos, luego volaré hasta el jardín de la señora Lynde y haré danzar las flores; después iré con un gran salto al campo de los tréboles, y más tarde acariciaré el Lago de las Aguas Refulgentes, quebrándolo en pequeños rizos brillantes. ¡Hay tanto campo para la imaginación en el viento! De manera que ya no hablaré más por ahora, Marilla.

—Gracias al cielo —murmuró la mujer, con devoto alivio.

CAPÍTULO XI

La opinión de Ana sobre la escuela dominical

—Bueno, ¿qué te parece? —dijo Marilla. Ana estaba en su cuarto, observando solemnemente tres vestidos nuevos que se hallaban sobre la cama. Uno era de una tela de algodón amarillo que Marilla había comprado el verano anterior a un buhonero, tentada por lo duradera que parecía; otro, de raso a cuadros blancos y negros, tela que había obtenido en un tenducho de compra y venta en el invierno; y el tercero, estampado en un feo azul que había adquirido aquella semana en un negocio de Carmody.

Los había hecho ella misma, y eran todos iguales: faldas sencillas unidas a batas sencillas con mangas tan sencillas como las batas y las faldas, y tan estrechas como pueden serlo unas mangas.

—Imaginaré que me gustan —dijo Ana juiciosamente.

—No quiero que lo imagines —exclamó Marilla, ofendida—. ¡Oh, ya veo que no te gustan! ¿Qué tienen de malo? ¿No son pulcros y limpios y nuevos?

—Sí.

—¿Entonces por qué no te gustan?

—No son... no son... bonitos —dijo Ana de mala gana.

—¡Bonitos! —bufó Marilla—. No me preocupé de que fueran bonitos. No creo en vanidades tontas, Ana, te lo digo directamente. Esos vestidos son buenos, duraderos, sin ringorrangos ni volantes y son cuanto tendrás este verano. El amarillo y el azul estampado te los pondrás para ir al colegio cuando comiencen las clases, y el de raso lo usarás para ir a la iglesia y a la escuela dominical. Espero que los conservarás pulcros y limpios y que \ no los romperás. Pensé que estarías agradecida después de esas mezquinas ropas que has estado llevando.

—Oh, estoy agradecida —protestó Ana—. Pero lo hubiera estado muchísimo más si... si me hubieras hecho uno con mangas abullonadas. ¡Las mangas abullonadas están tan de moda ahora! ¡Me estremecería tanto usar un vestido con mangas abullonadas!

—Bueno, tendrás que quedarte sin tu estremecimiento. No tengo género para desperdiciar en mangas abullonadas. De cualquier modo, me parecen ridículas. Prefiero las lisas y sencillas.

—Pero me gustaría parecer ridícula igual que todas las demás en lugar de lisa y sencilla yo sola —insistió Ana tristemente.

—¡Como para hacerte caso! Bueno, cuelga esos vestidos cuidadosamente en tu armario y luego siéntate y estudia tu lección para la escuela dominical. El señor Bell me dio un libro para ti e irás a la escuela mañana —dijo Marilla, desapareciendo escaleras abajo con ira.

Ana juntó las manos y miró los vestidos.

—Tenía esperanza de que uno fuera blanco y con mangas abullonado —murmuró con desconsuelo—. Recé para que así fuera, pero no me hice muchas ilusiones. Suponía que Dios no tendría tiempo para molestarse por el vestido de una huérfana. Sabía que sólo dependería de Marilla. Bueno, afortunadamente puedo imaginarme que uno es de muselina blanca como la nieve, con encantadores volantes de encaje y mangas muy abullonadas.

A la mañana siguiente, un fuerte dolor de cabeza le impidió a Marilla acompañar a Ana a la escuela dominical.

—Tienes que ir y preguntar por la señora Lynde —le dijo—. Ella se ocupará de ponerte en el grado que te corresponda. Ahora, decídete a portarte convenientemente. Luego pídele a la señora Lynde que te indique nuestro banco. Aquí tienes una moneda para la colecta. No mires a todos lados y no molestes. Espero que me cuentes el sermón cuando regreses.

Ana se puso en marcha intachablemente, engalanada con el vestido de raso blanco y negro, el cual, decente en lo que se refería a su largo, y sin merecer el apelativo de mezquino, contribuía a acentuar cada uno de los ángulos de su delgado cuerpecillo. Llevaba un sombrero de marinero nuevo, plano y brillante, cuya extrema chatura había igualmente desilusionado a Ana, que se había permitido soñar con cintas y flores. Sin embargo, puso unas cuantas de estas últimas antes de llegar al camino principal; habiéndose encontrado a mitad de la senda que bajaba al camino con un dorado brote de narcisos agitados por el viento y de rosas silvestres, Ana prontamente engalanó su sombrero con una abundante guirnalda. No importa lo que pensaran los demás del resultado, éste la satisfacía y bajó alegremente al camino irguiendo orgullosamente su roja cabeza decorada de rosa y amarillo.

Cuando llegó a la casa de la señora Lynde, ésta se había ido. Sin intimidarse, Ana siguió adelante sola hacia la iglesia. En el atrio halló a un grupo de niñas, casi todas vestidas alegremente de blanco, azul y rosa. Todas se fijaron en la extraña que llevaba la cabeza tan extraordinariamente adornada. Las niñas de Avonlea ya habían escuchado algunas historias extrañas sobre Ana; la señora Lynde dijo que tenía un carácter terrible; Jerry Boute, el chico que ayudaba en las labores en «Tejas Verdes», contaba que siempre hablaba consigo misma o con los árboles y las flores como una loca. La miraban y murmuraban unas con otras escudándose en sus cuadernillos. Nadie tuvo para ella un ademán amistoso, ni allí ni más tarde, cuando terminados los primeros oficios Ana se halló en la clase de la señorita Rogerson.

La señorita Rogerson era una dama de edad madura que llevaba veinte años enseñando en la escuela dominical. Su método de enseñanza consistía en hacer una de las preguntas impresas en el cuadernillo y observar fijamente por encima del canto a la niña destinada a contestar la pregunta. Observó a Ana en varias ocasiones, y ésta contestó inmediatamente gracias a la disciplina a que la había sometido Marilla, aunque habría que ver cuánto había entendido de las preguntas o respuestas.

Le pareció que no le gustaba a la señorita Rogerson y se sintió muy desgraciada; todas las niñas de la clase llevaban mangas abullonadas. Ana pensó que no valía la pena vivir sin mangas abullonadas.

—Y bien, ¿qué te ha parecido la escuela dominical? —inquirió Marilla al regreso de Ana.

Ésta llegaba sin guirnalda, pues la había dejado en el sendero, de manera que Marilla no se enteró por el momento.

—No me gustó ni pizca. Fue horrible.

—¡Ana Shirley! —dijo Marilla en tono de censura. Ana se sentó en la mecedora con un largo suspiro, besó una de las hojas de Bonny y acarició un capullo de fucsia.

—Deben haberse sentido muy solos mientras estuve fuera —explicó—. Y ahora, sobre la escuela, me comporté bien, tal como usted me recomendara. La señora Lynde ya se había ido, pero continué el camino sola. Entré en la iglesia con un montón de niñas más y me senté en el extremo de un banco junto a la ventana mientras duraron los primeros oficios. El señor Bell pronunció una plegaria espantosamente larga. Me hubiera cansado muchísimo de no haber estado sentada junto a la ventana. Pero ésta daba justamente al Lago de las Aguas Refulgentes y me quedé mirándolo e imaginando toda clase de cosas espléndidas.

—No debiste haber hecho nada de eso. Debiste haber escuchado al señor Bell.

—Pero él no me hablaba a mí —protestó Ana—. Le hablaba a Dios y no parecía poner mucho interés en ello. Supongo que pensaba que Dios estaba demasiado lejos para que valiera la pena. Sin embargo, yo también dije una pequeña plegaria. Había una larga hilera de abedules cuyas ramas caían sobre el lago, y el sol, pasando a través de ellos, se sumergía en lo más profundo del lago. ¡Oh, Marilla, parecía un hermoso sueño! Sentí un estremecimiento y repetí dos o tres veces: «Gracias por esto, Dios».

—No en alta voz, supongo —dijo Marilla ansiosamente.

—Oh, no en voz muy alta. Bueno, el señor Bell terminó por fin y me dijeron que entrara a una clase, que resultó ser la de la señorita Rogerson. Allí había nueve niñas más. Todas con mangas abullonadas. Traté de imaginarme que yo también las llevaba, pero no pude. ¿Por qué no pude? Resultaba muy fácil cuando estaba sola en la buhardilla, pero era tremendamente difícil conseguirlo allí donde todas las demás las tenían.

—No debiste haber estado pensando en tus mangas en la Escuela Dominical. Debiste aprender la lección. Espero que la hayas sabido.

—Oh, sí; y contesté un montón de preguntas. No creo que esté muy bien que la señorita Rogerson haga todas las preguntas. Había muchísimas que yo quería formularle, pero no lo hice porque no creo que sea un espíritu gemelo. Luego todas las demás niñas recitaron una paráfrasis. La señorita Rogerson me preguntó si yo sabía alguna. Le dije que no, pero que si quería podía recitar «El Perro en la Tumba de su Amo». Está en el Tercer libro de lectura. En realidad no es una poesía que tenga mucho de religioso, pero es tan triste y melancólica que hubiera quedado bien. Dijo que no y que estudiara la oración diecinueve para el próximo domingo. La leí en la iglesia más tarde y es espléndida. Especialmente hay dos líneas que me estremecen: Tan rápido como caían los escuadrones destrozados En el aciago día de Midian.

»No sé lo que quiere decir "escuadrones" ni "Midian", pero suena tan trágico. Apenas puedo esperar hasta el próximo domingo para recitarlo. Practicaré toda la semana. Después de la clase le pedí a la señorita Rogerson —porque la señora Lynde estaba muy lejos— que me indicara nuestro banco. Me senté tan callada como pude y el texto rué Revelaciones, capítulo tercero, versículos segundo y tercero. Era un texto muy largo. Si yo fuera pastor elegiría los más cortos y elegantes. El sermón también fue terriblemente largo. Supongo que el pastor lo hizo de acuerdo al texto. No creo que tenga nada de interesante. Su mayor inconveniente es que no tiene suficiente imaginación. No le presté mucha atención. Di libertad a mis pensamientos y pensé en las cosas más sorprendentes.

Marilla sintió desesperadamente que todo aquello debía ser reprendido con severidad, pero se lo impidió el innegable hecho de que algunas cosas que había dicho Ana, especialmente acerca de los sermones del ministro y las oraciones del señor Bell, eran exactamente las que ella había llevado en lo más profundo de su corazón durante muchos años, pero que nunca había expresado. Casi le parecía que esos secretos y reprimidos pensamientos de crítica, repentinamente se habían hecho visibles y habían tomado forma en la persona de aquella deslenguada criatura.

CAPÍTULO XII

Un voto solemne y una promesa

Hasta el viernes siguiente Marilla no se enteró de la historia del sombrero adornado con flores. Al volver de casa de la señora Lynde, llamó a Ana.

—Ana, la señora Rachel dice que el domingo fuiste a la iglesia con el sombrero ridículamente adornado con rosas y narcisos. ¿Qué te impulsó a hacer eso? ¡Debes haber sido algo digno de verse!

—Oh, ya sé que el rosa y el amarillo no me quedan bien —empezó Ana.

—¡Muy bonito! ¡Lo ridículo fue ponerle flores al sombrero, no importa de qué color fueran! ¡Eres la criatura más extravagante!

—No veo que sea más ridículo llevar flores en el sombrero que en el vestido —protestó Ana—. Infinidad de niñas tenían ramos de flores sujetos al vestido. ¿Cuál es la diferencia?

A Marilla no la iban a llevar de la seguridad de lo concreto a las dudosas rutas de lo abstracto.

—No me contestes así, Ana. Fuiste una tonta. Que no te vuelva a ver hacerlo. La señora Rachel dijo que hubiera querido que la tierra la tragase cuando te vio llegar ataviada así. No pudo acercarse a decirte que te las quitaras hasta que fue demasiado tarde. Diré que la gente lo consideró algo horrible. Desde luego que pensaran que yo te he dejado salir así.

—Oh, lo siento tanto —dijo Ana, con las lágrimas asomándole a los ojos—. Nunca pensé que le desagradara. Las rosas y los narcisos eran tan bonitos que me pareció que quedarían bien en el sombrero. Muchas de las niñas llevaban flores artificiales en los sombreros. Me parece que voy a ser un dolor de cabeza para usted. Quizá será mejor que me devuelva al asilo. Eso sería terrible; no creo que pudiera resistirlo. Es probable que muriera consumida por la tristeza; ¡así y todo, estoy tan delgada! Pero todo eso es mejor que ser un dolor de cabeza para usted.

—Tonterías —dijo Marilla, enfadada consigo misma por haber hecho llorar a la niña—. Puedes estar segura de que no quiero devolverte al asilo. Todo cuanto deseo es que te comportes como las otras niñas y no hagas el ridículo. No llores más. Tengo algunas noticias que darte. Diana Barry ha regresado esta tarde. Voy a pedirle prestado el -patrón de una falda; y si quieres, puedes acompañarme y así conocer a Diana.

Ana se puso en pie, con las manos apretadas y las lágrimas corriéndole aún por las mejillas; el trapo de cocina que estaba doblando cayó desplegado sobre el piso.

—Oh, Marilla, tengo miedo; ahora que ha llegado el momento, tengo miedo de verdad. ¿Qué pasaría si no le gusto? Sería la desilusión más trágica de mi vida.

—Vamos, no te aturdas. Me gustaría que no emplearas palabras largas. Suena tan raro en una niña. Creo que le gustarás bastante a Diana. Es a su madre a quien debes conquistar. Si se ha enterado de tu contestación a la señora Lynde y de tu aparición en la iglesia con flores en el sombrero, no sé qué pensará de ti. Debes ser cortés y bien educada y no hacer ninguno de tus sorprendentes discursos. ¡Por todos los santos, estás temblando!

Ana estaba temblando y tenía la cara pálida y tensa.

—Oh, Marilla, también usted estaría excitada si estuviera a punto de conocer a una niña que espera que sea su amiga del alma y a cuya madre corriera el peligro de no gustarle —dijo mientras se apresuraba a ponerse el sombrero.

Fueron hasta «La Cuesta del Huerto» por el atajo del arroyo, subiendo la colina de los abetos. La señora Barry salió a la puerta de la cocina en contestación a la llamada de Marilla. Era una mujer alta, de ojos y cabellos negros, con boca resuelta. Tenía la reputación de ser muy estricta con sus hijos.

—¿Cómo está usted, Marilla? —dijo cordialmente—. Pase, Supongo que ésta es la niña que han adoptado.

—Sí. Se llama Ana Shirley.

La señora Barry le estrechó la mano y dijo gentilmente:

—¿Cómo estás?

—Estoy bien físicamente aunque muy maltrecha de espíritu, señora; muchas gracias —dijo Ana con seriedad. Y luego le dijo a Marilla con un murmullo—: No hubo nada sorprendente en eso, ¿no es así?

Diana estaba sentada en el sofá, leyendo un libro, que apartó cuando entraron las visitas. Era una niña muy bonita, con los cabellos y los ojos negros de su madre, y las mejillas rosadas y una expresión alegre que heredara de su padre.

—Ésta es Diana, mi niña —dijo la señora Barry—. Diana, puedes llevar a Ana al jardín y enseñarle tus flores. Será mejor que cansarte los ojos con ese libro. Lee demasiado —esto lo dijo a Marilla cuando salían las niñas—, y no puedo evitarlo, pues su padre la ayuda y la instiga. Siempre está leyendo. Me alegra que tenga la oportunidad de encontrar una compañera de juego; quizá eso la lleve más al aire libre.

Ana y Diana estaban fuera, en el jardín bañado por la suave luz del atardecer, que entraba por entre los viejos abetos, contemplándose tímidamente por encima de un plantel de hermosas lilas. ; El jardín de los Barry era un hermoso conjunto de flores que hubiera tocado el corazón de Ana en cualquier otro momento menos crucial. Estaba enmarcado por altos y viejos sauces y abetos, bajo los que surgían flores que amaban la sombra. Senderos bien cuidados, en ángulo recto, bordeados por campanillas, lo cruzaban como cintas rojas y en los parterres surgían tumultuosas las flores. Había rosadas dicentras y grandes y espléndidas peonías escarlatas; narcisos blancos y fragantes y espinosas y dulces rosas de Escocia; aguileñas rosas y azules; boj, menta y tréboles; relámpagos escarlatas que surgían sobre las blancas corolas. Un jardín donde se detenía el sol y zumbaban las abejas y donde los vientos, seducidos, vagaban y acariciaban todo.

—Oh, Diana —dijo Ana por fin, cogiéndose las manos y hablando casi en un susurro—, ¿piensas... crees que te puedo gustar un poquito... lo suficiente como para que seas mi amiga del alma?

Diana rió. Siempre reía antes de hablar.

—Sospecho que sí —dijo francamente—. Estoy muy contenta de que hayas venido a vivir a «Tejas Verdes». Me gustará tener alguien con quien jugar. No hay otras niñas que vivan lo suficientemente cerca como para jugar y mis hermanas son muy pequeñas.

—¿Juras ser mi amiga por siempre jamás? —exigió Ana ansiosamente.

Diana parecía extrañada.

—Pero jurar es un pecado muy grande —dijo en tono de reproche.

—Esta clase de juramentos, no. Como sabrás, hay dos clases de juramentos.

—Yo nunca supe más que de una —dijo Diana dubitativamente.

—Hay otra más. Ésa no tiene nada de malo. Sólo significa hacer un voto y prometer solemnemente.

—Bueno, no tengo inconveniente en hacer eso —asintió Diana, aliviada—. ¿Cómo se hace?

—Se juntan las manos, así —dijo Ana solemnemente—. Debe hacerse bajo agua comente. Imaginaremos que este sendero es una comente de agua. Diré primero el juramento. Juro solemnemente ser fiel a mi amiga del alma, Diana Barry, mientras haya luna y sol. Ahora, dilo tú y pon mi nombre.

Diana repitió el «juramento», riendo antes y después. Luego dijo: —Eres una niña rara, Ana. Ya lo había oído antes. Pero creo que te querré de verdad.

Cuando Marilla y Ana regresaron a casa, Diana las acompañó hasta el puente de troncos. Las dos niñas caminaron del brazo. Se separaron entre promesas de pasar juntas la tarde siguiente.

—Bueno, ¿encontraste en Diana un espíritu gemelo? —preguntó Marilla mientras cruzaban el jardín de «Tejas Verdes».

—Oh, sí —suspiró Ana dichosamente inconsciente de cualquier sarcasmo por parte de Marilla—. Oh, Marilla, en estos momentos soy la niña más feliz de la isla del Príncipe Eduardo. Le aseguro que esta noche rezaré con toda mi alma. Diana y yo vamos a construir mañana un teatro. ¿Puedo quedarme con esa loza rota que hay en la leñera? El cumpleaños de Diana es en febrero y el mío es en marzo; ¿no le parece una extraña coincidencia? Diana me prestará un libro. Ella es totalmente espléndida. Me va a enseñar un lugar en el bosque donde crecen lirios. ¿No le parece que Diana tiene ojos muy espirituales? Oh, cuánto quisiera tenerlos yo. Diana me va a enseñar una canción llamada «Nelly en la cañada de los avellanos». Me va a dar un cuadro para que lo coloque en mi habitación: dice que es un cuadro muy hermoso, una bella dama con un vestido de seda celeste. Un vendedor de máquinas de coser se lo regaló. Quisiera tener algo para regalarle a Diana. Soy dos dedos más alta que ella, pero Diana es tanto así más gorda; dice que le gustaría ser delgada porque es mucho más gracioso, pero temo que lo dijo sólo para no herir mis sentimientos. Vamos a ir algún día a la costa a buscar conchas. Hemos acordado llamar al manantial que hay cerca del puente de troncos «La burbuja de la dríada». ¿No es un nombre perfectamente elegante? Una vez leí algo sobre un manantial llamado así. Creo que una dríada es una especie de hada crecida.

—Bueno, espero que no agotes a Diana —dijo Marilla—. Pero recuerda esto cuando hagas tus planes, Ana: no vas a estar jugando todo el tiempo, ni siquiera la mayor parte de él. Tienes trabajo que hacer y has de acabarlo primero.

La copa de la felicidad de Ana estaba llena y Matthew la hizo desbordar. Acababa de regresar de un viaje al almacén de Carmody y sacó tímidamente un paquete de su bolsillo para entregárselo, ante la mirada desaprobadora de Marilla.

—Supe que te gustan los caramelos de chocolate, así que te traje algunos.

—¡Hum! —gruñó Marilla—. Echarás a perder sus dientes y su estómago. Vamos, vamos, criatura, no pongas esa cara. Puedes comértelos, ya que Matthew ha ido a buscarlos. Debió traértelos de menta. Son más saludables. No te vayas a atragantar comiéndolos todos ahora.

—Oh, no —dijo Ana ansiosamente—. Esta noche no comeré más que uno, Marilla. ¿Puedo darle a Diana la mitad del paquete? El resto será doblemente dulce si lo hago. Es bello pensar que puedo darle algo.

—En favor de esa niña, te diré —dijo Marilla cuando Ana se hubo retirado a su cuarto— que no es tacaña. Estoy contenta, pues la tacañería es lo que más detesto. Hace tres semanas que vino y parece que hubiera estado aquí siempre. No puedo imaginarme la casa sin ella. No me mires como diciendo «ya te lo dije». Está mal en una mujer, pero en un hombre es insufrible. Estoy de acuerdo en reconocer que me alegro de haber consentido en que se quedara, y que me gusta cada día más, pero no hagas hincapié en esa cuestión, Matthew Cuthbert.

CAPÍTULO XIII

Las delicias de la expectativa

—Es hora de que Ana se ocupe de su costura —dijo Marilla echando una mirada al reloj para salir luego a enfrentarse con la dorada tarde de agosto donde todo parecía adormecido por el calor.

»Estuvo jugando con Diana más de media hora aún después de que la señora Barry llamara a ésta; y ahora está encaramada en el montón de leños charlando con Matthew, cuando sabe perfectamente que debe atender su trabajo. Y por supuesto, él la está escuchando como un perfecto papanatas. Nunca he visto un hombre más atontado. Cuanto más habla ella y cuantas más cosas raras dice, más encantado parece.

»¡Ana Shirley, ven inmediatamente!

Una serie de golpes sobre la ventana del oeste hizo que Ana se acercara a toda carrera, con los ojos radiantes, las mejillas tenuemente coloreadas y el cabello en brillante desorden.

—Oh, Marilla —exclamó sin aliento—, la semana que viene tendrá lugar la excursión de la Escuela Dominical. Será en el campo del señor Harmon Andrews, junto al Lago de las Aguas Refulgentes. Y la señora del director Bell y la señora Rachel Lynde van a hacer sorbetes, imagínese, Marilla, ¡sorbetes! Y, oh Marilla, ¿puedo ir?

—Mira el reloj, Ana, por favor. ¿A qué hora te dije que regresaras?

—A las dos. ¿Pero no es maravilloso lo de la excursión, Marilla? Por favor, ¿puedo ir? Oh, nunca he asistido a una. He soñado con excursiones, pero nunca...

—Sí, te dije que regresaras a las dos y son las tres menos cuarto. Me gustaría saber por qué no me obedeciste, Ana.

—Quise hacerlo, Marilla, tanto como es posible. Pero usted no tiene idea de lo fascinante que es Idlewild. Y, por supuesto, luego tuve que contarle a Matthew lo de la excursión. Matthew escucha tan bien. Por favor, ¿puedo ir?

—Tendrás que aprender a resistir la fascinación de Idle… como sea que lo llames. Cuando te indico una hora para que regreses, es para que lo hagas a esa hora y no media hora después. Y tampoco tienes necesidad de detenerte a charlar con amables escuchas. En cuanto a la excursión, claro que puedes ir. Eres alumna de la Escuela Dominical y no estaría bien que te negara mi autorización siendo que van todas las otras niñas.

—Pero… pero —balbuceó Ana—. Diana dice que todos deben llevar una cesta con comida. Yo no sé cocinar, Marilla, como usted sabe, y… y… no me importa ir a una excursión sin mangas abullonadas, pero me sentiría terriblemente humillada si tuviera que hacerlo sin una cesta. He estado pensando en ello desde que Diana me lo dijo.

—Bueno, no es necesario que lo pienses tanto. Yo prepararé una cesta.

—¡Oh, mi querida y buena Marilla! ¡Oh, qué generosa es conmigo! ¡Oh, le estoy tan agradecida!

Continuando con sus «oh», Ana se arrojó a los brazos de Marilla y vehementemente besó su pálida mejilla. Era la primera vez que unos labios infantiles besaban voluntariamente la cara de Marilla. Nuevamente se sintió conmovida por esa repentina sensación de ternura. Interiormente estaba muy contenta por el arranque de Ana, lo que probablemente dio motivo a que dijera bruscamente: —Bueno, bueno; basta ya de besos tontos. Tengo que ver que haces estrictamente lo que se te dice. Y en lo que se refiere a cocinar, un día de éstos comenzaré a darte lecciones. Pero tú eres tan distraída, Ana, que he estado esperando a ver si te calmas y te asientas un poco. Cuando cocines, tienes que poner todos tus sentidos y no detenerte en medio de lo que estás haciendo para dejar vagar tus pensamientos a través de toda la creación. Ahora trae tus labores y ten hecho tu cuadrado para la hora del té.

—No me gusta remendar —dijo Ana tristemente sacando su costurero y sentándose con un suspiro frente a una pequeña pila de rombos rojos y blancos—. Supongo que algunos tipos de costura serán bonitos; pero no hay campo para la imaginación en el remiendo. Todo se reduce a una puntada detrás de otra, y nunca parece llegarse a nada. Pero, por supuesto, prefiero ser Ana de las «Tejas Verdes» remendando, que Ana de cualquier otro lado sin más ocupación que jugar. Aunque quisiera que cuando remiendo, el tiempo pasara tan rápido como cuando estoy jugando con Diana. Oh, pasamos tan buenos ratos, Marilla. Yo tengo que poner la mayor parte de la imaginación, pero soy capaz de hacerlo con facilidad. Diana es simplemente perfecta en todos los otros órdenes. Ya conoce ese pequeño espacio de terreno del otro lado del arroyo que corre entre nuestra granja y la del señor Barry. Pertenece al señor William Bell y justo en la esquina hay un pequeño cerco de abedules blancos; es el lugar más romántico de todos, Marilla. Allí tenemos nuestra casa Diana y yo. La llamamos Idlewild. ¿No es un nombre poético? Le aseguro que me llevó tiempo el pensarlo. Estuve despierta casi una noche entera antes de inventarlo. Entonces, justo cuando me estaba quedando dormida, vino como una inspiración. Diana se sintió arrebatada cuando lo oyó. Tenemos arreglada nuestra casa muy elegantemente. Debe venir a verla, Marilla, ¿lo hará usted? Tenemos piedras grandísimas, cubiertas con musgo, que nos sirven de asientos; y tablas de árbol en árbol como estantes. Y en ellos ponemos todos nuestros platos. Por supuesto, todos están rotos, pero es lo más fácil del mundo imaginar que están enteros. Hay un trozo de un plato que tiene pintada una rama de hiedra roja y blanca que es especialmente hermoso. Lo guardamos en la sala, y allí también está el diamante encantado. El diamante encantado es tan adorable como un sueño. Diana lo encontró en el bosque que hay detrás del gallinero de su casa. Está lleno de arco iris y pequeños arco iris que todavía no han crecido, y la madre de Diana le dijo que se había desprendido de una lámpara que ellos habían tenido. Pero es más bonito imaginar que lo perdieron una noche las hadas en un baile, y por eso lo llamamos el diamante encantado. Matthew va a hacernos una mesa. Oh, hemos llamado Willowmere a la pequeña laguna que hay en el campo del señor Barry. Ese nombre lo saqué del libro que me prestó Diana. Era un libro que hacía estremecer, Marilla. La heroína tuvo cinco amantes. Yo estaría satisfecha con uno. ¿Y usted? Era muy hermosa y tuvo que hacer frente a grandes tribulaciones. Se podía desmayar como si tal cosa. Me encantaría poderme desmayar, Marilla. ¡Es tan romántico! Pero estoy demasiado sana a pesar de ser tan flaca. Aunque creo que estoy engordando. ¿No le parece? Me miro los codos todas las mañanas al levantarme para ver si se me están formando hoyuelos. Diana va a tener un vestido nuevo, con mangas abullonadas. Lo va a usar para la excursión. Oh, espero que el miércoles haga buen tiempo. Creo que no podría resistir la desilusión si algo me impidiera ir a la excursión. Supongo que seguiría viviendo, pero la pena me duraría toda la vida. No tendría importancia si fuera a cientos de excursiones en los años venideros; ellas no me compensarían el haber perdido ésta. Va a haber botes en el Lago de las Aguas Refulgentes, y sorbetes, como ya le he dicho. Nunca los he probado. Diana trató de explicarme cómo eran, pero creo que el sorbete es una de las cosas que sobrepasan los límites de la imaginación.

—Ana, hace diez minutos que estás hablando —dijo Marilla—. Ahora, sólo por curiosidad, trata de ver si puedes tener la lengua quieta por ese mismo espacio de tiempo.

Ana calló según sus deseos. Pero durante el resto de la semana habló de la excursión, pensó en la excursión y soñó con la excursión. El sábado llovió, y se excitó tan frenéticamente por miedo a que continuara lloviendo hasta el miércoles, que Marilla le hizo coser y hacer remiendos de más para calmar sus nervios.

El domingo, cuando volvían de la iglesia, Ana le confió a Marilla que había llegado al colmo de la excitación cuando el ministro había anunciado la excursión desde el pulpito.

—¡Qué estremecimiento me corrió por la espalda, Marilla! No creo que hasta ese momento haya creído que realmente iba a haber una excursión. No podía evitar el temer que sólo me lo hubiera imaginado. Pero cuando un ministro dice una cosa desde el pulpito, no hay más que creerla.

—Pones demasiado corazón en las cosas, Ana —dijo Marilla suspirando—. Temo que te esperen muchas desilusiones en la vida.

—Oh, Marilla, pensando en las cosas que han de suceder, se disfruta la mitad del placer que traen aparejadas —exclamó Ana—. Puede uno no conseguir las cosas en sí mismas, pero nada puede impedirle el placer de haberlas disfrutado anticipadamente. La señora Lynde dice: «Bienaventurados los que nada esperan porque no serán defraudados». Pero yo creo que es peor no esperar nada que ser defraudado.

Ese día, como de costumbre, Marilla llevaba su broche de amatista. Siempre lo usaba para ir a la iglesia. Le hubiera parecido una especie de sacrilegio no hacerlo; algo tan pecaminoso como olvidar su Biblia o la moneda para la colecta. Aquel broche de amatista era el tesoro más preciado de Marilla. Un tío que era marino se lo había dado a su madre, y ésta se lo legó a Marilla. Era muy antiguo, ovalado, contenía un mechón de cabello de su madre y estaba enmarcado por amatistas muy finas. Marilla sabía muy poco sobre piedras preciosas como para darse cuenta cabal de la pureza de las amatistas, pero pensaba que eran muy hermosas y tenía agradable conciencia de su resplandor violeta sobre su cuello, sobre su vestido de raso marrón, a pesar de que no podía verlo.

Ana se había estremecido de admiración la primera vez que viera el broche.

—Oh, Marilla, es un broche perfectamente elegante. No sé cómo puede usted prestar atención al sermón o a las oraciones llevándolo puesto. Yo no podría; lo sé. Pienso que las amatistas son simplemente maravillosas. Son como yo imaginaba que eran los diamantes. Hace mucho, antes de que viera uno, leí algo sobre los diamantes y traté de imaginarme cómo serían. Pensé que serían rutilantes piedras color púrpura. Cuando vi un diamante real en el anillo de una señora me sentí tan desilusionada que lloré. Por supuesto, era muy hermoso, pero no era mi idea de un diamante. ¿Me deja tener el broche un minuto, Marilla? ¿No cree que las amatistas pueden ser las almas de las violetas buenas?

CAPÍTULO XIV

La confesión de Ana

El lunes por la noche, ya en la semana de la excursión, Marilla bajó de su habitación con cara preocupada.

—Ana —dijo al pequeño personaje que pelaba guisantes sobre la inmaculada mesa, al tiempo que cantaba «Nelly en la cañada de los avellanos» con un vigor y una expresión que daban crédito de las enseñanzas de Diana—. ¿Has visto mi broche de amatista? Me parece que lo dejé en el alfiletero ayer tarde cuando regresé de la iglesia, pero no lo puedo encontrar por ninguna parte.

—Yo lo vi esta tarde mientras usted estaba en la Sociedad de Ayuda —dijo Ana con lentitud—. Crucé frente a la puerta y lo vi en el alfiletero, de manera que entré a mirarlo.

—¿Lo tocaste? —dijo Marilla severamente.

—Sí-í-í —admitió Ana—. Lo cogí y lo prendí a mi pecho para ver cómo quedaba.

—No tenías por qué hacerlo. Está muy mal que una niña se entrometa. En primer lugar, no debiste haber entrado en mi habitación, y en segundo lugar, tampoco debiste haber tocado un broche que no te pertenecía. ¿Dónde lo has puesto?

—Oh, lo volví a colocar en el alfiletero. No lo tuve puesto ni un minuto. De verdad, Marilla, no quise entrometerme. No pensé que fuera algo malo entrar y probarme el broche; ahora que lo sé, no volveré a hacerlo. Eso es algo bueno que tengo; nunca hago dos veces algo malo.

—No lo pusiste allí —dijo Marilla—. Ese broche no está en el mueble. Algo habrás hecho con él, Ana.

—Lo volví a poner allí —dijo la niña rápidamente—, no me acuerdo si lo pinché en el alfiletero o lo dejé en el platito de loza. Pero estoy perfectamente segura de que lo volví a dejar en su habitación.

—Volveré a echar otra mirada —dijo Marilla, dispuesta a ser justa—. Si lo pusiste en el mueble, allí estará todavía. Si no está, sabré que no lo hiciste.

Marilla volvió a su habitación e hizo una búsqueda escrupulosa, no sólo sobre el mueble, sino por todos los lugares donde pensó que podía haber ido a parar el broche. No lo pudo hallar y volvió a la cocina.

—Ana, el broche ha desaparecido. Has reconocido que fuiste la última persona que lo tuvo en la mano. Ahora bien, ¿qué hiciste con él? Dime la verdad: ¿lo llevaste fuera y lo perdiste?

—No —contestó Ana solemnemente, mirando a los enojados ojos de Marilla—. Nunca saqué su broche de la habitación; ésa es la verdad, aunque tuviera que ir al patíbulo por ello. Claro que no estoy muy segura de qué es un patíbulo, pero no importa. Así es, Marilla.

El «así es» de Ana sólo pretendía dar énfasis a su afirmación, pero Marilla lo tomó como un desafío.

—Creo que me estás diciendo una mentira, Ana. Sé que eres capaz. Ahora, no digas una sola palabra más, a menos que sea la verdad. Vete a tu cuarto y quédate allí hasta que estés dispuesta a confesar.

—¿Puedo llevarme los guisantes? —dijo Ana dócilmente.

—No, yo terminaré de pelarlos. Haz lo que te ordeno.

Cuando Ana se hubo ido, Marilla realizó sus labores vespertinas con la mente turbada. Se hallaba preocupada por su valioso broche. ¿Y si Ana lo había perdido? Y qué maldad la de la niña al negar que lo había sacado, cuando cualquiera podía ver que lo había hecho. ¡Y con una cara tan inocente!

—No sé cómo no se me ocurrió antes —pensó, mientras pelaba nerviosamente los guisantes—. No creo que pensara robarlo. Lo cogió para jugar o ayudar a su imaginación. Debe haberlo cogido, está claro, pues nadie ha ido a esa habitación hasta que yo subí esta noche. Y el broche ha desaparecido. Supongo que lo habrá perdido y no quiere reconocerlo por temor al castigo. Es algo terrible pensar que dice mentiras; peor aún que sus enfados. Es una terrible responsabilidad tener en casa a una criatura en la que no se puede confiar. Hipocresía y falsedad es lo que ha demostrado. Eso me mortifica más que lo del broche. Si me hubiera dicho la verdad, no me importaría tanto.

Aquella tarde, Marilla fue varias veces a su habitación y la registró en busca del broche, sin hallarlo. Una visita nocturna a la buhardilla no produjo mejores resultados. Ana persistía en negar que supiera algo del broche y ello convencía a Marilla de lo contrario.

Se lo contó a Matthew a la mañana siguiente. Éste quedó confuso; no podía perder la fe en Ana con tanta rapidez, pero debió admitir que las circunstancias estaban contra ella.

—¿Estás segura de que no cayó tras el mueble? —fue lo único que pudo sugerir.

—He movido el mueble, he sacado los cajones y he revisado todos los rincones —fue la respuesta—. El broche no está y la niña lo ha cogido, mintiendo además. Ésa es la horrible verdad, Matthew Cuthbert.

—Bueno, ¿qué vas a hacer ahora? —preguntó tristemente, agradeciendo en secreto que fuera Marilla y no él quien debiera afrontar la situación. Esta vez no tenía deseos de entrometerse.

—Se quedará en su habitación hasta que confiese —dijo hoscamente Marilla, recordando el éxito de ese método—. Entonces veremos. Quizá podremos recobrar el broche si nos dice dónde lo llevó; pero de todas maneras, deberá ser castigada severamente, Matthew.

—Bueno, te tocará a ti hacerlo —dijo Matthew cogiendo el sombrero—. Recuerda que nada tengo que ver en ello, tú lo dijiste.

Marilla se sintió abandonada por todos. Ni siquiera podía pedir consejo a la señora Lynde. Fue a la buhardilla con cara muy seria y de allí salió con cara más seria aún. Ana se negaba a confesar. Persistía en asegurar que no había cogido el broche. La criatura había estado llorando evidentemente y Marilla sintió un golpe de piedad que reprimió rígidamente. Al llegar la noche estaba, como decía, «molida».

—Te quedarás en tu habitación hasta que confieses, Ana. Puedes estar segura —dijo con firmeza.

—Pero mañana es la excursión —gritó Ana—. No me va a impedir ir, ¿no es así? ¿Me dejará salir por la tarde? Luego me quedaré aquí cuanto quiera, alegremente. Pero debo ir a la excursión.

—No irás a la excursión ni a ninguna otra parte hasta que no hayas confesado, Ana.

—Oh, Marilla.

Pero Marilla ya se había ido, cerrando la puerta.

El miércoles amaneció tan hermoso y brillante, que parecía ex profeso para la excursión. Los pájaros cantaban en «Tejas Verdes»; las lilas del jardín lanzaban oleadas de perfume que entraban por cada puerta y ventana en alas de invisibles vientos y vagaban por las habitaciones cual espíritus de bendición. Los abetos de la hondonada batían sus ramas alegremente, como si esperaran la acostumbrada bienvenida mañanera de Ana desde su buhardilla. Pero ésta no estaba en su ventana. Cuando Marilla le llevó el desayuno, la encontró sentada en su cama, pálida y resuelta, con los labios apretados y los ojos brillantes.

—Marilla, estoy dispuesta a confesar.

—¡Ah! —Marilla dejó la bandeja. Una vez más, sus métodos habían dado resultado, pero ese éxito le era amargo—. Escuchemos qué tienes que decir, Ana.

—Cogí el broche de amatista —dijo la niña como repitiendo la lección—, tal como usted dijo. No tenía intención de hacerlo cuando entré, pero era tan hermoso, Marilla, cuando lo prendí a mi pecho, que fui vencida por una tentación irresistible. Imaginé cuan estremecedor sería llevarlo a Idlewild y jugar allí a Lady Cordelia Fitzgerald. Sería mucho más fácil imaginarlo con un broche de amatista puesto. Diana y yo hacíamos collares de flores, pero, ¿qué son las flores comparadas con las amatistas? De manera que cogí el broche. Pensé que podía devolverlo antes de que usted regresara. Di un rodeo para alargar el tiempo. Cuando cruzaba el puente sobre el Lago de las Aguas Refulgentes, me quité el broche para mirarlo otra vez. ¡Oh, cómo brillaba al sol! Y entonces, mientras estaba inclinada sobre el puente, se me escapó de las manos, así, y cayó, abajo, abajo, más abajo, con destellos purpúreos, y se hundió por siempre jamás en el Lago de las Aguas Refulgentes. Y ésa es la mejor confesión que puedo hacer, Marilla.

Marilla sintió que una ardiente indignación volvía a llenarle el corazón. Aquella chiquilla había cogido y perdido su querido broche de amatista y estaba allí tranquilamente sentada, relatando todos los detalles del hecho sin el menor arrepentimiento aparente.

—Ana, esto es terrible —dijo, tratando de hablar con calma—. Eres la peor niña que he conocido.

—Sí, supongo que lo soy —asintió Ana tranquilamente—. Y sé que debo ser castigada. Su deber es hacerlo, Marilla. ¿Me haría el favor de sentenciarme ahora mismo, de manera que pueda ir a la excursión sin preocupaciones?

—Excursión, sí, sí, ¡Ana Shirley, no irás! Ése será tu castigo. ¡Y no es ni la mitad de severo de lo que te mereces!

—¡No ir a la excursión! —Ana saltó sobre sus pies y se aferró a la mano de Marilla—. ¡Pero si usted me prometió que sí! Oh, Marilla, debo ir allí. Para eso he confesado. Castígueme de cualquier otra forma, pero así no. Oh, Marilla, por favor, déjeme ir. ¡Piense en los sorbetes! Quizá nunca más tenga oportunidad de conocerlos.

Marilla hizo caso omiso de las manos suplicantes de Ana.

—No tienes que rogarme, Ana. No irás a la excursión. Está decidido. Ni una palabra más.

Ana comprendió que Marilla era inconmovible. Juntó las manos, lanzó un grito desgarrador y se echó de bruces sobre la cama, llorando en un paroxismo de desilusión y tristeza.

—¡Por todos los santos! —dijo Marilla, saliendo apresuradamente de la habitación—. Creo que esta niña está loca. Ninguna criatura en sus cabales se portaría como ella. Y si no lo está, es terriblemente mala. Oh, temo que Rachel tenía razón desde el principio. Pero ya que estoy en esto, no abandonaré.

Aquélla fue una lúgubre mañana. Marilla trabajó enérgicamente y fregó el porche y la vaquería cuando no encontró otra cosa que hacer. Ni el porche ni la vaquería lo necesitaban, pero Marilla sí. Luego salió y rastrilló la huerta.

Cuando estuvo preparado el almuerzo, fue hasta las escaleras y llamó a Ana. Del otro lado del pasamano apareció una cara cubierta de lágrimas, de trágica apariencia.

—Ven a almorzar, Ana.

—No quiero almorzar, Marilla —dijo Ana sollozando—. No podría comer nada. Tengo partido el corazón. Algún día, espero, te remorderá la conciencia por haberlo roto, Marilla. Cuando llegue ese instante, recuerde que la perdono. Pero no me pida que coma nada, especialmente cerdo hervido y hortalizas. El cerdo hervido y las hortalizas son muy poco románticos cuando se tiene el corazón destrozado.

Marilla regresó exasperada a la cocina y descargó su ira sobre Matthew, quien, entre su sentido de la justicia y su abierta simpatía por Ana, se sentía muy miserable.

—Bueno, no debió haber cogido ese broche, ni contar historias sobre él, Marilla —admitió, mirando tristemente su poco romántica ración de cerdo y hortalizas, como si él, cual Ana, lo creyera un alimento poco adecuado para las crisis sentimentales—, pero es una chiquilla tan pequeña; ¿no te parece un poco cruel no dejarla ir a la excursión, cuando está tan ilusionada con ello?

—Matthew Cuthbert, me sorprendes. Pienso que he sido muy blanda con ella. Y no parece comprender cuan mala ha sido; eso es lo que más me preocupa. Si lo sintiera en realidad, no sería tan malo. Y tú tampoco pareces darte cuenta; la estás excusando.

—Bueno, es que es una chiquilla tan pequeña —insistía Matthew—. Y debe haber tolerancia. Sabes que no ha tenido educación.

—Pues ahora la tiene.

Esta respuesta silenció a Matthew, aunque sin convencerlo. La comida fue lúgubre. Lo único alegre era Jerry Boute, el ayudante, y Marilla consideraba su alegría como un insulto personal.

Cuando tuvo los platos limpios, el pan amasado y las gallinas alimentadas, Marilla recordó haber visto un desgarrón en su chal de encaje negro al quitárselo el domingo por la tarde, cuando regresara de la Sociedad de Ayuda. Decidió remendarlo.

El chal estaba en una caja, dentro del arcón. Al sacarlo, la luz, cruzando por entre los ramajes que cubrían su ventana, incidió sobre algo prendido en el chal; algo que chispeaba con tonos violáceos. Marilla lo cogió: ¡era el broche de amatista!

—¡Por todos los santos! ¿Qué significa esto? Aquí está el broche y yo pensaba que estaba en el fondo de la laguna de Barry. ¿Qué quiso decir esa chiquilla cuando afirmó que lo sacó y lo perdió? Confieso que me parece que «Tejas Verdes» está embrujado. Ahora me acuerdo que el domingo por la tarde dejé el chal un minuto sobre el mueble. Supongo que el broche se enganchó.

Marilla se trasladó a la buhardilla, broche en mano. Ana había llorado hasta agotarse y miraba tristemente por la ventana.

—Ana Shirley —dijo solemnemente Marilla—. Acabo de encontrar mi broche colgando de mi chal de encaje negro. Ahora quiero saber qué significa esa historia que me has contado esta mañana.

—Usted me dijo que me obligaría a quedarme aquí hasta que confesara —contestó Ana tristemente—, de manera que decidí confesar pues deseaba ir a la excursión. Pensé la confesión anoche después de acostarme y traté de hacerla lo mejor que pude. La repetí muchas veces para no olvidarla. Pero como a fin de cuentas usted no me dejó ir a la excursión, mi trabajo fue inútil.

Marilla tuvo que reírse, pero su conciencia la atormentaba.

—¡Ana, eres imposible! Pero yo estaba equivocada; ahora lo veo. Nunca debí haber dudado de tu palabra, pues sé que no mientes. Desde luego no estuvo bien de tu parte confesar algo que no habías hecho; hiciste muy mal. Pero yo te llevé a ello. De manera que si me perdonas, Ana, yo te perdonaré y empezaremos de nuevo. Y ahora, prepárate para la excursión.

Ana saltó como un cohete.

—Oh, Marilla, ¿no es demasiado tarde?

—No son más que las dos. Apenas si habrán terminado de reunirse y todavía pasará una hora antes de que tomen el té. Lávate la cara, péinate y ponte el vestido. Te prepararé la cesta. Hay bastantes provisiones en casa. Jerry te llevará en el coche hasta el lugar.

—¡Oh, Marilla —gritó Ana, volando al lavabo—, hace cinco minutos me sentía tan triste que deseaba no haber nacido y ahora no me cambiaría por un ángel!

Aquella noche volvió a «Tejas Verdes» una Ana agotada y completamente feliz, en un estado de beatitud imposible de describir.

—Oh, Marilla, he pasado unos momentos perfectamente idílicos. Idílico es una nueva palabra que he aprendido hoy. Se la escuché a Mary Alice Bell. Es expresiva, ¿no? Todo ha sido hermoso. Tomamos un té espléndido y luego el señor Harmon Andrews nos llevó en bote por el Lago de las Aguas Refulgentes, de seis en seis. Jane Andrews estuvo a punto de caerse por la borda. Se inclinó a coger unas flores, y si el señor Andrews no la coge por el cinturón, hubiera caído, ahogándose probablemente. Me hubiera gustado ser yo. Hubiese sido una experiencia tan romántica estar a punto de ahogarse. Sería algo hermoso para contar. No tengo palabras para describir los sorbetes. Marilla, le aseguro que fue sublime.

Aquella noche, Marilla contó todo el episodio a Matthew, mientras zurcía las medias.

—Estoy de acuerdo en que cometí un error —concluyó cándidamente—, pero he aprendido la lección. No puedo menos que reírme cuando recuerdo la «confesión» de Ana, aunque no debiera hacerlo, ya que se trata de una mentira. Pero peor hubiera sido lo contrario, y soy algo responsable de ello. Esa chiquilla es difícil de comprender en ciertos aspectos. Pero creo que resultará buena. Y hay algo muy cierto: ninguna casa en la que esté será jamás triste.

CAPÍTULO XV

Tormenta en el colegio

—¡Qué día tan espléndido! —dijo Ana exhalando un suspiro—. ¿No es simplemente maravilloso vivir en un día así? Compadezco a la gente que todavía no ha nacido. Por supuesto, podrá tener días buenos, pero nunca uno como éste. ¿Y no es aún más espléndido tener un sendero tan adorable para ir a la escuela?

—Es muchísimo más bonito que ir por el camino; es tan polvoriento y caluroso —dijo Diana mientras espiaba dentro de su cesta y calculaba mentalmente cuántos trozos le tocarían si dividía entre diez niñas las tres jugosas y sabrosísimas tortas de frambuesa que llevaba.

Las niñas de la escuela de Avonlea siempre compartían sus comidas, y quien hubiera comido tres tortas de frambuesa o las compartiera sólo con su mejor amiga hubiera merecido para siempre el estigma de «horrible mezquina». Y así, después que la torta era repartida entre diez, lo que se recibía era tan poco que resultaba un tormento.

El camino de la escuela era muy bonito. Ana pensó que los viajes de ida y vuelta de la escuela con Diana no podían ser mejorados ni con la imaginación. Ir por el camino principal era muy poco romántico; pero ir por el Sendero de los Amantes y por Willowmere y por el Valle de las Violetas y el Camino delos Abedules, sí lo era. El Sendero de los Amantes comenzaba más allá del huerto de «Tejas Verdes» y se extendía hasta los bosques al terminar la granja de los Cuthbert. Era el camino por donde se llevaban a pastar las vacas y se transportaba la madera en el invierno. Ana lo había denominado el Sendero de los Amantes después de pasar un mes en «Tejas Verdes».

—No es que los amantes realmente caminen por ahí —le explicó a Marilla—, pero Diana y yo estamos leyendo un libro perfectamente magnífico y en él hay un Sendero de los Amantes. De manera que también nosotras quisimos tener uno. Y es un nombre muy bonito, ¿no le parece? ¡Tan romántico! Podemos imaginarnos amantes paseándose por él. Me gusta ese sendero; por allí se puede pensar en voz alta sin que la gente te tome por loca.

Cada mañana, Ana descendía por el Sendero de los Amantes hasta el arroyo. Allí se encontraba con Diana y las dos niñas subían por el sendero bajo el arco de los abedules —«¡los abedules son árboles tan sociables!», decía Ana; «siempre están susurrando y murmurándonos cosas»—, hasta que llegaban a un rústico puente. Allí dejaban el sendero y cruzaban el campo del señor Barry por la parte de atrás, pasando por Willowmere. Después de Willowmere venía el Valle de las Violetas, un pequeño hoyuelo verde a la sombra de los inmensos árboles del señor Andrew Bell.

—Por supuesto, ahora no hay violetas allí —le dijo Ana a Marilla—, pero dice Diana que hay millones en primavera. Oh, Marilla, ¿puede imaginárselas? Realmente quita el aliento. Lo llamé el Valle de las Violetas. Diana dice que nunca vio una capacidad como la mía para poner bellos nombres a todos los lugares. Es agradable tener inteligencia para algo, ¿no es cierto? Pero Diana inventó El Camino de los Abedules. Quiso hacerlo, de modo que la dejé; pero estoy segura de que yo podría haber hallado algo más poético que eso. Cualquiera puede pensar un nombre así. Pero El Camino de los Abedules es uno de los lugares más hermosos del mundo, Marilla.

Lo era. Otras personas aparte de Ana habían pensado así al dar con él. Era una estrecha senda llena de recovecos que bajaba de una gran colina justo entre los bosques del señor Bell, donde la luz llegaba a través de tantas pantallas color esmeralda, que era tan impoluta como el corazón de un diamante. En toda su extensión se hallaba guarnecida por delgados abedules de blancos troncos y flexibles ramas; helechos y estrellas, lirios, ramilletes escarlatas y cerezos silvestres crecían a lo largo; siempre había en el aire un delicioso aroma y en lo más alto de los árboles el canto de los pájaros y el murmullo y la risa de los vientos del bosque. De vez en cuando, si uno se quedaba quieto, se podía ver saltar un conejo por el camino, cosa que, en el caso de Ana y Diana, sucedía muy raras veces. Abajo en el valle, la senda desembocaba en el camino principal y desde allí hasta el colegio no quedaba más que la Colina de los Abetos.

La escuela de Avonlea era un blanco edificio de aleros bajos y anchas ventanas amueblado con cómodos y antiguos pupitres que llevaban esculpidos en las tapas las iniciales y jeroglíficos de escolares de tres generaciones. Las aulas estaban en el fondo y tras ellas había un oscuro bosque de pinos y un arroyo donde todas las niñas sumergían sus botellas de leche para mantenerlas frescas hasta la hora del almuerzo.

Marilla había visto con recelo comenzar las clases de Ana el primer día de septiembre. ¡Era una niña tan extraña! ¿Armonizaría con los otros niños? ¿Y cómo iba a arreglárselas para quedarse callada durante las horas de clase? Sin embargo, las cosas fueron mejor de lo que Marilla temió. Ana regresó a su casa aquella tarde de muy buen humor.

—Creo que me va a gustar el colegio —anunció—. Aunque el maestro no me parece tan bueno. Se pasa todo el tiempo atusándose el bigote y mirando a Prissy Andrews. Prissy ya es mayor, como usted sabe. Tiene dieciséis años y está estudiando para el examen de ingreso en la Academia de la Reina, de Charlottetown. Tillie Boulter dice que el maestro se muere por ella. Es muy hermosa, tiene el cabello castaño rizado y se comporta muy elegantemente. Se sienta en el banco que hay al fondo del aula, y él también se sienta allí la mayor parte del tiempo, para explicarle sus lecciones, según dice. Pero Ruby Gillis dice que le vio escribiendo algo en la pizarra de Prissy y que cuando ella lo leyó se puso tan roja como una remolacha y se rió; y Ruby Gillis dice que no cree que fuera nada relacionado con la lección.

—Ana Shirley, que no te vuelva a oír hablar así de tu maestro —dijo Marilla bruscamente—. No vas a la escuela para criticarlo. Creo que él puede enseñarte algo a ti. Y es tu obligación aprender. Y quiero que comprendas bien que no debes venir a casa contando cosas como ésas. Eso es algo que no puedo aceptar. Espero que hayas sido una buena niña.

—Claro que lo fui —dijo Ana, complacida—. Y tampoco me resultó tan difícil como se imaginaba. Me senté junto a Diana. Nuestro banco está al lado de la ventana y podemos ver el Lago de Aguas Refulgentes. Hay un montón de niñas en la escuela y jugamos magníficamente a la hora de comer. ¡Es tan hermoso tener un grupo de niñas con quienes jugar! Pero, por supuesto, Diana me gusta más que ninguna y siempre será así. Adoro a Diana. Estoy muchísimo más atrasada que las otras. Todas están en el quinto texto y yo sólo en el cuarto. Me siento algo triste por esa razón; pero ninguna de ellas tiene tanta imaginación como yo, como pronto averigüé. Hoy tuvimos lectura, geografía, historia nacional y dictado. El señor Phillips dijo que mi ortografía es horrible y alzó mi pizarra llena de correcciones para que todo el mundo pudiera verla. Me sentí tan mortificada, Marilla; supongo que podría haber tenido mejores modos con una extraña. Ruby Gillis me dio una manzana y Sophia Sloane me pasó una encantadora postal color rosa con «¿Puedo verte en casa?» escrito en ella. Tengo que devolvérsela mañana. Y Tillie Boulter me dejó usar su anillo toda la tarde. ¿Puedo quedarme con alguno de esos alfileres de perla que hay en el viejo alfiletero del desván, para hacerme un anillo? Y, ¡oh, Marilla!, Jane Andrews me dijo que Minnie MacPherson le dijo que había escuchado a Prissy Andrews decirle a Sara Gillis que yo tenía una nariz muy bonita. Marilla, es el primer piropo que me han hecho en toda mi vida; no puede imaginarse lo que me hizo sentir, Marilla, ¿tengo realmente una nariz bonita? Sé que usted me dirá la verdad.

—Está bastante bien —dijo Marilla secamente. Secretamente pensó que la nariz de Ana era verdaderamente muy linda; pero no tenía intenciones de decírselo.

De esto hacía ya tres semanas y hasta entonces todo había ido bien. Y aquella fresca mañana de septiembre, Ana y Diana corrían alegremente por el Camino de los Abedules, sintiéndose dos de las niñas más felices de Avonlea.

—Espero que Gilbert Blythe estará hoy en la escuela —dijo Diana—. Pasó todo el verano en Nueva Brunswick, en casa de sus primos y regresó el sábado por la noche. Es terriblemente guapo, Ana. Y molesta a las niñas una barbaridad. Te aseguro que nos atormenta.

La voz de Diana indicaba que prefería ser atormentada antes que no verlo.

—¿Gilbert Blythe? —dijo Ana—. ¿No es el nombre que está escrito en la pared del porche junto al de Julia Bell con un gran letrero que dice «Atención»?

—Sí —respondió Diana sacudiendo la cabeza—, pero estoy segura que Julia no le gusta mucho. Le he oído decir a Gilbert que estudiaba la tabla de multiplicar con sus pecas.

—¡Oh, no me hables a mí de pecas! —imploró Ana—. No es de buen tono teniendo yo tantas. Pero creo que escribir esas cosas en las paredes es lo más tonto del mundo. Me gustaría que alguien se atreviera a escribir mi nombre junto al de un muchacho. Desde luego —se apresuró a agregar— que nadie lo hará.

Ana suspiró. No quería que escribieran su nombre; pero resultaba algo humillante el saber que no había ningún peligro de que algo parecido ocurriera.

—Tonterías —dijo Diana, cuyos ojos negros y satinadas trenzas habían causado tales estragos en los corazones de los escolares de Avonlea que su nombre aparecía escrito en las paredes del porche una media docena de veces con el consabido «Atención»—. Sólo es una broma. Y no estés tan segura de que no escriban tu nombre. Charlie Sloane se muere por ti. Le ha dicho a su madre, ¿entiendes?, que eres la niña más inteligente de la escuela. Eso es mejor que ser bonita.

—No, no lo es —dijo Ana, femenina en el fondo—. Preferiría ser guapa antes que inteligente. Y, además, odio a Charlie Sloane. No puedo soportar a un muchacho con ojos saltones. Si alguien anota mi nombre junto al de él, nunca lo perdonaría, Diana Barry. Pero está bien ser la primera de la clase.

—De ahora en adelante tendrás a Gilbert en tu clase. Y te advierto que él está acostumbrado a ser el mejor alumno. Está apenas en el cuarto texto, aunque casi tiene catorce años. Hace cuatro años su padre estuvo muy enfermo y tuvo que ir a Alberta a reponerse, y Gilbert le acompañó. Estuvieron allí tres años, y Gilbert apenas fue a la escuela hasta que regresaron. No te será muy fácil seguir siendo la mejor de la clase, Ana.

—Me alegro —dijo Ana rápidamente—. No podía sentirme muy orgullosa de ser mejor que niñitos de nueve o diez años. Ayer me distinguí por saber deletrear «ebullición». Josie Pye era la primera de la clase y, fíjate, miró de reojo en el libro. El señor Phillips no lo vio porque estaba mirando a Prissy Andrews, pero yo sí. Le dirigí una mirada de helado desdén y se puso tan colorada como una cereza, deletreándola mal.

—Esas Pye son unas tramposas —dijo Diana indignadamente mientras subían la cerca del camino real—. Ayer, Gertie Pye puso su botella de leche en mi sitio en el arroyo. ¿Te das cuenta? No le dirijo más la palabra.

Cuando el señor Phillips estaba al fondo de la clase escuchando la lección de latín de Prissy Andrews, Diana le dijo a Ana en voz baja:

—Ése es Gilbert Blythe, Ana. Es el que está sentado en tu misma dirección al otro lado del pasillo. Míralo y fíjate si no es guapo.

Ana le miró. Tenía una buena oportunidad para hacerlo, porque el tal Gilbert Blythe se encontraba absorto en la tarea de prender disimuladamente la larga trenza rubia de Ruby Gillis, que se sentaba delante de él, al respaldo del asiento. Era un muchacho alto, de rizados cabellos castaños, picarescos ojos de igual color y una sonrisa divertida. Repentinamente Ruby Gillis se puso de pie para enseñarle una suma al maestro; volvió a caer sobre su banco con un grito, creyendo que le arrancaban el cabello de raíz. Todos la miraron y el señor Phillips lo hizo con tanta severidad que Ruby comenzó a llorar. Gilbert había ocultado el alfiler rápidamente y estaba estudiando su lección de historia con la cara más juiciosa del mundo; pero cuando la conmoción se hubo calmado, miró a Ana y guiñó con indecible regodeo.

—Creo que tu Gilbert Blythe es buen mozo —le confió Ana a Diana—, pero es muy atrevido. No es de persona bien educada guiñar el ojo a una niña extraña.

Pero el problema no empezó hasta la tarde.

El señor Phillips se hallaba atrás explicándole un problema de álgebra a Prissy Andrews, y los demás alumnos hacían lo que querían, comiendo manzanas verdes, murmurando, trazando dibujos en sus pizarras y haciendo correr grillos atados con hilos por el pasillo. Gilbert Blythe estaba tratando de hacer que Ana lo mirara y no lo conseguía porque en aquel momento Ana estaba ajena, no sólo a la existencia de Gilbert Blythe, sino a la de todos los niños de la escuela de Avonlea y a la escuela de Avonlea misma. Con la barbilla apoyada en las manos y los ojos fijos en el azul resplandor del Lago de Aguas Refulgentes que se vislumbraba desde la ventana del oeste, se encontraba muy lejos, en un magnífico mundo de ensueños, ajena a todo lo que no fueran sus maravillosas visiones.

Gilbert Blythe no estaba acostumbrado a fracasar cuando se empeñaba en que una niña lo mirara. Ella debía mirarlo; esa Shirley de cabello rojo, pequeña barbilla puntiaguda y grandes ojos que no eran como los de las otras niñas de la escuela de Avonlea. Gilbert se inclinó a través del pasillo, alzó la punta de la larga trenza roja de Ana y dijo con un murmullo: —¡Zanahorias! ¡Zanahorias!

Entonces Ana le miró de hito en hito. E hizo más que mirarlo. Saltó sobre sus pies, convertidas en ruinas sus brillantes fantasías. Fulminó a Gilbert con una indignada mirada, cuyo relámpago fue rápidamente apagado por coléricas lágrimas.

—¡Niñato mezquino y odioso! —exclamó apasionadamente—. ¡Cómo te atreves...!

Y luego, ¡paf! Ana había dado con su pizarra sobre la cabeza de Gilbert, partiendo la pizarra —no la cabeza— en dos pedazos.

La escuela de Avonlea siempre gozaba con las escenas. Ésta era una muy especial. Todos dijeron «¡oh!» con horrorizada delicia. Diana emitió sonidos entrecortados; Ruby Gillis, que era algo histérica, comenzó a llorar y Tommy Sloane dejó que se le escapara todo su equipo de grillos mientras observaba la escena con la boca abierta.

El señor Phillips bajó del estrado y colocó su pesada mano sobre el hombro de Ana.

—Ana Shirley, ¿qué significa esto? —dijo encolerizado.

Ana no respondió. Hubiera sido pedir demasiado a un ser humano pretender que reconociera ante todo el colegio que la habían llamado «zanahoria». Fue Gilbert quien habló resueltamente.

—Fue culpa mía, señor Phillips. Me burlé de ella. El maestro no prestó atención a Gilbert.

—Lamento ver a una alumna mía mostrar ese carácter y tal espíritu de venganza —dijo en tono solemne, como si el hecho de ser alumno suyo desarraigara todas las malas pasiones del corazón de los pequeños e imperfectos mortales—. Ana, vaya frente al pizarrón por el resto de la tarde.

Ana hubiera preferido mucho más ser azotada a recibir este castigo, bajo el cual su sensible espíritu sufría más aún. Obedeció, con la cara blanca y el gesto adusto. El señor Phillips cogió una tiza y escribió en el pizarrón, sobre la cabeza de la niña: «Ana Shirley tiene muy mal carácter. Ana Shirley debe aprender a reprimirse». Y lo dijo en voz alta de manera que hasta los más pequeños, que no sabían leer, lo comprendieran.

Ana estuvo toda la tarde de pie, con la leyenda sobre su cabeza. Ni lloró ni se doblegó. Tenía el corazón tan lleno de rabia que la sostenía entre el dolor de su humillación. Con ojos llenos de resentimiento y mejillas enrojecidas, enfrentó por igual la consoladora mirada de Diana, los indignados movimientos de cabeza de Charlie Sloane y las maliciosas sonrisas de Josie Pye. En lo referente a Gilbert Blythe, ni siquiera lo miró. ¡Jamás lo volvería a mirar! ¡Nunca más le hablaría!

Cuando terminó la clase, Ana salió con la cabeza muy alta. Gilbert trató de detenerla en la puerta.

—Siento muchísimo haberme burlado de tu pelo, Ana —murmuró contrito—. De verdad. No te enfades para siempre.

Ana siguió, desdeñosa, sin mirar o dar muestras de haber oído.

—¿Cómo pudiste hacerlo, Ana? —dijo Diana mientras volvían por el camino, mitad con reproche, mitad con admiración. Diana tenía la sensación de que ella no hubiera podido resistir el ruego de Gilbert.

—Nunca perdonaré a Gilbert Blythe —dijo Ana firmemente—. Y el señor Phillips deletreó mal mi nombre. Diana, el hierro ha entrado en mi alma.

Diana no tenía la menor idea de qué quería decir su compañera, pero comprendió que tenía que ser algo terrible.

—No debe importarte que Gilbert se burle de tu pelo —dijo conciliadora—. Él se burla de todas. Se ríe del mío porque es muy negro. Me ha llamado cuervo una docena de veces y, además, nunca le he oído disculparse por nada.

—Hay mucha diferencia entre ser llamada cuervo y zanahoria —dijo Ana con dignidad—. Gilbert Blythe ha herido vivísimamente mis sentimientos.

Es posible que el episodio hubiera terminado sin más tormentos, si no hubiera ocurrido otra cosa. Pero cuando los acontecimientos comienzan a sucederse, nada los detiene.

Los colegiales de Avonlea solían pasar el mediodía cogiendo miel en el bosque de abetos del señor Bell y en el gran campo de pastoreo. Pero debían tener los ojos puestos en casa de Helen Wright, donde se hospedaba el maestro. Cuando le veían salir, corrían hacia el colegio; pero como la distancia a recorrer era tres veces mayor que la del sendero del señor Wright, tenían muchas posibilidades de llegar, agitados y cansados, con tres minutos de retraso.

Al día siguiente, el señor Phillips fue atacado por uno de sus repentinos arrebatos de reforma y anunció, antes de almorzar, que esperaba encontrar a los alumnos en sus asientos al volver. Quien llegara tarde sería castigado.

Todos los chicos y algunas niñas fueron al bosque con la sana intención de «tomar un bocado». Pero las nueces y la miel eran seductoras y tentaban; retozando y comiendo, pasaron el tiempo y, como de costumbre, lo que les volvió a la realidad fue el grito de Jimmy Glover desde lo alto de un patriarcal abeto: —¡Vuelve el maestro!

Las niñas, que estaban en el suelo, corrieron primero y se las arreglaron para llegar a tiempo al colegio. Los muchachos, que debieron deslizarse presurosos de las copas de los árboles, llegaron más tarde, y Ana, que no hacía otra cosa que vagar por el extremo más alejado del campo, hundida en la yerba hasta la cintura cantando en voz baja, con una corona de flores en la cabeza, cual pagana divinidad de los campos, fue la última en salir. Pero la niña podía correr como una gacela, de manera que sobrepasó a los muchachos en la puerta y entró en el aula entre ellos, en el preciso instante en que el señor Phillips colgaba su sombrero.

El rapto reformista del señor Phillips había pasado; no quería molestarse en castigar a una docena de alumnos. Pero era necesario hacer algo para salvar las apariencias; de manera que buscó un «chivo expiatorio» y lo encontró en Ana, que se había dejado caer en su asiento con la respiración alterada y su olvidada corona de flores colgando cómicamente de una oreja, dándole aspecto de disolución y paganismo.

—Ana Shirley, ya que parece tan amiga de la compañía de los varones, le daremos el gusto esta tarde —dijo sarcásticamente—. Quítese esas flores y siéntese junto a Gilbert Blythe. —Los otros muchachos empezaron a reírse tontamente. Diana, palideciendo de piedad, quitó la guirnalda de los cabellos de Ana y le dio un apretón de manos. La niña contemplaba al maestro como si se hubiera convertido en piedra.

—¿Ha oído lo que le he dicho, Ana? —dijo severamente el señor Phillips.

—Sí, señor —contestó lentamente la niña—, pero creí que no lo decía en serio.

—Le aseguro que sí. —Todavía utilizaba la inflexión sarcástica que todos los niños, y Ana especialmente, odiaban—. Obedezca.

Durante unos instantes, Ana pareció pensar lo contrario. Entonces, comprendiendo que no quedaba escapatoria, se levantó arrogante, cruzó el pasillo, se sentó junto a Gilbert Blythe y hundió el rostro entre los brazos. Ruby Gillis, que la pudo ver mientras lo hacía, comentó con los otros, cuando regresaron a sus casas: —Nunca he visto algo así; estaba blanca, con unas horribles manchitas rojas.

Para Ana, eso fue el fin de todo. Era malo que la eligieran para castigarla de entre una docena de alumnos igualmente culpables; era peor que la hicieran sentar con un muchacho; pero que ese muchacho fuera Gilbert Blythe, significaba colocar insulto sobre insulto hasta un grado irresistible. Todo su ser bullía de vergüenza, ira e indignación.

Al comienzo, los otros escolares miraron, murmuraron, se rieron a escondidas y se dieron codazos. Pero como Ana no levantara la cabeza y Gilbert trabajara en los quebrados como si le absorbieran toda el alma, pronto volvieron a sus tareas y la niña fue olvidada. Cuando el señor Phillips llamó a la clase de historia, Ana debió haberse ido, pero la niña no se movió. Y el señor Phillips, que había estado escribiendo unos versos a Frísenla antes de llamar a la clase, luchaba con una rima rebelde y no se dio cuenta. Una vez, cuando nadie miraba, Gilbert cogió un pequeño corazón de caramelo con una leyenda dorada «eres dulce» y lo deslizó bajo la curva del brazo de Ana. De inmediato, la niña alzó la cabeza, tomó el caramelo cuidadosamente con la punta de los dedos, lo dejó caer al suelo, lo hizo polvo con el tacón y reasumió su posición, sin dignarse echar una mirada a Gilbert.

Cuando terminó la clase y salieron todos, Ana se dirigió a su asiento, y sacando ostentosamente cuanto allí tenía, libros y cuadernos, lapiceros y tinta, Biblia y aritmética, los apiló sobre su rota pizarra.

—¿Para qué llevas todo eso a casa, Ana? —quiso saber Diana tan pronto salieron al camino. No se había atrevido a hacer antes la pregunta.

—No voy a volver más al colegio.

Diana se quedó boquiabierta y miró a Ana para ver si no mentía.

—¿Te dejará Marilla quedarte en casa?

—Tendrá que hacerlo. Nunca iré al colegio con ese hombre.

—¡Oh, Ana! —Diana parecía a punto de echarse a llorar—. Creo que eres muy mala. El señor Phillips me hará sentar con esa horrible Gertie Pye; sé que lo hará, porque ella ahora se sienta sola. Vuelve, Ana.

—Haría cualquier cosa en el mundo por ti, Diana —dijo Ana tristemente—. Me dejaría romper los huesos si fuera necesario. Pero eso no lo puedo hacer. Así que, por favor, no me lo pidas; me atormentas el alma.

—Piensa en la diversión que te pierdes —se quejó Diana—. Vamos a construir una casa preciosa cerca del arroyo y jugaremos a la pelota la semana próxima. Tú nunca has jugado a eso, Ana. Es tremendamente excitante. Y vamos a aprender una nueva canción, Jane Andrews la está ensayando ahora. Alice Andrews traerá un nuevo libro y lo leeremos en voz alta, junto al arroyo. Y a ti, que te gusta tanto leer en alta voz, Ana.

Nada pudo conmover a Ana. Había tomado su decisión. No iría más a la clase del señor Phillips. Así lo dijo a Marilla cuando volvió a casa.

—Tonterías —dijo Marilla.

—No son tonterías —dijo Ana, mirando a Marilla con ojos solemnes y llenos de reproche—. ¿No comprende, Marilla? He sido insultada.

—¡Insultada, sí, sí! Mañana volverás al colegio como de costumbre.

—Oh, no. —Ana acompañó su negativa con la cabeza—. No volveré, Marilla. Aprenderé mis lecciones en casa, seré tan buena como pueda y estaré callada todo el tiempo que sea posible. Pero le aseguro que no iré al colegio.

Marilla vio en la carita de la niña algo muy parecido a una invencible tozudez. Comprendió que le costaría vencerla; pero resolvió inteligentemente no hacer nada por el momento.

«Esta tarde iré a consultarlo con Rachel —pensó—. De nada valdrá razonar ahora con Ana. Está demasiado sensible y tengo la sensación de que es terriblemente testaruda si se empeña. Según puedo deducir por lo que cuenta, el señor Phillips ha llevado muy lejos las cosas. Pero de nada servirá decírselo a ella. Lo hablaré con Rachel. Ella mandó diez niños al colegio y debe saber algo al respecto. Por otra parte, a estas horas ya debe haberse enterado de toda la historia.»

Marilla encontró a la señora Lynde tejiendo colchas tan laboriosamente y tan alegre como de costumbre.

—Supongo que sabrá a qué he venido —dijo algo avergonzada.

La señora Rachel asintió:

—El escándalo de Ana en el colegio —dijo—. Tillie Boulter, camino de su casa, me lo contó.

—No sé qué hacer con ella —dijo Marilla—. Dice que no volverá al colegio. Nunca he visto a una niña tan herida. Desde que comenzaron las clases estaba esperando algún disgusto. Sabía que las cosas iban demasiado bien para durar. Es excesivamente sensible. ¿Qué me aconseja, Rachel?

—Bueno, ya que me pide consejo, Marilla —dijo la señora Rachel, que adoraba que le pidieran consejo—, yo le daría un poco el gusto al principio. Creo que el señor Phillips se ha equivocado. Desde luego, no debemos decírselo a los niños, ¿sabe usted? Y también que procedió bien al castigarla ayer por su arrebato de furia. Pero lo de hoy ha sido distinto. Todos los que llegaron tarde debieron ser castigados con Ana, eso es. Yo no creo en eso de sentar a las niñas junto a los muchachos como castigo. No está bien. Tillie Boulter estaba verdaderamente indignada. La niña parece ser muy popular entre ellos. Nunca pensé que se pudiera llevar tan bien con sus condiscípulos.

—¿Entonces usted piensa que será mejor que la deje quedarse en casa? —dijo Marilla, sorprendida.

—Sí. Así es; no le mencionaría el colegio hasta que no salga de sí misma. Puede estar segura, Marilla, de que dentro de una semana se habrá calmado y estará dispuesta a regresar por su propia voluntad, eso es, mientras que si tratara de llevarla por la fuerza, Dios sabe qué baraúnda armaría. Cuanto menos importancia le demos al asunto, mejor. En lo que se refiere al colegio, no sentirá mucho no ir. El señor Phillips no vale mucho como maestro. Guarda un orden escandaloso, eso es, y deja de lado a los más pequeños en favor de los alumnos mayores, que prepara para la Academia de la Reina. Nunca hubiera conseguido dar clase un año más si su tío no hubiese sido uno de los síndicos; el síndico, pues lleva a los demás de la nariz, eso es. Confieso que no sé dónde va la educación en esta isla.

Marilla siguió el consejo de la señora Rachel y no le dijo una sola palabra más a Ana respecto a la vuelta al colegio. La niña aprendió sus lecciones en casa y jugó con Diana en los fríos crepúsculos de otoño. Pero cuando se cruzaba con Gilbert Blythe en el camino o le encontraba en la escuela dominical, pasaba a su lado con helado desprecio, que no quebraban un punto sus intentos evidentes de apaciguarla. Ni siquiera los esfuerzos de Diana como pacificadora surtieron efecto. Ana había decidido odiar a Gilbert Blythe hasta el fin de sus días.

Tanto como odiaba a Gilbert, sin embargo, amaba a Diana, con toda la fuerza de su corazoncito, igualmente intensa para sus cariños y sus odios. Una tarde, al regresar Marilla del manzanar, la encontró llorando amargamente, sentada sola en la ventana occidental, a la luz del crepúsculo.

—¿Qué ocurre ahora, Ana?

—Se trata de Diana —dijo llorando con todas sus ganas—. La quiero tanto, Marilla. No puedo vivir sin ella. Pero sé muy bien que cuando crezcamos, se casará y se irá. Y ¿qué haré? Odio a su marido; le odio furiosamente. He estado imaginándomelo todo: la boda y todo lo demás; Diana vestida con ropas albas, con un velo, hermosa como una reina. Y yo como dama de honor, con un hermoso vestido y mangas abullonadas, pero con el corazón destrozado oculto bajo una cara sonriente. Y luego, despidiendo a Diana, diciéndole ad-i-o-ó-s... —rompió a llorar.

Marilla se dio la vuelta rápidamente para que la niña no viera la sonrisa en su cara, pero no pudo evitarlo. Cayó sobre una silla cercana y rompió a reír en forma tan poco común, que Matthew, que cruzaba el huerto, se detuvo sorprendido. ¿Cuándo había oído antes reír así a Marilla?

—Bueno, Ana Shirley —dijo Marilla cuando pudo hablar—, ya que te gusta preocuparte, por lo menos trata de que sea algo útil. No se puede negar que tienes imaginación, hija mía.

CAPÍTULO XVI

Diana es invitada a tomar el té con trágicos resultados

Octubre fue un mes hermoso en «Tejas Verdes» donde los abedules de la hondonada se tornaron tan dorados como el sol y los arces del huerto se cubrieron de un magnífico escarlata; los cerezos silvestres del sendero vistieron sus más hermosos tonos rojo oscuro y verde broncíneo, mientras en los campos comenzó la siega. Ana soñaba en aquel mundo de colores.

—Oh, Marilla —exclamó un sábado por la mañana, al llegar con los brazos llenos de preciosas ramas—, estoy tan contenta de vivir en un mundo donde hay octubres. Sería terrible que tuviéramos que pasar de septiembre a noviembre, ¿no es así? Mire esas ramas de arce. ¿No la hacen estremecer? Voy a decorar mi habitación con ellas.

—Son molestas —dijo Marilla, cuyo sentido estético no estaba muy desarrollado—. Llenas la habitación con demasiadas cosas campestres, Ana, los dormitorios se han hecho nada más que para dormir.

—Y para soñar también, Marilla. Y bien sabe que se puede soñar mejor en una habitación llena de cosas bonitas. Voy a poner estas ramas en el florero azul y lo colocaré sobre mi mesa.

—Ten cuidado de no dejar hojas en las escaleras. Esta tarde voy a la reunión de la Sociedad de Ayuda en Carmody, Ana, y es probable que no regrese hasta la noche. Tendrás que preparar la merienda para Matthew y Jerry, de manera que no te olvides de poner el agua para el té, como hiciste la última vez.

—Hice muy mal en olvidarme —dijo Ana disculpándose—, pero ocurrió en la tarde que estaba pensando un nombre para Violeta Vale y se me fue el santo al cielo. Matthew fue muy bueno; nunca me regañó por ello. Él mismo hizo el té y dijo que podría esperar. Y mientras esperábamos, le conté un hermoso cuento de hadas, de modo que el tiempo no se hizo nada largo. Fue un cuento hermoso,

Marilla. Me había olvidado del final, de manera que tuve que inventar uno, pero Matthew dijo que no se había notado.

—Matthew sería capaz de encontrar bien que le sirvieras el almuerzo a medianoche. Pero esta vez debes hacer las cosas como es debido. Y aunque no sé si hago bien, pues quizá te vuelva más descuidada que de costumbre, puedes pedirle a Diana que venga a pasar la tarde contigo.

—¡Oh, Marilla! —Ana golpeó sus manos—. ¡Qué bien! Después de todo, usted es capaz de imaginar cosas, pues de lo contrario no hubiera comprendido cuánto lo he ansiado. Será tan bonito y tan de persona mayor. No hay temor de que me olvide de poner el té si tengo una invitada; Marilla, ¿puedo sacar el juego de té floreado?

—¡No! ¡El juego de té floreado! ¿Y luego, qué? Bien sabes que nunca lo empleo, excepto para el pastor o la Sociedad de Ayuda. Usarás el juego marrón. Pero puedes abrir el pequeño frasco amarillo de cerezas en almíbar. Es hora de gastarlo; temo que se esté echando a perder. Y puedes cortar algo de la torta de frutas y comer algunos bollitos.

—Me imagino sentada a la cabecera de la mesa, sirviendo el té —dijo Ana, cerrando extasiada los ojos—. ¡Y preguntándole si quiere azúcar! Sé que no le gusta, pero sin embargo se lo preguntaré como si no lo supiera. Y luego rogándola que tome otra porción de torta y de confitura. Oh, Marilla, el solo hecho de pensar en ello produce una hermosa sensación. ¿Puedo llevarla a la sala de huéspedes a que deje su sombrero cuando venga, y luego pasar a charlar a la sala?

—No. El cuarto de estar será bastante. Pero tienes una botella de licor de frambuesas a medio vaciar que quedó de la reunión en la iglesia de la otra noche. Está en el segundo estante del armario del cuarto de estar. Y además unos bollitos para comer durante la tarde, pues temo que Matthew llegue con retraso al té, ya que está embarcando patatas.

Ana voló por la hondonada, cruzó la Burbuja de la Dríada y subió el camino de los abetos hasta «La Cuesta del Huerto» para pedirle a

Diana que fuera a tomar el té. Como resultado, poco después de que Marilla partiera hacia Carmody, Diana llegó, vestida con casi su mejor vestido y con el aspecto típico de quien ha sido invitada a tomar té. En otras circunstancias hubiera entrado en la cocina sin llamar, pero esta vez golpeó ceremoniosamente con el llamador de la puerta principal. Y cuando Ana, vestida con sus mejores ropas, abrió la puerta ceremoniosamente, se estrecharon las manos con tanta vaguedad como si no se hubieran visto antes. Esta solemnidad poco natural duró hasta que Diana fue conducida a la buhardilla para que dejara su sombrero y luego acompañada al cuarto de estar.

—¿Cómo está tu mamá? —dijo Ana gentilmente, como si no hubiera visto a la señora Barry esa misma mañana recogiendo pepinos, en perfecto estado de salud.

—Está muy bien, muchas gracias. Supongo que el señor Cuthbert está cargando patatas en el Lily Sanas esta tarde —dijo Diana, que había ido hasta la casa del señor Harmon Andrews aquella mañana en el coche de Matthew.

—Sí, la cosecha de patatas es muy buena este año. Espero que la de tu padre también lo sea.

—Es bastante buena, muchas gracias. ¿Han cosechado ya muchas manzanas?

—¡Más que nunca! —dijo Ana y, olvidándose del protocolo se puso en pie de un salto—. Salgamos al manzanar y cojamos algunas de las «Dulzuras Rojas», Diana. Marilla dice que podemos coger todas las que quedan en el árbol. Es una mujer muy generosa. Dijo que podíamos comer torta de frutas y cerezas en almíbar con el té. Pero no es de buena educación decir a los invitados qué les darán con el té, de manera que no te diré qué nos ha dejado para beber. Diré nada más que comienza con una y una y que tiene un brillante color rojo. A mí me gustan las bebidas rojo brillante; ¿a ti no? Saben el doble de bien que las de cualquier otro color.

El manzanar, con grandes ramajes cargados de frutas, resultó tan delicioso que ambas niñas pasaron allí la mayor parte de la tarde, en un rincón del césped perdonado por la escarcha, donde vagaba la suave luz del sol otoñal, comiendo cuanto quisieron y charlando todo el tiempo. Diana tenía mucho que contar a Ana sobre lo que ocurría en el colegio. Debía sentarse junto a Gertie Pye y no le gustaba; Gertie hacía rechinar el lápiz todo el tiempo, lo que ponía a Diana los nervios de punta. Ruby Gillis se había quitado todas las verrugas con un guijarro mágico que le había dado la vieja Mary Joe. Había que frotar las verrugas con el guijarro y luego tirarlo por encima del hombro izquierdo al tiempo de la luna nueva y las verrugas desaparecían. En el porche alguien había escrito el nombre de Charlie Sloane junto al de Emma White y ésta se había puesto terriblemente furiosa por ello: Sam White le había gastado una broma al señor Phillips en plena clase, éste le azotó y el padre de Sam fue al colegio y amenazó al señor Phillips con darle su merecido si volvía a ponerle la mano encima a uno de sus hijos; Lizzie Wright no le hablaba a Mamie Wilson, porque la hermana mayor de Mamie Wilson había hecho pelearse a la hermana mayor de Lizzie Wright con su novio, y que todos echaban mucho de menos a Ana y deseaban que volviera al colegio, y que Gilbert Blythe...

Pero Ana no quería que le hablaran de Gilbert Blythe. Se puso de pie y sugirió que tomaran un poco de licor.

Ana miró en el segundo estante, pero allí no había trazas de licor. Una investigación más detallada lo descubrió en el estante superior. Ana lo puso sobre una bandeja y lo colocó sobre la mesa.

—Sírvete tú misma, Diana —dijo ceremoniosamente—. Yo no tengo muchas ganas ahora, después de todas esas manzanas.

Diana se sirvió una copita, miró admirada su color rojo vivo y luego lo sorbió delicadamente.

—Es un riquísimo licor de frambuesas, Ana —dijo—. No creí que supiera tan bien.

—Me alegro de que te guste. Bebe cuanto quieras. Yo iré a avivar el fuego. ¡Un ama de casa tiene tantas responsabilidades!, ¿no es cierto?

Cuando Ana regresó de la cocina, Diana bebía su segunda copa de licor y, ante la insistencia de su compañera, no ofreció mucha resistencia a la tercera. Las raciones eran generosas y el licor de frambuesas estaba realmente muy bueno.

—Es el mejor que he probado —dijo Diana—; es superior al de la señora Lynde, aunque ella alardee tanto del suyo.

—Yo aseguraría que el licor de frambuesas de Marilla debe ser mucho mejor que el de la señora Lynde —comentó lealmente Ana—. Marilla es una cocinera famosa. Está tratando de enseñarme, pero te aseguro, Diana, que es un trabajo ímprobo. En el arte culinario hay muy poco campo para la imaginación. Uno debe ceñirse a las reglas. La última vez que hice una torta, me olvidé de echarle la harina. Estaba pensando algo muy hermoso sobre tú y yo. Imaginaba que estabas desesperadamente enferma de viruela y que todos te abandonaban, pero yo iba junto a ti y te cuidaba hasta que volvías a la vida y me contagiabas la viruela. Yo moría y me enterraban bajo los álamos del cementerio; tú plantabas un rosal sobre mi tumba y lo regabas con tus lágrimas y nunca, nunca jamás, olvidabas a la amiga de tu juventud que te sacrificó su vida. Oh, era una aventura tan patética, Diana. Las lágrimas me corrían por las mejillas mientras mezclaba los ingredientes para la torta. Pero olvidé la harina y la torta fue un terrible fracaso. Ya sabes que la harina es esencial en las tortas. Marilla se enfadó y pensé que soy un dolor de cabeza para ella. Se mortificó terriblemente por culpa de la salsa del budín de la semana pasada. El martes cenamos budín de ciruelas y sobró la mitad y un poco de salsa. Marilla dijo que quedaba suficiente para otra comida y me pidió que lo pusiera en el estante de la despensa y lo tapara. Tenía toda la intención de hacerlo, Diana, pero cuando lo llevaba, imaginaba ser una monja —aunque soy protestante, imaginé que era católica— que vestía el hábito para enterrar en la clausura un corazón destrozado. Con todo eso, olvidé tapar la comida. A la mañana siguiente me acordé y corrí a la despensa. ¡Diana, imagina si puedes mi terrible horror al encontrar un ratón ahogado en la salsa! Saqué el animal con una cuchara y lo tiré al jardín, y luego lavé tres veces el cubierto. Como Marilla se hallaba ordeñando, pensé preguntarle cuando volviera si echaba el budín a los cerdos. Pero cuando regresó, yo soñaba ser el hada de la escarcha, que iba por los bosques trocando los colores de los árboles en rojo y amarillo, de manera que no volví a pensar en el budín y Marilla me mandó a recoger manzanas. Bueno, el señor Chester Ross y su señora, de Spencervale, vinieron esta mañana. Sabes que son gente muy elegante, especialmente la señora. Cuando me llamó Marilla, la comida estaba preparada. Traté de ser todo lo bien educada posible, pues quería que la señora Ross pensara que era muy bonita, aunque no fuera guapa. Todo fue bien hasta que vi llegar a Marilla con el budín de ciruelas en una mano y la salsa en la otra. Diana, fue un momento terrible. Me acordé de todo, me puse de pie y grité: «Marilla, no debe servir esa salsa. Un ratón se ha ahogado ahí. Me olvidé de decírselo antes». Oh, Diana, nunca podré olvidar tan terrible momento. La señora Ross me miró y deseé que me tragara la tierra. Una ama de casa tan perfecta como ella, imagina lo que debe haber pensado de nosotras. Marilla enrojeció, pero no dijo nada… entonces. Se llevó el budín y la salsa y trajo dulce de fresas; incluso me ofreció una ración, pero yo no podía tragar bocado. Me ardía la cabeza. Después que se fueron los Ross, Marilla me echó una reprimenda terrible. ¿Qué te pasa, Diana?

Diana se había puesto en pie con dificultad, luego se sentó y se cogió la cabeza con las manos.

—No… no me encuentro… muy bien —dijo con voz temblorosa—. Debo ir a casa.

—Oh, no debes ni pensar en ir a casa sin tomar el té —dijo Ana, afligida—. En seguida lo traeré.

—Debo ir a casa —repitió Diana, estúpida pero determinadamente.

—Come algo al menos —imploró Ana—. Déjame que te dé un trozo de torta y cerezas en almíbar. Acuéstate un rato en el sofá y te sentirás mejor. ¿Dónde te duele?

—Debo ir a casa —dijo Diana, y no había quien la sacara de ahí, por más que rogara Ana.

—Nunca vi que una visita se fuera a su casa sin tomar té —se quejó—. Oh, Diana, ¿crees que sea posible que estés con viruela? Si es así, iré a cuidarte, puedes estar segura. Nunca te abandonaré. Pero me gustaría que te quedaras a tomar el té. ¿Dónde te duele?

—Estoy mareada.

Y, en verdad, su andar lo corroboraba. Ana, con los ojos llenos de lágrimas, fue a buscar el sombrero de Diana y la acompañó hasta la cerca del jardín de los Barry. Luego volvió sollozando hasta «Tejas Verdes», donde colocó tristemente en su lugar los restos del licor de frambuesas y preparó el té para Matthew y Jerry.

Al día siguiente era domingo y la lluvia fue torrencial desde que amaneció hasta al anochecer. Ana no salió de «Tejas Verdes». El lunes por la tarde, Marilla la envió con un recado a casa de la señora Lynde. Al poco rato, Ana volvió corriendo por el sendero, con lágrimas en los ojos. Entró en la cocina y se echó de bruces en el sofá.

—¿Qué ha pasado ahora, Ana? —preguntó Marilla—. Espero que no te hayas portado mal otra vez con la señora Lynde.

La única respuesta de Ana fueron las lágrimas y los sollozos.

—Ana Shirley, cuando hago una pregunta, quiero que se me responda. Siéntate bien ahora mismo y dime por qué lloras.

Ana se sentó, personificando la tragedia.

—La señora Lynde fue a ver a la señora Barry y ésta estaba de un humor terrible —dijo entre sollozos—. Dice que yo emborraché a Diana el sábado, y que la mandé a su casa en un estado lastimoso. Y dice que debo ser muy mala y que nunca dejará que Diana vuelva a jugar conmigo. ¡Oh, Marilla, la pena me embarga!

Marilla la contemplaba asombrada.

—¡Emborrachar a Diana! —dijo cuándo pudo recobrar el habla—. Ana, ¿estás loca tú o lo está la señora Barry? ¿Qué fue lo que le diste?

—Nada más que el licor de frambuesas —lloró Ana—. Nunca sospeché que eso pudiera emborrachar a la gente, ni siquiera si bebían tres copas, como hizo Diana. ¡Oh, esto me recuerda tanto, tanto, al marido de la señora Thomas! Pero yo no quise emborracharla.

—¡Emborracharla! —dijo Marilla dirigiéndose al armario de la sala. En uno de los estantes había una botella que en seguida reconoció como de vino casero de tres años, por el cual era celebrada en Avonlea, aunque algunos habitantes muy estrictos, entre ellos la señora Barry, no lo aprobaban. Al mismo tiempo, Marilla recordó que había puesto en el sótano la botella de licor de frambuesas, en lugar de dejarla donde le dijera a Ana.

Volvió a la cocina con la botella de vino. En su cara se dibujaba una mueca que no podía reprimir.

—Ana, por cierto que eres un genio para meterte en camisa de once varas. Diste a Diana vino en lugar de licor de frambuesas. ¿No notaste la diferencia?

—No lo probé. Pensé que era el licor y, además, quería ser hospitalaria. Diana se mareó y tuvo que irse a casa. La señora Barry le dijo a la señora Lynde que estaba borracha. Se rió como una tonta cuando su madre le preguntó qué le pasaba y durmió varias horas seguidas. Su madre le olió el aliento y dijo que estaba beoda. Ayer tuvo un terrible dolor de cabeza durante todo el día. La señora Barry está indignada. Nunca creerá otra cosa excepto que lo hice a propósito.

—Creo que mejor debiera castigar a Diana por haber bebido esas tres copas. Tres de esas copas eran capaces de marearla aunque hubieran sido sólo de licor. Bueno, este episodio les vendrá muy bien a esas gentes que no aprobaron que yo hiciera vino casero; aunque desde hace tres años, cuando supe que al pastor no le agradaba, no he hecho más. Sólo guardaba esa botella para casos de enfermedad. Bueno, muchacha, no llores. No veo que tengas culpa alguna, aunque siento que ocurriera así.

—Debo llorar —dijo Ana—. Mi corazón está destrozado. Las estrellas están en mi contra, Marilla. Diana y yo estamos separadas para siempre. Oh, Marilla, no había pensado que pudiera ocurrir algo así cuando hicimos nuestros juramentos de amistad.

—No seas tonta, Ana. La señora Barry lo pensará mejor cuando se entere de que no es tuya la culpa. Supongo que cree que lo has hecho en broma o algo por el estilo. Será mejor que vayas esta noche y le digas cómo fue.

—Mi valor me abandona ante el pensamiento de enfrentarme a la madre de Diana. Quisiera que fuera usted, Marilla. Usted es muchísimo más digna que yo. Es probable que la escuche antes que a mí.

—Bueno, lo haré —dijo Marilla, pensando que sería el camino más lógico—. No llores más, Ana. Todo irá bien.

Marilla había cambiado de manera de pensar a ese respecto cuando volvió de «La Cuesta del Huerto». Ana la vio regresar y corrió a su encuentro.

—Oh, Marilla, por su cara sé que ha sido inútil —dijo, tristemente—. ¿La señora Barry no me perdonará?

—¡La señora Barry, sí, sí! —saltó Marilla—. Es la mujer más irrazonable que he conocido. Le dije que todo fue un error, que no era culpa tuya, pero simplemente se negó a creerlo. Y me refregó por las narices lo del vino y que yo había dicho que no hacía daño a nadie. Yo le dije claramente que una persona no se emborracha con tres cepitas y que si una criatura mía fuera tan amiga de beber, yo la hubiera puesto sobria con una buena zurra.

Marilla entró en la cocina, muy preocupada, dejando tras sí un alma muy triste. De pronto Ana salió; lenta pero determinadamente se dirigió al campo de los tréboles, luego cruzó el puente de troncos y luego los bosques, alumbrada por una pálida luna. La señora Barry, al acudir a la tímida llamada, halló en el umbral a una suplicante de labios blancos y ojos ansiosos.

Su cara se endureció. La señora Barry era una mujer de fuertes odios y prejuicios y su enfado era de esa clase fría y hosca que es la más difícil de vencer. Para hacerle justicia, diremos que creía sinceramente que Ana había emborrachado a Diana por malicia y estaba honestamente ansiosa de preservar a su hijita de la contaminación que significaba una mayor intimidad con una niña así.

—¿Qué quieres? —dijo secamente.

Ana juntó las manos en actitud suplicante.

—Oh, señora Barry, perdóneme, por favor. No tuve intención de... de emborrachar a Diana. ¿Cómo podría hacerlo? Imagínese que usted fuera una pobre huerfanita adoptada por gentes caritativas y tuviera una sola amiga del alma en el mundo. ¿Cree que la intoxicaría a propósito? Pensé que era licor de frambuesas. Oh, por favor, no diga que nunca más dejará que Diana juegue conmigo. Si lo hace, cubrirá mi vida con una oscura nube de tristeza.

Este discurso, que hubiera ablandado el corazón de la señora Lynde en un abrir y cerrar de ojos, no tuvo otro efecto que enfadar más aún a la señora Barry. Sospechaba de los gestos y las palabras de Ana e imaginaba que la niña se burlaba de ella. De manera que dijo, fría y cruelmente: —No creo que seas una niña adecuada para ser amiga de Diana. Será mejor que vuelvas a casa y te portes bien. Los labios de Ana temblaron.

—¿No me dejará ver a Diana sólo una vez para despedirnos?

—Diana ha ido a Carmody con su padre —dijo la señora Barry, entrando y cerrando la puerta.

Ana volvió a «Tejas Verdes» con una calma rayana en la desesperación.

—Mi última esperanza se ha esfumado —le dijo a Marilla—. Fui a ver a la señora Barry y ella me trató en forma insultante. No me parece que sea una dama educada. Ya no queda otra cosa que hacer aparte de rezar, aunque no tengo muchas esperanzas de que sirva de algo, porque no creo que el propio Dios pueda hacer mucho con una persona tan obstinada como la señora Barry.

—Ana, no debes decir esas cosas —respondió Marilla, tratando de vencer la impía tendencia a reír que, para su escándalo, se estaba apoderando últimamente de ella. Y, por cierto, esa noche, al contarle todo a Matthew, se rió bastante de las tribulaciones de Ana.

Pero cuando se deslizó dentro de la buhardilla, antes de acostarse, y vio que Ana se había dormido rendida por el llanto, su cara se tino de ternura.

—Pobrecilla —murmuró, alzando un rizo rebelde de la cara bañada en lágrimas. Luego se inclinó y besó la ardiente mejilla que descansaba sobre la almohada.

CAPÍTULO XVII

Un nuevo interés por la vida

La tarde siguiente Ana, levantando la vista de su costura y mirando por la ventana de la cocina, vio a Diana que, bajando por la Burbuja de la Dríada, le hacía señas misteriosamente. En un tris Ana estuvo fuera de la casa y corrió a la hondonada con los ojos brillantes por el asombro y la esperanza. Pero la esperanza se esfumó cuando vio el afligido semblante de su amiga.

—¿Ha cedido tu madre? —murmuró.

Diana sacudió la cabeza tristemente.

—No, oh no, Ana. Dice que no puedo jugar contigo nunca más. He llorado y llorado, diciéndole que no fue culpa tuya, pero todo fue inútil. Le rogué que me permitiera venir a decirte adiós. Dijo que me concedía diez minutos y que iba a controlar con el reloj.

—Diez minutos no son mucho tiempo para decir un eterno adiós —dijo Ana llorando—. Oh, Diana, ¿me prometes fielmente que no has de olvidarte nunca de mí, la amiga de tu juventud, a pesar de los muchos amigos queridos que puedas tener?

—Sí —sollozó Diana—. Y nunca tendré otra amiga del alma. No quiero tenerla. A nadie podría querer como a ti.

—Oh, Diana —exclamó Ana juntando las manos—, ¿de veras me quieres?

—Claro que sí. ¿No lo sabías?

—No —Ana exhaló un largo suspiro—. Por supuesto, sabía que yo te gustaba, pero nunca esperé que me quisieras. Porque, ¿sabes, Diana?, nunca pensé que nadie pudiera quererme. No recuerdo que nadie me haya querido nunca. ¡Oh, es maravilloso! Es un rayo de luz que siempre iluminará la oscuridad del sendero que me separará de ti, Diana. Oh, dilo otra vez.

—Te quiero muchísimo, Ana —dijo Diana firmemente—, y siempre será así, puedes estar segura.

—Y yo siempre os amaré, Diana —exclamó Ana solemnemente extendiendo la mano—. En el futuro, vuestro recuerdo brillará como una estrella sobre mi solitaria vida, como dice en el último cuento que leímos juntas. Diana, ¿queréis darme un bucle de vuestros cabellos negros como el azabache, para que sea mi tesoro para siempre jamás?

—¿Tienes algo con qué cortarlo? —preguntó Diana secándose las lágrimas que habían hecho brotar las afectuosas palabras de Ana.

—Sí, afortunadamente tengo en el bolsillo mis tijeras de labores —dijo Ana. Solemnemente cortó uno de los rizos de Diana.

—Que seáis feliz, mi amada amiga. Desde ahora en adelante, debemos ser extrañas aunque vivamos una junto a la otra. Pero mi corazón siempre os será fiel.

Ana permaneció de pie observando alejarse a Diana y moviendo tristemente la mano cada vez que su amiga se volvía a mirarla. Luego retornó a la casa no poco consolada, por el momento, por aquella despedida romántica.

—Ya todo ha terminado —le informó a Marilla—. Nunca volveré a tener otra amiga. Realmente ahora estoy mucho peor que nunca, porque ya no tengo ni a Katie Maurice ni a Violeta. Y aunque las tuviera sería lo mismo. De cualquier modo, las niñas de los sueños no satisfacen después de tener una amiga real. Diana y yo nos hemos despedido con mucho cariño. Siempre guardaré sagrada memoria de este adiós. He usado el lenguaje más patético. Pude recordarlo a tiempo, y usé el «vos» en vez del «tú». «Vos» parece mucho más romántico que «tú». Diana me dio un rizo y voy a guardarlo en una pequeña bolsita que me pondré alrededor del cuello toda la vida. Por favor, encárguese de que la entierren conmigo, porque no creo que viva mucho tiempo. Quizá cuando la señora Barry me vea yerta ante ella, sienta remordimientos por lo que ha hecho y permita que Diana asista a mi funeral.

—No creo que haya que temer que te mueras de pena mientras puedas hablar, Ana —fue la seca respuesta de Marilla.

El lunes siguiente, Marilla se sorprendió al ver bajar a Ana de su cuarto con los libros bajo el brazo y los labios apretados con determinación.

—Vuelvo a la escuela —anunció—. Es todo lo que me queda en la vida, ahora que mi amiga ha sido cruelmente separada de mí. En la escuela podré mirarla y pensar en los días idos.

—Será mejor que pienses en las lecciones y sumas —dijo Marilla ocultando su satisfacción por el giro que tomaba el asunto—. Espero que no volvamos a oír que has roto pizarras sobre la cabeza de la gente y demás cosas por el estilo. Pórtate bien y haz sólo lo que te diga tu maestro.

—Trataré de ser una alumna modelo —accedió Ana tristemente—. Supongo que no ha de ser muy divertido. El señor Phillips dice que Minnie Andrews es una alumna modelo y no hay en ella una chispa de imaginación o vida. Es apagada y lenta y nunca parece estar contenta. Pero me siento tan deprimida que me resulta fácil. Voy a ir por el camino principal. No podría resistir pasar por el Camino de los Abedules sola. Me traería aparejadas lágrimas muy amargas.

Ana fue recibida con los brazos abiertos. Habían echado de menos su imaginación para los juegos, su voz en el canto y su habilidad dramática para leer libros en voz alta a la hora del almuerzo. Ruby Gillis le pasó tres plumas azules durante la lectura de la Biblia. Ellie May MacPherson le dio un enorme pensamiento amarillo, recortado de la tapa de un catálogo de flores, una especie de decoración para los pupitres muy preciada en la escuela de Avonlea; Sophia Sloane se ofreció para enseñarle un nuevo punto muy elegante para hacer encaje, ideal para franjas de delantal. Katie Boulter le dio una botella de perfume para guardar agua para limpiar la pizarra; y Julia Bell le copió cuidadosamente en una hoja de papel rosa pálido, festoneado en los bordes, el siguiente verso: Cuando el crepúsculo deja caer su cortina Y la prende con una estrella.

Recuerda que tienes una amiga

Doquiera esté ella.

—Es tan bonito ser apreciada —suspiró Ana esa noche al contárselo a Marilla.

Las niñas no eran las únicas alumnas que la «apreciaban». Cuando Ana regresó a su asiento después de almorzar (el señor Phillips le había dicho que se sentara junto a Minnie Andrews, la alumna modelo) encontró sobre su pupitre una brillante «manzana fresa». Ana ya iba a darle un buen mordisco, cuando recordó que el único lugar de Avonlea donde crecían «manzanas fresas» era en la huerta del viejo Blythe, al otro lado del Lago de las Aguas Refulgentes. Ana soltó la manzana como si hubiera sido un ascua y ostentosamente se limpió los dedos con su pañuelo. La manzana quedó intacta sobre su escritorio hasta la mañana siguiente, cuando el pequeño Timothy Andrews, que barría la escuela y encendía el fuego, se la anexó como una de sus propinas. La tiza que le enviara Charlie Sloane después del almuerzo, suntuosamente adornada con tiras de papel rojo y amarillo y que costaba dos centavos, cuando una ordinaria valía sólo uno, halló mejor recepción en Ana. Ésta la aceptó complacida y agradeció el obsequio con una sonrisa que transportó al muchacho al séptimo cielo y le hizo cometer tantos errores en el dictado, que el señor Phillips le hizo quedarse después de las clases a pasarlo otra vez.

Pero como:

De César el ostentoso ataque al busto de Bruto El amor de Roma por él sólo consiguió aumentar,

así la ausencia absoluta de alguna señal de reconocimiento por parte de Diana, que estaba sentada junto a Gertie Pye, oscurecía el pequeño triunfo de Ana.

—Creo que Diana podría haberme sonreído siquiera una vez «-se lamentó ante Marilla. Pero a la mañana siguiente le pasaron una nota doblada y arrugada, y un paquetito.

«Querida Ana —decía la primera—, mamá dice que no tengo que jugar ni hablar contigo, ni aun en el colegio. No es culpa mía y te ruego que no te enfades conmigo, porque te quiero como de costumbre. Te extraño terriblemente para contarte todos mis secretos y Gertie Pye no me gusta ni un poquito. He hecho para ti un señalador nuevo de papel de seda rojo. Ahora están muy de moda y sólo tres niñas de la escuela saben hacerlo. Cuando lo mires recuerda a tu amiga de verdad, Diana Barry.»

Ana leyó la nota, besó el señalador y rápidamente mandó su respuesta al otro extremo del aula.

«Por supuesto que no estoy enfadada contigo porque tienes que obedecer a tu madre. Nuestros espíritus pueden comunicarse. Guardaré tu ermoso regalo por siempre jamás. Minnie Andrews es una buena chica (aunque no tiene imaginación), pero después de haver sido la amiga del halma de Diana, no puedo serlo de Minnie. Por fabor perdona los errores porque mi hortografía todavía no es muy buena, aunque he megorado.

»Tuya hasta que la muerte nos separe, Ana o Cordelia Shirley.

»P.D. Esta noche dormiré con tu carta bajo mi halmoada.

A. o C. S.»

Desde que Ana comenzara a ir otra vez a la escuela, Marilla esperaba que surgieran problemas en cualquier momento. Pero no pasó nada. Quizá Ana captó algo del espíritu «modelo» de Minnie Andrews; de cualquier modo, desde ese entonces le fue muy bien con el señor Phillips. Se sumergió en sus estudios en cuerpo y alma, decidida a no ser eclipsada en ninguna clase por Gilbert Blythe. La rivalidad existente entre ellos pronto se hizo notoria; Gilbert era todo afabilidad; pero era de temerse que con Ana no sucediera lo mismo, ya que ésta tenía una condenable tenacidad para conservar rencores. Era tan apasionada en sus odios como en sus amores. Nunca admitiría que consideraba a Gilbert su rival, porque hubiera significado reconocer que existía, a lo que Ana no estaba dispuesta; pero la rivalidad se mantenía y los honores fluctuaban entre ellos. Hoy era Gilbert el primero en la clase de gramática y al día siguiente Ana, con un movimiento de sus trenzas rojas, le sobrepasaba. Una mañana Gilbert había hecho todas sus sumas correctamente y su nombre era escrito en la lista de honor del pizarrón. A la mañana siguiente Ana, habiendo luchado salvajemente toda la tarde anterior con los decimales, sería la primera. Un aciago día empataron y sus nombres fueron escritos juntos. Esto resultó casi tan malo como un «Atención», y el descontento de Ana fue tan evidente como la satisfacción de Gilbert.

Cuando llegaron los exámenes mensuales, la emoción alcanzó su límite. El primer mes ganó Gilbert por tres puntos. El segundo, Ana le derrotó por cinco. Pero su triunfo fue frustrado por la felicitación que recibió de Gilbert delante de toda la escuela. Le hubiera resultado mucho más dulce si él hubiera sentido el aguijón de su derrota.

El señor Phillips podía no ser un buen maestro; pero un alumno tan firmemente determinado a aprender como Ana, difícilmente podría haber dejado de progresar, sea cual fuere su maestro. Al terminar el trimestre Ana y Gilbert pasaron a quinto grado, y se les permitió comenzar a estudiar «las ramas» —nombre que se daba al latín, geometría, francés y álgebra—. En la geometría, Ana encontró su Waterloo.

—Es una asignatura totalmente horrorosa, Marilla —gemía—. Estoy segura de que nunca seré capaz de ser ni la primera ni la última. No hay en absoluto campo para la imaginación. El señor Phillips dice que soy la tonta mayor que ha visto a ese respecto. Y Gil... quiero decir algunos de los otros, ¡son tan listos! Es mortificante en extremo, Marilla. Hasta Diana se desenvuelve mejor que yo. Pero no me importa ser vencida por Diana; aun cuando somos como extrañas ahora, sigo amándola con amor inextinguible. A veces me pongo muy triste cuando pienso en ella. Pero realmente, Marilla, uno no puede estar triste mucho tiempo en un mundo tan interesante, ¿no es cierto?

CAPÍTULO XVIII

Ana salva una vida

Todos los hechos de magnitud están relacionados con los de poca importancia. A primera vista, parecería imposible que la decisión de un primer ministro canadiense de incluir a la isla del Príncipe Eduardo en una gira política pudiera tener algo que ver con el destino de la pequeña Ana Shirley, de «Tejas Verdes». Pero lo tuvo.

El premier llegó en enero, para dirigirse a sus partidarios y a los adversarios que se dignaran asistir a la asamblea que se reuniera en Charlottetown. La mayoría de los habitantes de Avonlea estaban con el premier y por ello, en la noche de la asamblea, casi todos los hombres y la mayoría de las mujeres habían ido a la ciudad, a cuarenta y cinco kilómetros de allí. La señora Rachel Lynde había ido también. Esta dama era una apasionada de la política y no hubiera creído posible que reunión alguna pudiera realizarse sin su concurso, aunque fuera opositora. De manera que fue al pueblo y llevó consigo a su marido —Thomas sería útil para cuidar el caballo— y a Marilla Cuthbert. La propia Marilla tenía un secreto interés por la política y como pensara que tal vez ésa fuera su única oportunidad de ver un primer ministro vivo, aceptó prontamente, dejando a Matthew y Ana al cuidado de la casa, hasta su regreso al siguiente día.

Por lo tanto, mientras Marilla y la señora Rachel se divertían en la asamblea, Ana y Matthew tuvieron para ellos solos la alegre cocina de «Tejas Verdes». En la vieja cocina Waterloo danzaba un alegre fuego y sobre los cristales brillaba la escarcha. Matthew cabeceaba sobre «El defensor de los granjeros» en el sofá y Ana estudiaba con determinación sus lecciones en la mesa, a pesar de las continuas miradas que echaba al estante del reloj, donde estaba el nuevo libro que le prestara Jane Andrews. Jane le había asegurado un buen número de estremecimientos o palabras de admiración, y los dedos de Ana ardían por tocarlo. Pero eso significaría el triunfo de Gilbert

Blythe a la mañana siguiente. Ana se volvió de espaldas al estante y trató de imaginar que no estaba allí.

—Matthew, ¿estudió usted geometría alguna vez cuando iba al colegio?

—No, creo que no —dijo Matthew, saliendo bruscamente de su modorra.

—Me gustaría que sí —suspiró Ana—, porque me tendría compasión. No se puede tener la compasión correcta si nunca se la ha estudiado. La geometría está nublando toda mi vida. ¡Soy tan zopenca en ella, Matthew!

—Bueno, no lo creo —dijo Matthew, conciliador—. Me parece que eres buena en todo. El señor Phillips me dijo la semana pasada en el almacén de Blair que eres la colegiala más inteligente y que harías rápidos progresos. «Rápidos progresos» fueron sus palabras. Hay muchos que acusan a Terry Phillips y dicen que es un mal maestro, pero creo que no es así.

Matthew pensaba que cualquiera que alabara a Ana era bueno.

—Estoy segura de que me iría mejor en geometría si no me cambiara las letras —se quejó Ana—. Me aprendo los teoremas de memoria y entonces él los escribe en el pizarrón con letras distintas de las del libro y yo me confundo. No creo que un maestro deba utilizar unos medios tan mezquinos, ¿no le parece? Ahora estamos estudiando agricultura y he descubierto qué hace rojos a los caminos. Me tranquiliza pensar cuánto se deben estar divirtiendo Marilla y la señora Lynde. La señora Rachel dice que el Canadá se hunde por culpa de la forma en que llevan las cosas en Ottawa y que es una advertencia para los electores. Dice que si las mujeres pudieran votar, pronto veríamos un cambio favorable. ¿Por quién vota usted, Matthew?

—Por los conservadores —dijo rápidamente Matthew. Votar por los conservadores era parte de la religión de Matthew.

—Entonces yo también soy conservadora —respondió Ana decididamente—. Me alegro porque Gil... porque algunos de los muchachos del colegio son liberales. Sospecho que el señor Phillips es liberal, porque el padre de Prissy Andrews lo es y Ruby Gillis dice que cuando un hombre corteja a una muchacha tiene que estar de acuerdo, con la madre en religión y con el padre en política. ¿Es verdad eso, Matthew?

—Bueno, no lo sé.

—¿Alguna vez ha cortejado a alguien, Matthew?

—Bueno, no, no creo que nunca lo haya hecho —dijo Matthew, que ciertamente nunca había pensado en tal cosa.

Ana reflexionaba con la barbilla entre las manos.

—Debe ser algo interesante, ¿no le parece, Matthew? Ruby Gillis dice que cuando crezca tendrá muchos pretendientes, todos locos por ella; pero no pienso que sea muy excitante. Más me gustaría uno solo en sus cabales. Pero Ruby Gillis sabe mucho sobre el asunto ya que tiene varias hermanas mayores y la señora Lynde dice que las muchachas Gillis son un poco ligeras de cascos. El señor Phillips va a ver a Prissy Andrews casi todas las tardes. Dice que es para ayudarla en sus lecciones, pero Miranda Sloane también estudia para la Academia de la Reina y creo que necesitaría más ayuda que Prissy, pues es mucho más estúpida, y nunca va a ayudarla. En este mundo hay muchísimas cosas que no puedo comprender, Matthew.

—Bueno, ni siquiera yo puedo entenderlas todas.

—En fin, supongo que debo terminar la lección. No me permitiré abrir el libro que Jane me ha prestado hasta que haya terminado. Pero es una tentación terrible, Matthew; aunque le dé la espalda, puedo imaginarlo como si lo viera. Jane dice que la hizo llorar terriblemente. Me encantan los libros que hacen llorar. Pero me parece que voy a encerrar ese libro en la vitrina de la sala de estar y le voy a dar la llave a usted. No se le ocurra dármela, Matthew, hasta que termine la lección, ni aunque se lo implore de rodillas. Está muy bien eso de decir que hay que vencer la tentación, pero es mucho más fácil si no se tiene la llave. ¿Puedo bajar al sótano a buscar manzanas? ¿No querría usted algunas, Matthew?

—Bueno, no sé —dijo Matthew, que nunca las comía, pero conocía la debilidad de Ana por ellas.

Cuando Ana volvía triunfante del sótano con su fuente llena de manzanas, oyeron el ruido de rápidos pasos en el exterior y un momento después se abría la puerta de la cocina y entraba Diana Barry, pálida y sin respiración, con la cabeza envuelta en una bufanda. Ana, ante la sorpresa, dejó caer la fuente y la vela, y fuente, vela y manzanas fueron a parar al fondo del sótano, donde los encontró Marilla al día siguiente, quien los recogió, dando gracias a dios de que la casa no se hubiera incendiado.

—¿Qué ocurre, Diana? —gritó Ana—. ¿Cedió tu madre por fin?

—¡Oh, Ana, ven pronto! —imploró nerviosamente Diana—. Minnie May está muy enferma. Mary Joe dice que es garrotillo; mamá y papá están en el pueblo y no queda nadie para ir a buscar al médico. Minnie May está grave y May Joe no sabe qué hacer. ¡Oh, Ana, tengo tanto miedo!

Matthew, sin decir palabra, corrió a ponerse su gabán y su gorra, pasó junto a Diana y se perdió en la oscuridad del jardín.

—Ha ido a aparejar la yegua para ir a Carmody a buscar al médico —dijo Ana mientras se ponía el abrigo—. Lo sé cómo si me lo hubiera dicho. Matthew y yo somos espíritus gemelos y puedo leerle los pensamientos.

—No creo que pueda encontrar al doctor en Carmody —gimió Diana—. Sé que el doctor Blair fue a la ciudad y el doctor Spencer debe haber ido también. Mary Joe nunca ha visto a nadie con garrotillo y la señora Lynde no está. ¡Oh, Ana!

—No llores, Diana —dijo Ana alegremente—. Sé exactamente cómo debe tratarse el garrotillo. Te olvidas que la señora Hammond tuvo tres veces mellizos. Cuando has tenido que cuidar tres pares de mellizos, es natural que poseas mucha experiencia. Todos tenían garrotillo regularmente. Espera a que coja la botella de ipecacuana; puede que no tengas en casa. Ahora, vamos.

Las dos pequeñas salieron, cruzaron rápidamente el Sendero de los Amantes y el campo arado, pues la nieve estaba demasiado alta para tomar por el atajo del bosque. Ana, aunque sinceramente dolorida por Minnie May, estaba lejos de hallarse insensible a la belleza del momento y a la dulzura de poder compartir una situación así con un espíritu gemelo.

La noche era clara y fría, con sombras de ébano y nieves de plata; sobre los campos silenciosos brillaban grandes estrellas; aquí y allá, los oscuros y puntiagudos pinos se erguían con las ramas empolvadas por la nieve y el viento silbando a través de ellas; Ana consideraba un verdadero placer cruzar toda aquella belleza junto a una amiga del alma que ha estado tanto tiempo lejos.

Minnie May, que tenía tres años, estaba muy enferma. Yacía sobre el sofá de la cocina, febril e inquieta, y su ronco respirar podía oírse por toda la casa. Mary Joe, una rolliza francesita de la Caleta que tomara la señora Barry para que le cuidara los niños durante su ausencia, estaba desolada y anonadada, completamente incapaz de pensar qué hacer, o de hacerlo si es que podía pensarlo.

Ana empezó a trabajar con habilidad y rapidez.

—Minnie May tiene garrotillo; está bastante mal, pero los he visto peores. Primero, necesitamos muchísima agua caliente. Diana, me parece que en esa olla no hay ni una taza siquiera. Bueno, ahora está llena. Tú, Mary Joe, puedes poner leña en la cocina. No quisiera herirte los sentimientos, pero creo que si tuvieras imaginación deberías haber pensado antes en esto. Ahora desnudaré a Minnie May y la acostaré, mientras tú tratas de encontrar ropas de franela. Ahora voy a darle una dosis de ipecacuana.

Minnie May no tomó la medicina de buen grado, pero Ana no había criado en vano tres pares de mellizos. Tragó la ipecacuana no una, sino muchas veces durante la larga noche ansiosa en que las dos niñas cuidaron pacientemente a la sufriente Minnie May, mientras Mary Joe, honestamente deseosa de hacer cuanto pudiera, mantenía un fuego vivo y calentaba más agua de la que hubiera necesitado todo un hospital de niños con garrotillo.

Eran las tres de la mañana cuando llegó Matthew con el médico, pues se había visto obligado a ir hasta Spencervale para conseguir uno. Pero la urgente necesidad de asistencia había pasado. Minnie May dormía profundamente, mucho más aliviada.

—Estuve terriblemente cerca de dejarme llevar por la desesperación —explicó Ana—. Se agravaba cada vez más, hasta que estuvo peor que los mellizos Hammond. Casi pensé que se asfixiaba. Le di hasta la última dosis de ipecacuana de esa botella, y cuando llegó a la última gota, me dije (no se lo podía decir a Diana o a Mary Joe para no apenarlas más, pero me lo tuve que decir a mí misma para aliviar mis pensamientos): «ésta es la última esperanza y temo que es vana». Pero a los tres minutos expulsó la flema y empezó a mejorar. Puede imaginar mi alivio, doctor, ya que no puedo expresarlo con palabras. Usted sabe que hay cosas que no se pueden decir con palabras.

—Sí, lo sé —asintió el médico. Miró a Ana como si pensara cosas sobre ella que no podían expresarse en palabras. Más tarde, sin embargo, se las dijo al señor Barry y a su señora.

—Esa chiquilla pelirroja que tienen los Cuthbert es inteligente como ella sola. Les digo que salvó la vida de la niña, pues cuando yo llegué era demasiado tarde. Parece tener una habilidad y una presencia de ánimo perfectamente maravillosas para una criatura de su edad. Nunca vi algo como sus ojos cuando me explicaba el caso.

Ana había vuelto a casa en la maravillosa y helada mañana de invierno, con los ojos cargados de sueño, pero hablando incansablemente, mientras cruzaban el gran campo blanco y caminaban bajo el brillante arco de los arces del Sendero de los Amantes.

—Oh, Matthew, ¿no es una mañana perfecta? El mundo parece algo que Dios hubiera imaginado para su propio placer. Esos árboles dan la sensación de que uno los pudiera hacer volar de un soplo. ¡Estoy tan contenta de vivir en un mundo donde hay heladas blancas! Después de todo, estoy contenta de que la señora Hammond tuviera mellizos. De no haber sido así, no hubiera sabido qué hacer con Minnie May. Siento de verdad haberme enfadado alguna vez con la señora Hammond porque tuviera mellizos. Matthew, tengo tanto sueño que no podré ir al colegio. Sé que no podría tener los ojos abiertos y eso sería muy estúpido. Pero me disgusta quedarme en casa porque Gil... porque alguien será el primero de la clase y es difícil reconquistar lo perdido, aunque cuanto más difícil es, más satisfacción se tiene al reconquistarlo, ¿no es cierto?

—Bueno, supongo que te las arreglarás muy bien —dijo Matthew, mirando la blanca cara con grandes ojeras—. Vete directamente a la cama y duerme bien, que yo haré las tareas de casa.

Ana fue a acostarse y durmió tan profundamente, que cuando despertó y descendió a la cocina era bien entrada la rosada tarde de invierno. Marilla, que en el ínterin volviera a casa, estaba allí tejiendo.

—Oh, ¿ha visto al primer ministro? —exclamó Ana en seguida—. ¿Cómo era?

—Bueno, no llegó a ese puesto por su apariencia —dijo Marilla—. ¡Con una nariz como la suya! Pero sabe hablar. Me sentí orgullosa de ser conservadora. Rachel Lynde, como es liberal, desde luego que no lo apreció. Tienes el almuerzo en el horno, Ana, y te puedes servir ciruelas en almíbar. Sospecho que debes tener hambre. Matthew me ha estado contando lo de anoche. Te digo que fue una suerte que supieras qué hacer. Ni siquiera yo lo hubiera sabido, pues nunca vi un caso de garrotillo. Bueno, no hables hasta después de almorzar. Por tu aspecto puedo decir que te mueres por hablar, pero puedes esperar.

Marilla tenía algo que decir a Ana, pero no lo dijo entonces pues sabía que la subsecuente excitación de la niña la arrancaría de asuntos tan materiales como el apetito. Cuando Ana hubo terminado, dijo Marilla: —La señora Barry estuvo aquí esta tarde. Quería verte, pero no te desperté. Dice que le salvaste la vida a Minnie May y que siente mucho haberse portado como lo hizo respecto al asunto del vino casero. Dice que ahora sabe que no tuviste intención de emborrachar a Diana y espera que la perdones y que seas otra vez buena amiga de su hija. Si quieres, puedes ir esta tarde a su casa, pues Diana no puede salir por culpa de un resfriado que cogió anoche. Por favor, Ana Shirley, no saltes por el aire.

La expresión no era extemporánea; tan ligera y exaltada fue la actitud de Ana, que saltó sobre sus pies, con la cara iluminada.

—Oh, Marilla, ¿puedo ir antes de lavar los platos? Los fregaré cuando regrese. En un momento tan emocionante, no puedo atarme a algo tan poco romántico como lavar los platos.

—Sí, sí, corre —dijo indulgente Marilla—. Ana Shirley, ¿estás loca? Vuelve al momento y ponte algo. Es igual que si le hablara al viento. Se ha ido sin gorro. Será un milagro si no enferma.

Ana volvió bailando a casa, a través de la nieve, alumbrada por la púrpura luz del crepúsculo. Lejos, al sudoeste, sobre las siluetas de los abetos, brillaba la titilante luz perlada de una estrella vespertina en su cielo dorado pálido y rosa etéreo. El tañido de las campanillas de los trineos entre las nevadas colinas llegaba como un sonido élfico por el aire helado, pero esa música no era más dulce que la del corazón de Ana.

—Tiene ante sí a una persona completamente feliz, Marilla —anunció—. Soy totalmente feliz, a pesar de mis cabellos rojos. En estos momentos, tengo un alma por encima de los cabellos rojos. La señora Barry me besó, lloró y dijo que lo sentía mucho y que nunca me lo podría pagar. Me sentí horriblemente embarazada, Marilla, pero le dije lo más gentilmente que pude: «No le guardo rencor, señora Barry. Le aseguro de una vez por todas que no tuve intención de intoxicar a Diana y que, por lo tanto, cubriré el pasado con el manto del olvido». Ésa fue una forma bastante digna de hablar, ¿no es cierto, Marilla? Diana y yo pasamos una tarde preciosa. Diana me enseñó un lindo tejido de crochet que aprendiera de su tía de Carmody. Ni un alma lo sabe en Avonlea fuera de nosotras y juramos solemnemente no revelárselo a nadie más. Diana me dio una hermosa postal con una guirnalda de rosas y un poema: Si me amas tanto como yo a ti,

Sólo la muerte nos puede separar.

»Y ésa es la verdad, Marilla. Vamos a pedir al señor Phillips que nos permita sentarnos juntas en el colegio otra vez y Gertie Pye puede ir nuevamente con Minnie Andrews. Tomamos un té elegante. La señora Barry sacó su mejor juego de té, como si yo fuera una visita de importancia. No le puedo decir el estremecimiento que me produjo. Nadie había usado antes su mejor loza conmigo. Comimos torta de frutas, bollitos y dos clases distintas de confituras. La señora Barry me preguntó si quería té y dijo: "Querida, por favor, ¿quieres pasar los bizcochos a Ana?".

»Debe ser hermoso ser mayor, Marilla, cuando es tan lindo sólo que te traten como si lo fueras.

—No lo sé —dijo Marilla con un suspiro.

—Bueno, de todas maneras, cuando sea mayor —dijo Ana, decidida—, siempre hablaré a los pequeños como si fueran mayores y no me reiré de ellos si emplean palabras largas. Sé por triste experiencia cuánto duelen esas cosas. Después del té, Diana y yo hicimos caramelo. Lo que salió no estaba muy bueno, supongo que porque ni Diana ni yo habíamos hecho antes. Diana me dejó removerlo mientras ella enmantecaba las fuentes; yo me olvidé y lo dejé quemar, y cuando lo dejamos secar al aire, el gato pasó por encima de una fuente y hubo que tirarla. Pero hacerlo fue divertidísimo. Cuando volvía a casa, la señora Barry me pidió que fuera cuantas veces pudiera, y Diana me echaba besos desde la ventana. Le aseguro, Marilla, que esta noche tengo ganas de rezar y que voy a pensar una nueva oración especialmente para el acontecimiento.

CAPÍTULO XIX

Un festival, una catástrofe y una confesión

—Marilla, ¿puedo ir a ver a Diana un minuto? —preguntó Ana, bajando sin aliento de la buhardilla un atardecer de febrero.

—No veo qué necesidad tienes de salir después de oscurecer —dijo Marilla bruscamente—. Diana y tú habéis vuelto juntas de la escuela y luego os habéis quedado en la nieve durante media hora más charlando sin cesar. De modo que no veo qué razón tienes para verla otra vez.

—Pero es que ella quiere verme —rogó Ana—. Tiene algo importante que decirme.

—¿Cómo lo sabes?

—Porque me hizo señas desde su ventana. Hemos convenido un sistema de señales utilizando velas y cartón. Ponemos la vela en el alféizar y hacemos señales poniendo y quitando el cartón. Tantos destellos significan determinada cosa. Fue idea mía, Marilla.

—De eso estoy segura —dijo Marilla enfáticamente— y lo próximo que conseguiréis con vuestras señales es prender fuego a las cortinas.

—Oh, Marilla, somos muy cuidadosas. ¡Y es tan interesante! Dos destellos significan «¿Estás ahí?». Tres quieren decir «sí» y cuatro «no». Cinco, «ven lo antes posible porque tengo algo importante que decirte». Diana justamente hizo cinco señales, y estoy sufriendo por saber de qué se trata.

—Bueno, no necesitas sufrir más tiempo —dijo Marilla sarcásticamente—. Puedes ir, pero debes estar de vuelta exactamente dentro de diez minutos. Recuérdalo.

Ana lo recordó, y regresó dentro del tiempo estipulado, aunque nunca nadie sabrá lo que le costó limitar el mensaje de Diana al reducido límite de diez minutos. Pero por lo menos, los aprovechó bien.

—Oh, Marilla, ¿qué le parece? Ya sabe que mañana es el cumpleaños de Diana. Bueno, su madre le ha dicho que podía invitarme a ir a su casa después de la escuela, y que me quedara a pasar allí la noche. Y sus primos vienen de Newbridge en un gran trineo para ir al festival que se celebrará en el Club del Debate mañana por la noche. Y van a llevarnos a Diana y a mí al festival, si usted me deja, claro está. Me dejará, ¿no es cierto, Marilla? ¡Oh, me siento tan excitada!

—Puedes calmarte entonces, porque no irás. Estás mejor en casa, en tu propia cama, y en cuanto a ese festival del Club, son tonterías, y no se debe permitir a las niñas que vayan a lugares así.

—Estoy segura de que el Club del Debate es un lugar de lo más respetable.

—No digo que no lo sea. Pero aún no es hora de que vayas a festivales y pases fuera de casa toda la noche. ¡Bonita cosa para criaturas! Lo que me sorprende es que la señora Barry deje ir a Diana.

—Pero es una ocasión tan especial… —gimió Ana al borde de las lágrimas—. Diana cumple años sólo una vez al año. No es como si los cumpleaños fueran algo común, Marilla. Prissy Andrews va a recitar «El toque de queda no debe sonar esta noche». Es una poesía tan edificante, Marilla; estoy segura de que me hará muchísimo bien oírla. Y el coro va a cantar cuatro patéticas y maravillosas canciones que son casi tan buenas como himnos. Y, oh Marilla, el Pastor va a tomar parte; sí, no hay duda de que va a pronunciar un discurso. Será algo así como un sermón. Por favor, Marilla, ¿puedo ir?

—Ya me has oído, Ana. Ahora quítate las botas y ve a acostarte. Son más de las ocho.

—Sólo una cosa más, Marilla —dijo Ana con aire de estar jugándose la última carta—. La señora Barry le dijo a Diana que podríamos dormir en el lecho del cuarto de huéspedes. Piense en el honor que significa para su pequeña Ana el ser alojada en el cuarto de huéspedes.

—Pues tendrás que pasar sin ese honor. Vete a la cama, Ana, y que no vuelva a oírte decir una palabra más.

Cuando Ana hubo subido tristemente con la cara llena de lágrimas, Matthew, que en apariencia había estado profundamente dormido en el sofá durante todo el diálogo, abrió los ojos y dijo con decisión:

—Bueno, Marilla, creo que debías dejarla ir.

—No —respondió Marilla—. ¿Quién la está criando, Matthew, tú o yo?

—Bueno, tú —admitió Matthew.

—Entonces no intervengas.

—Bueno, no intervengo. No es intervenir el tener una opinión propia. Y mi opinión es que debes dejar ir a Ana.

—Si a ella se le ocurriera ir a la luna, opinarías que debía dejarla ir, no lo dudo —fue la afable respuesta de Marilla—. Podría dejarla ir a pasar la noche con Diana si eso fuera todo. Pero no apruebo lo del festival. Irá allí y cogerá frío y se llenará la cabeza con tonterías. La alteraría para una semana. Comprendo el carácter de esta niña y lo que le conviene mejor que tú, Matthew.

—Creo que debías dejarla ir —repitió Matthew firmemente. La argumentación no era su punto fuerte, pero al aferrarse a una opinión, sí.

Marilla dio un bufido de impotencia y se refugió en el silencio. A la mañana siguiente, cuando Ana estaba lavando los platos del desayuno, Matthew hizo una pausa en el camino hacia el granero para repetirle a Marilla.

—Creo que debes dejar ir a Ana, Marilla. Por un momento Marilla pensó en cosas que no se pueden repetir. Luego se rindió ante lo inevitable y dijo agriamente: —Muy bien, puede ir, ya que nada más parece complacerte.

Ana salió corriendo con la bayeta chorreando en la mano.

—Oh, Marilla, Marilla, diga otra vez esas benditas palabras.

—Creo que con decirlas una vez es suficiente. Es asunto de Matthew y yo me lavo las manos. Si coges una pulmonía por dormir en una cama extraña o por salir de un salón caluroso en medio de la noche, no me culpes; culpa a Matthew. Ana Shirley, estás dejando caer agua grasienta sobre el piso. Nunca he visto una niña más descuidada.

—Oh, sé que soy una molestia terrible para usted, Marilla —dijo Ana, arrepentida—. Cometo muchos errores. Pero piense sólo en las muchas equivocaciones que no hago, aunque podría. Buscaré un poco de arena y fregaré las manchas antes de ir a la escuela. Oh, Marilla, mi corazón está pendiente de ese festival. Nunca fui a ninguno, y cuando las chicas hablan de festivales en el colegio, me siento tan fuera de lugar... Usted no sabe cómo me siento, pero ya ha visto que Matthew sí. Matthew me comprende, y es tan bonito ser comprendida, Marilla.

Ana estaba demasiado excitada aquella mañana como para estar a su altura con sus lecciones. Gilbert Blythe la sobrepasó en ortografía y la dejó fuera de lado en los cálculos mentales. La consecuente humillación de Ana, sin embargo, podría haber sido mayor, pues estaba abstraída por la idea del festival y del cuarto de huéspedes. Diana y ella hablaron sin cesar de lo mismo durante todo el día; de haber tenido un maestro más estricto que el señor Phillips, hubieran recibido una seria reprimenda.

Ana sintió que de no haber sido por el festival, no hubiera podido resistir su derrota, pues ese día sólo se hablaba de aquél en el colegio. El Club del Debate de Avonlea, que celebraba reuniones quincenales durante todo el invierno, había tenido algunas pequeñas tertulias sin importancia; pero éste iba a ser un asunto de mucha trascendencia. La entrada costaba diez centavos, a beneficio de la biblioteca. La gente joven de Avonlea había estado ensayando durante varias semanas, y todos los escolares tenían especial interés en él, ya que tomaban parte sus hermanos y hermanas. Todos los alumnos de más de nueve años esperaban ir, excepto Carrie Sloane, cuyo padre compartía la opinión de Marilla res-; pecto a la concurrencia de los niños a festivales nocturnos. Carrie Sloane lloró detrás de su libro de gramática toda la tarde, sintiendo que la vida no valía la pena de ser vivida.

La verdadera excitación de Ana comenzó a la salida de la escuela, y fue incrementándose hasta alcanzar en el festival su esta! '-¡ido álgido. Tuvieron un té «perfectamente elegante»; y luego llegó-; la deliciosa tarea de vestirse en el pequeño cuarto de Diana en el piso superior. Diana peinó el flequillo de Ana al nuevo estilo «pom* \ padour», y Ana ató los lazos de Diana con su peculiar destreza. • probaron por lo menos media docena de peinados diferentes.

Por fin estuvieron listas, sus mejillas rojas y sus ojos brillantes por la excitación.

En verdad, Ana no pudo evitar sentir algo de angustia cuando comparó su simple boina negra y su abrigo casero de tela gris uniforme y mangas apretadas, con el vistoso gorro de piel de Diana y su elegante chaquetilla. Pero recordó a tiempo que tenía imaginación y podía hacer uso de ella.

Los primos de Diana llegaron de Newbridge y todos juntos se amontonaron dentro de un gran trineo entre pajas y mantas adornadas con pieles. Ana disfrutó del viaje hacia el salón, deslizándose por los caminos suaves como el raso con la nieve ondulándose bajo los patines. Era un atardecer magnífico y las nevadas colinas y el agua azul oscuro del golfo St. Lawrence parecían recortarse contra el esplendor como un inmenso vaso perla y zafiro lleno de vino y fuego. De vez en cuando llegaba un tintinear de cascabeles y risas distantes que parecían ser símbolo de la alegría de los duendes del bosque.

—Oh, Diana — suspiró Ana apretando la enguantada mano de la niña por debajo de la manta de piel—, ¿no es todo esto como un hermoso sueño? ¿Realmente parezco la misma de siempre? Me siento tan diferente que creo que tiene que reflejárseme en la apariencia.

—Estás guapísima —dijo Diana, quien habiendo recibido un piropo de uno de sus primos, se creía en la obligación de pasarlo—. Tienes un color de lo más hermoso.

El programa, aquella noche, fue una serie de «estremecimientos», por lo menos para una de las espectadoras, y, según Ana aseguró a

Diana, cada estremecimiento era mayor que el que lo precediera. Cuando Prissy Andrews, ataviada con una blusa nueva de seda rosa, luciendo un collar de perlas alrededor de su terso y blanco cuello y con claveles dobles en el cabello (corría el rumor de que el maestro había ido hasta la ciudad para traérselos), «subió la resbaladiza escalera, oscura, sin un rayo de luz», Ana tembló con exuberante simpatía; cuando el coro cantó «Más allá de las gentiles margaritas», Ana miró fijamente al cielo como si allí hubiera habido pintados ángeles. Cuando Sam Sloane procedió a explicar e ilustrar «Cómo Sockery preparó una gallina», Ana rió antes de que también lo hicieran las personas que estaban sentadas cerca de ella, más por simpatía hacia la niña que por lo que les divertía una selección que resultaba vieja incluso para Avonlea; y cuando el señor Phillips recitó la oración de Marco Antonio sobre el cadáver de César en los tonos más patéticos (mirando a Prissy Andrews al terminar cada frase), Ana sintió que podría amotinarse con sólo encontrar un ciudadano romano que llevara la delantera.

Sólo hubo un número en el programa que no le interesó. Cuando Gilbert Blythe recitó «Bingen en el Rin» Ana cogió el libro de Rhoda Murray y estuvo leyendo hasta que el muchacho terminó y tomó asiento, muy estirado e inmóvil, mientras Diana aplaudía hasta que las manos le escocieron.

Eran las once cuando regresaron, saciadas de diversión, pero anticipando el aún mayor placer de conversar sobre lo pasado. Todos parecían dormir y la casa estaba oscura y silenciosa. Ana y Diana entraron de puntillas a la sala, una habitación larga y angosta que daba al cuarto de huéspedes. Estaba agradablemente caldeada y apenas iluminada por las chispas del fuego del hogar.

—Desnudémonos aquí —dijo Diana—; está tan templado y es tan lindo...

—¿No ha sido una noche maravillosa? —suspiró Ana—. Debe ser maravilloso subir al escenario y recitar. ¿Crees que alguna vez nos pedirán que lo hagamos, Diana?

—Por supuesto, algún día. Siempre quieren que reciten los alumnos más grandes. Gilbert Blythe lo hace a menudo y es sólo dos años mayor que nosotras. Oh, Ana, ¿cómo pretendías no escucharle? Cuando llegó a la frase Otra ha, no una hermana te miró directamente.

—Diana —dijo Ana con dignidad—, eres mi amiga del alma, pero ni aun a ti puedo permitirte que me hables de esa persona. ¿Estás lista para acostarte? Echemos una carrera hasta la cama.

La sugerencia atrajo a Diana. Las dos pequeñas y blancas figuras cruzaron corriendo la habitación, pasaron la puerta del cuarto de huéspedes y se lanzaron sobre el lecho al mismo tiempo. Y entonces algo se movió debajo de ellas, se oyó un sonido entrecortado y un grito, y alguien dijo con apagado acento: —¡Dios misericordioso!

Ana y Diana nunca pudieron explicarse cómo saltaron del lecho y salieron del cuarto. Sólo sabían que después de una frenética carrera se hallaron subiendo la escalera de puntillas, muertas de frío.

—¡Oh! ¿Quién era? ¿Qué era eso? —murmuró Ana castañeteando los dientes de frío y miedo.

—Era tía Josephine —dijo Diana ahogándose de risa—. Oh, Ana, era tía Josephine, aunque no sé cómo ha llegado hasta allí. Oh, sé que estará furiosa. Es terrible, realmente terrible, pero ¿has visto alguna vez algo tan gracioso, Ana?

—¿Quién es tu tía Josephine?

—Es tía de papá y vive en Charlottetown. Es horriblemente vieja, debe tener como setenta años, y creo que nunca ha sido joven. Esperábamos su visita, pero no tan pronto. Es muy estirada y decorosa, y protestará hasta cansarse por esto; la conozco bien. Bueno, tendremos que dormir con Minnie May, y no te imaginas cómo patea.

A la mañana siguiente, la señorita Josephine Barry no apareció a la hora del desayuno. La señora Barry sonrió amablemente a las dos niñas.

—¿Habéis pasado bien la noche? Traté de mantenerme despierta para deciros que había llegado tía Josephine y que teníais que dormir arriba, pero estaba tan cansada que me quedé dormida. Espero que no hayáis molestado a tu tía, Diana.

Diana guardó un discreto silencio, pero Ana y ella cambiaron furtivas sonrisas a través de la mesa. Ana regresó a su casa inmediatamente después del desayuno y de esa manera no supo del alboroto que se había armado en casa de los Barry hasta que fue a casa de la señora Lynde a llevar un mensaje de Marilla.

—De modo que Diana y tú casi matáis del susto a la pobre señorita Barry —dijo la señora Lynde severamente, pero guiñando un ojo—. La señora Barry estuvo aquí hace un rato. Realmente está muy preocupada. La vieja señorita Barry estaba de un humor terrible cuando se levantó esta mañana, y el humor de Josephine Barry no es cosa de broma, te lo aseguro. No le dirigirá la palabra a Diana.

—No fue culpa de Diana —dijo Ana, contrita—, sino mía. Yo sugerí que corriéramos para ver quién llegaba primero a la cama.

—Lo sabía —dijo la señora Lynde con la exaltación propia de f quien todo acierta—. Sabía que esa idea era fruto de tu cerebro. Bueno, ha ocasionado gran cantidad de molestias. La señorita f Barry vino a quedarse un mes, pero ha dicho que no quiere permanecer allí ni un día más y emprenderá el regreso mañana, aunque sea domingo. Se hubiera ido hoy de haber encontrado quien la llevara. Había prometido pagar un trimestre de las lecciones de música de Diana, pero ahora está decidida a no hacer nada por una f diablilla como ésa. Oh, supongo que habrán pasado un mal momento esta mañana. Los Barry deben estar afligidísimos. La señorita j Barry es rica y quieren mantenerse en buenas relaciones con ella. Por supuesto, esto no me lo dijo la señora Barry, pero comprendo bastante bien la naturaleza humana como para darme cuenta.

—Soy una niña muy desgraciada —gimió Ana—. Soy una continua causa de problemas y también se los causo a mis mejores amigos, gentes por las que daría la vida. ¿Podría decirme el porqué, señora Lynde?

—Porque eres demasiado descuidada e impulsiva, chica, eso J es. Nunca te detienes a pensar. Cualquier cosa que se te ocurre la dices o la llevas a cabo sin reflexionar.

—¡Pero si eso es lo mejor! —protestó Ana—. Si algo surge en la mente debe decirse. Si uno se detiene a pensarlo, lo echa a | perder. ¿No ha sentido nunca algo así, señora Lynde?

No, la señora Lynde nunca había sentido algo así. Sacudió la cabeza sensatamente.

—Debes aprender a pensar un poco, Ana, eso es. El proverbio por el cual debes regirte es «Mira antes de saltar»; especialmente dentro de una cama de un cuarto de huéspedes.

La señora Lynde rió divertida por su ligera broma, pero Ana permaneció pensativa. No veía nada gracioso en una situación que a sus ojos se presentaba muy seria. Cuando dejó a la señora, Lynde, tomó su camino a través de «La Cuesta del Huerto». Encontró a Diana en la puerta de la cocina.

—Tu tía Josephine está muy enojada, ¿no es cierto? —murmuró Ana.

—Sí —respondió Diana algo tiesamente, dirigiendo una aprensiva mirada por encima de su hombro hacia la puerta cerrada de la estancia—. Estaba temblando de rabia, Ana. Oh, cómo rezongaba. Dijo que yo era la niña más mal educada que había visto y que mis padres debían estar muy avergonzados por haberme criado así. Dice que no quiere quedarse. A mí no me importa. Pero a papá y a mamá, sí.

—¿Por qué no les dijiste que fue culpa mía? —preguntó Ana.

—No soy una acusica, ¿no es cierto? —dijo Diana con desdén—. No soy chismosa, Ana Shirley, y además soy tan culpable como tú.

—Bueno, iré a decírselo yo misma —expresó Ana con determinación.

—¡Ana Shirley, no lo harás! ¡Te comerá viva!

—No me asustes más de lo que estoy —imploró Ana—. Preferiría meterme en la boca de un lobo. Pero tengo que hacerlo, Diana. Fue culpa mía y tengo que confesar. Afortunadamente tengo mucha práctica en hacer confesiones.

—Bueno, está en ese cuarto —dijo Diana—. Puedes ir si quieres. Yo no me atrevería, y no creo que consigas nada bueno.

Con este aliento, Ana fue a enfrentar al león en su guarida; es decir, se encaminó resueltamente hacia la estancia y golpeó débilmente. Un cortante «adelante» fue la respuesta.

La señorita Josephine Barry, delgada, peripuesta y rígida, estaba tejiendo furiosamente junto al fuego, con su trenza completamente revuelta y los ojos parpadeándole detrás de sus lentes ribeteados de oro. Se volvió en su silla, esperando ver a Diana, y descubrió una pálida niña cuyos grandes ojos reflejaban una mezcla de desesperado valor y tembloroso terror.

—¿Quién eres tú? —preguntó la señorita Josephine Barry sin ceremonias.

—Soy Ana, la de «Tejas Verdes» —dijo la pequeña y temblorosa visitante, juntando las manos con su gesto característico—, y tengo que confesar, si usted me lo permite.

—¿Confesar qué?

—Que fue culpa mía el que nos tiráramos sobre usted anoche. Yo lo sugerí; a Diana nunca se le hubiera ocurrido una cosa así. Estoy segura. Diana es muy educada, señorita Barry. De manera que vea cuan injusto es culparla a ella.

—¿Ah, sí? De cualquier modo, Diana también saltó. ¡Qué modo de portarse en una casa respetable!

—Sólo lo hicimos por jugar —insistió Ana—. Creo que debe usted perdonarnos, señorita Barry, ahora que nos hemos disculpado. Y de cualquier modo, por favor, disculpe a Diana y permítale tomar sus lecciones de música. Diana tiene el corazón puesto en ellas, señorita Barry, y yo sé muy bien lo que significa poner el corazón en una cosa y no conseguirla. Si debe enfadarse con alguien, que sea conmigo. De pequeña estaba tan acostumbrada a que se enfadaran conmigo, que puedo soportarlo mucho mejor que Diana.

El parpadeo de los ojos de la anciana señorita había sido reemplazado por un guiño de divertido interés. Pero aun dijo severamente: —Creo que eso del juego no es excusa. Las niñas nunca se entregaban a esos juegos cuando yo era niña. Tú no sabes lo que significa ser despertada de un sueño profundo, después de una larga y ardua jornada, por dos niñas que saltan encima.

—No lo sé, pero puedo imaginármelo —dijo Ana ansiosamente—. Estoy segura de que tiene que haber sido terrible. Pero también lo fue para nosotras. ¿Tiene usted imaginación, señorita Barry? Si la tiene, póngase en nuestro lugar. Nosotras no sabíamos que hubiera alguien en esa cama y usted casi nos hizo morir del susto. Lo que sentimos fue simplemente espantoso. Y tampoco pudimos dormir en el cuarto de huéspedes a pesar de que nos lo habían prometido. Supongo que usted estará acostumbrada a dormir en cuartos de huéspedes. Pero imagínese cómo se sentiría si fuera una pobre huérfana que nunca hubiera tenido ese honor.

Para ese entonces había desaparecido todo disimulo. La señorita Barry se rió con ganas. Un sonido que hizo que Diana, quien aguardaba silenciosa y ansiosamente fuera de la cocina, suspirara aliviada.

—Temo que mi imaginación está algo oxidada; hace tanto tiempo que no la uso… —dijo—. Me atrevería a decir que tu parte de razón es de tanto peso como la mía. Todo depende del cristal con que se mire. Siéntate aquí y háblame de ti.

—Temo no poder hacerlo —dijo Ana firmemente—. Me gustaría, porque usted parece una dama muy interesante, y hasta podría ser usted un alma gemela, aunque no tiene mucho aspecto de serlo. Pero es mi deber regresar a casa con la señorita Marilla Cuthbert. La señorita Marilla Cuthbert es una señora muy buena que se ha hecho cargo de mí para educarme. Hace lo que puede, pero es una tarea muy ardua. No debe usted culparla porque yo saltara sobre la cama. Pero antes de irme me gustaría que me dijera si perdonará a Diana y si va a quedarse en Avonlea todo el tiempo que había pensado.

—Pienso que quizá lo haré, si tú vienes a visitarme y a conversar conmigo a menudo —dijo la señorita Barry.

Aquella noche la señorita Barry le dio a Diana una pulsera de plata e informó a los mayores de la casa que había desempacado su baúl.

—He cambiado de idea y me quedo para conocer mejor a esa tal Ana —dijo francamente—. Me divierte. Y a mi edad, una persona que me divierta es una rareza.

El único comentario de Marilla cuando se enteró, fue:

—Lo sospechaba.

La señorita Barry se quedó más de un mes. Era una huésped mucho más agradable que de costumbre, pues Ana la mantenía de buen humor. Llegaron a ser grandes amigas.

Cuando partió, dijo:

—Recuerda, Ana, cuando vayas a la ciudad debes visitarme, y te alojaré en mi mejor cuarto de huéspedes.

—La señorita Barry es un alma gemela, después de todo —confió Ana a Marilla—. No parece serlo al mirarla, pero así es. Uno no puede verlo en seguida como en el caso de Matthew, pero con el tiempo se llega a descubrirlo. Los espíritus gemelos no escasean tanto como yo creía. Es fantástico descubrir todo lo pe hay en el mundo.

CAPÍTULO XX

Una buena imaginación se equivoca

La primavera había llegado una vez más a «Tejas Verdes»: la hermosa, caprichosa y tardía primavera canadiense, cruzando lentamente abril y mayo en una sucesión de días dulces, frescos, con rosados atardeceres y milagros de resurrección y crecimiento. Los arces del Sendero de los Amantes estaban florecidos de rojo y rizados helechos se agolpaban alrededor de la Burbuja de la Dríada. En los eriales, tras la finca de Silas Sloane, crecían las flores de mayo, estrellas blancas y rosas con hojas de color castaño. Todos los colegiales pasaron una dorada tarde juntándolas y regresaron a casa a la luz del claro crepúsculo con los cestos llenos de perfumada carga.

—Compadezco tanto a la gente que vive en hogares donde no hay flores —dijo Ana—. Diana dice que quizá tienen cosas mejores, pero no creo que pueda haber nada superior, ¿no es así, Marilla? Diana dice que si no saben cómo son, no las echarán de menos. Pero yo pienso que eso es lo más triste de todo. Me parece que sería trágico, Marilla, no saber cómo son las flores y no echarlas de menos. ¿Sabe usted qué pienso que son las flores de mayo? Pues las almas de las flores que murieron el verano pasa* do, y que ése es su cielo. Hoy tuvimos un día espléndido, Marilla. Almorzamos junto a un gran pozo; un lugar muy romántico. Charlie Sloane desafió a Arty Gillis a que saltara, y éste lo hizo para no rehuir el reto. Nadie lo rehuiría en el colegio. Queda muy bien aceptar desafíos. El señor Phillips le dio a Prissy Andrews todas las flores que recogió y le oí decir que eran «flores para una flor». Sé que lo sacó de un libro, pero demuestra que tiene algo de imaginación. También a mí me ofrecieron algunas flores, pero las rechacé enfadada. No le puedo decir el nombre de quién las ofreció, porque he prometido que nunca cruce mis labios. Hicimos guirnaldas de flores y las pusimos en nuestros sombreros, y cuando llegó el momento de regresar, marchamos en procesión por el camino, de dos en dos, con nuestros, ramos y guirnaldas, cantando «Mi hogar en la montaña». Oh, fue tan bonito, Marilla. Todos los parientes del señor Sloane salieron a vernos, y los que se cruzaban con nosotros en el camino se detenían a contemplarnos. Causamos verdadera sensación.

—¡No es de extrañar! ¡Haciendo semejantes disparates! —fue la respuesta de Marilla.

Después de las flores de mayo llegaron las violetas y cubrieron el Valle de las Violetas. Ana lo atravesó camino del colegio con paso reverente y ojos extasiados, como si pisara suelo sagrado.

—Por alguna razón —dijo a Diana—, cuando cruzo por allí, no me importa si Gil... si alguien me supera en clase o no. Pero cuando estoy en el colegio, todo cambia y me preocupo como siempre. Hay un montón de Anas distintas dentro de mí. Algunas veces pienso que ésa es la razón de que yo sea una persona tan cargante. Si fuera siempre una sola Ana, sería mucho más cómodo, pero también muchísimo menos interesante.

Una tarde de junio, cuando los manzanos estaban otra vez en flor, cuando las ranas cantaban en los pantanos de las márgenes del Lago de las Aguas Refulgentes y el aire estaba lleno del perfume de los campos de tréboles y balsámicos bosques de abetos, Ana se hallaba sentada junto a la ventana de su habitación. Había estado estudiando, pero se hizo demasiado oscuro para ver el libro, de manera que cayó en un ensueño, mirando más allá de la Reina de las Nieves, una vez más cubierta de flores.

La pequeña habitación apenas había cambiado. Las paredes estaban tan blancas, el alfiletero tan duro y las sillas tan adornadas como siempre. Y sin embargo, el carácter de la habitación sí había cambiado. Estaba llena de una nueva personalidad, que parecía ocuparla independientemente de los libros, vestidos y lazos de colegiala y hasta del jarrón azul lleno de flores de manzano. Era como si todos los sueños de su ocupante hubieran tomado forma visible, aunque inmaterial, y hubieran tapizado la desnuda habitación con espléndidos y transparentes tejidos de arco iris y luz de luna. De improviso, Marilla entró enérgicamente con algunos delantales escolares de Ana recién planchados. Los colocó en una silla y se sentó con un suspiro. Aquella tarde había padecido uno de sus dolores de cabeza, y aunque el dolor había desaparecido, se sentía débil y «aplastada». Ana la miró con ojos compasivos.

—Le aseguro que desearía tener el dolor de cabeza por usted, Marilla. Lo hubiera llevado alegremente por su causa.

—Creo que hiciste tu parte al dedicarte a trabajar, dejándome en paz —dijo Marilla—. Parece que lo has hecho bastante bien y no cometiste errores como de costumbre. Claro que no era necesario almidonar los pañuelos de Matthew. Y la mayoría de la gente, cuando pone un pastel a calentar en el horno lo saca y se lo come, en lugar de dejarlo que se haga cenizas. Pero, evidentemente, ésa no parece ser tu manera de ser.

Los dolores de cabeza siempre ponían sarcástica a Marilla.

—Oh, lo siento mucho. No he vuelto a pensar en el pastel hasta este momento. Sin embargo, sentí instintivamente que en la mesa del almuerzo faltaba algo. Esta mañana, cuando se fue, estaba firmemente resuelta a no imaginar nada, sino a concentrar mi pensamiento en los hechos. Me conduje bastante bien hasta que metí el pastel, y entonces me acometió una irresistible tentación de imaginar que era una princesa encantada encerrada en una torre, con un caballero que venía a rescatarme montado en un caballo negro. Por eso me olvidé del pastel. No sabía que hubiera almidonado los pañuelos. Todo el tiempo mientras planchaba estuve imaginando un nombre para una isla que hemos descubierto en el arroyo Diana y yo. Es un lugar de lo más arrebatador, Marilla. Hay dos arces en ella y el arroyo la rodea. Por fin pensé que sería espléndido llamarla isla Victoria, porque la encontramos el día del cumpleaños de la reina. Diana y yo somos muy leales a la soberana. Pero siento mucho lo del pastel y los pañuelos. Quería que fuera un día muy bueno porque es un aniversario. ¿Recuerda lo que ocurrió hace un año, Marilla?

—No, no puedo pensar en nada especial.

—Oh, Marilla, fue el día que llegué a «Tejas Verdes». Jamás lo olvidaré. Fue un punto crucial en mi vida. Claro que a usted no le parecerá tan importante. Hace un año que estoy aquí y he sido muy feliz. Desde luego, he tenido mis dificultades. ¿Lamenta usted haberse quedado conmigo, Marilla?

—No, no puedo decir que lo lamente —dijo Marilla, que algunas veces pensaba cómo había podido vivir antes de que Ana llegara a «Tejas Verdes»—; no, no lo lamento. Si has terminado de estudiar, Ana, quisiera que fueras a casa de la señora Barry a pedirle que te prestara el patrón de los delantales.

—Oh, está... está demasiado oscuro.

—¿Demasiado oscuro? Pero si acaba de ponerse el sol. Muchasveces has ido después de anochecido.

—Iré por la mañana temprano —dijo Ana ansiosamente—. Me levantaré al salir el sol y correré allí, Marilla.

—¿Qué te traes entre manos, Ana Shirley? Quiero el patrón para cortarte un nuevo delantal esta noche. Ve de inmediato y pórtate bien.

—Entonces, tendré que ir por el camino —dijo Ana cogiendo su sombrero de mala gana.

—¡Ir por el camino y gastar media hora! ¡Me gustaría saber qué te pasa!

—Marilla, no puedo ir por el Bosque Embrujado —gritó Ana, desesperada.

Marilla la contempló asombrada.

—¡El Bosque Embrujado! ¿Estás loca? ¿Qué es eso?

—Es el bosque de abetos que hay junto al arroyo —dijo Ana con un suspiro.

—Tonterías. No hay bosque embrujado en ninguna parte. ¿Quién te ha dicho esas cosas?

—Nadie —confesó Ana—. Diana y yo hemos imaginado que el bosque estaba embrujado. Todos los nombres de los alrededores son tan... tan vulgares. Hemos pensado eso para nuestra propia diversión. Empezamos en abril. ¡Un bosque embrujado es tan romántico, Marilla! Elegimos el bosque de abetos porque es muy oscuro. Hemos imaginado las cosas más horripilantes. Hay una dama blanca que camina por el arroyo a esta hora de la tarde, que mueve los brazos y da gritos horribles. Aparece cuando está a punto de morir algún familiar. Y el rincón que hay al lado de Idlewild está embrujado por el fantasma de una criatura asesinada; se desliza por detrás y le pone sus helados deditos sobre la mano, así. Oh, Marilla, sólo pensar en ello me hace estremecer. Y hay un hombre sin cabeza que camina por el sendero y también esqueletos que brillan entre las ramas. Oh, Marilla, por nada del mundo iría al Bosque Embrujado. Estoy segura de que saldrían manos de detrás de los árboles y me apresarían.

—Los fantasmas no existen, Ana.

—Sí —gritó ansiosamente la niña—. Sé de gentes que los han visto. Charlie Sloane dice que su abuela vio a su abuelo arrear las vacas una noche, cuando hacía un año que estaba enterrado. Usted sabe que la abuela de Charlie Sloane no es dada a contar cuentos. Es una mujer muy religiosa. Y el padre de la señora Thomas fue perseguido una noche por una oveja de fuego con la cabeza cortada y colgándole de la piel. Dijo que sabía que era el espíritu de su hermano que le prevenía que moriría a los nueve días. No fue así, pero murió a los dos años, de manera que usted ve que fue cierto. Y Ruby Gillis dice...

—Ana Shirley —interrumpió Marilla con firmeza—. No quiero volverte a oír hablar de esas cosas. He tenido mis dudas respecto a esa imaginación tuya; y no voy a aceptar tales cosas. Vas a ir a casa de los Barry, cruzando el bosque, para que te sirva de aviso y lección. Y que nunca vuelva a oírte hablar de bosques embrujados.

Ana lloró y rogó cuanto pudo, pues su terror era real. Su imaginación se había desbocado, convirtiendo al bosquecillo en una trampa mortal después de la caída del sol. Pero Marilla era inconmovible. Acompañó a la temblorosa descubridora de fantasmas hasta el arroyo y le ordenó que cruzara el puente y penetrara en los dominios de las damas aullantes y de los hombres sin cabeza.

—¡Oh, Marilla! ¿Cómo puede ser tan cruel? —sollozó Ana—. ¿Qué sentiría si una cosa blanca se apoderara de mí y me llevara?

—Quiero correr el riesgo —contestó de mala gana Marilla—. Te curaré de imaginar fantasmas. Ahora, ve.

Ana marchó. Es decir, cruzó a tropezones el puente y se internó temblando en el oscuro sendero. Ana jamás olvidó aquel paseo. Se arrepintió amargamente de la licencia que diera a su imaginación. Los trasgos de su fantasía bailaban en cada sombra extendiendo sus manos frías y descarnadas, para coger a la aterrorizada niña que le diera vida. Un trozo blanco de corteza que el viento levantó le hizo detener el corazón. El sonido de dos ramas que se rozaban la hizo sudar. El ruido de los murciélagos sobre su cabeza era como las alas de infernales criaturas. Cuando llegó al campo de William Bell corrió como si la persiguiera un ejército de fantasmas y llegó a la puerta de la cocina de los Barry tan agitada que casi no pudo pedir el patrón de los delantales. Diana no estaba en casa, de manera que no tuvo excusa para quedarse. Había que afrontar el horrible viaje de regreso. Ana lo hizo con los ojos cerrados, prefiriendo el riesgo de romperse la cabeza contra una rama a ver una cosa blanca. Cuando llegó dando tumbos al puente de troncos, lanzó un largo suspiro de alivio.

—Bueno, ¿te cogió alguna cosa? —dijo Marilla.

—Oh, Mar... Marilla —tartamudeó Ana—. Me contentaré c-con c-ccosas v-v-ulgares de ahora en a-a-adelante.

CAPÍTULO XXI

Un nuevo estilo de condimentar

—Oh Dios, «todo son encuentros y despedidas en este mundo», como dice la señora Lynde —exclamó Ana quejumbrosamente, dejando su pizarra y sus libros sobre la mesa de la cocina en el último día de junio y enjugándose los ojos con un pañuelo empapado—. ¿No ha sido una suerte que llevara un pañuelo de más hoy a la escuela, Marilla? Tenía el presentimiento de que iba a necesitarlo.

—Nunca creí que quisieras tanto al señor Phillips como para necesitar dos pañuelos para enjugar tus lágrimas porque se va — dijo Marilla.

—No creo que llorara porque lo quisiera mucho —reflexionó Ana—; lloré porque los demás también lo hacían. Empezó Ruby Gillis. Ruby siempre ha dicho que odiaba al señor Phillips, pero en cuanto éste se levantó para decir su discurso de despedida, rompió a llorar. Entonces siguieron todas las demás niñas, una tras otra. Yo traté de aguantarme, Marilla. Traté de recordar cuando el señor Phillips me hizo sentar con Gil… con un muchacho, cuando escribió mal mi nombre en la pizarra, cuando decía que yo era la mayor tonta que había visto para la geometría, cómo se reía de mi ortografía y todas las veces que se había mostrado ofensivo y sarcástico; pero por alguna razón no pude contenerme, Marilla, y tuve que llorar como todas. Jane Andrews hacía un mes que repetía lo contenta que iba a estar cuando se fuera el señor Phillips y declaró que no derramaría una sola lágrima. Bueno, se puso peor que todas nosotras y tuvo que pedirle prestado un pañuelo a su hermano (por supuesto, los muchachos no lloraron), ya que ella no había traído más que uno. ¡Oh, Marilla, fue tan desgarrador! El señor Phillips comenzó su discurso de despedida de un modo muy hermoso. «Ha llegado el momento de separarnos»; fue muy conmovedor. Y también él tenía los ojos llenos de lágrimas. Oh, me sentí mortalmente triste y arrepentida por todas las veces que había hablado en clase y hecho caricaturas suyas en mi pizarra y me había burlado de él y de Prissy. Puedo asegurarle que hubiera querido ser una alumna modelo como Minnie Andrews. Ella no tuvo nada de que arrepentirse. Las niñas lloraron durante todo el camino hasta sus casas. Carne Sloane continuó repitiendo «Ha llegado el momento de separarnos», y eso nos hacía empezar de nuevo cada vez que corríamos el peligro de levantar el ánimo. Me sentí mortalmente triste, Marilla. Pero una no puede sentirse sepultada del todo en los abismos de la desesperación teniendo por delante dos meses de vacaciones, ¿no es cierto? Y además, nos encontramos con el nuevo ministro y su esposa, que venían de la estación. A pesar de estar tan triste por la partida del señor Phillips no podía dejar de interesarme un poquito por el nuevo ministro, ¿no le parece? Su esposa es muy bonita. No regiamente hermosa, por supuesto; no podría ser, supongo, que un ministro tuviera una esposa regiamente hermosa, pues podría resultar un mal ejemplo. La señora Lynde dice que la esposa del pastor de Newbridge da mal ejemplo porque viste muy a la moda. La esposa de nuestro nuevo ministro estaba vestida de muselina azul, con encantadoras mangas abullonadas y llevaba un sombrero adornado con rosas. Jane Andrews dice que le parece que las mangas abullonadas son demasiado mundanas para la esposa de un ministro, pero yo no compartí una observación tan poco benevolente porque sé muy bien lo que es suspirar por mangas abullonadas. Además, hace poco tiempo que es la esposa de un pastor, de manera que se le pueden hacer algunas concesiones, ¿no le parece? Van a alojarse con la señora Lynde hasta que esté lista la rectoría.

Si alguna otra razón movió a Marilla a visitar aquella noche a la señora Lynde, además de la de devolver los bastidores que tomara prestados el invierno anterior, fue sin duda una debilidad compartida por la mayoría de los vecinos de Avonlea. La señora Lynde recibió aquella noche infinidad de cosas que había prestado, muchas de las cuales ni soñara en volver a ver. Un nuevo pastor y, más aún, uno casado, era motivo de curiosidad más que suficiente para un pueblo donde lo sensacional era escaso y espaciado en el tiempo.

El anciano señor Bentley, el ministro a quien Ana hallara falto de imaginación, había sido pastor de Avonlea durante dieciocho años. Era viudo cuando llegó y viudo permaneció, a pesar de que la maledicencia le casaba regularmente ora con ésta, ora con ésa o aquélla, durante cada año de su ministerio. En el mes de febrero había renunciado a su cargo, partiendo entre el sentimiento del pueblo, muchos de cuyos componentes sentían un afecto nacido del largo contacto con el anciano ministro, a pesar de su fracaso como orador. Desde entonces, la iglesia de Avonlea había disfrutado de una especie de disipación religiosa, al escuchar los muchos y variados candidatos que vinieron a predicar a prueba domingo tras domingo. Éstos se sostenían o caían ante el juicio de los padres y madres de Israel; pero cierta chiquilla pequeña de cabellos rojos, que se sentaba humildemente en un rincón del banco de los Cuthbert, también tenía sus opiniones respecto a ellos y las discutía ampliamente con Matthew, pues Marilla siempre declinaba por principio discutir lo que dijeran los ministros.

—No me parece que el señor Smith hubiera servido, Matthew —fue el resumen final de Ana—. La señora Lynde dice que su discurso fue pobre; pero creo que su defecto peor era el mismo que el del señor Bentley: no tenía imaginación. Y el señor Terry tenía demasiada; la dejaba remontarse excesivamente, igual que yo en el caso del Bosque Embrujado. Además, la señora Lynde dice que su teología no era muy segura. El señor Gresham era un hombre muy bueno y muy religioso, pero decía demasiados chistes y hacía reír a la gente en la iglesia; era poco digno, y un ministro debe serlo, ¿no le parece, Matthew? Yo pensé que el señor Marshall era decididamente atractivo, pero la señora Lynde dice que no está casado, ni aun comprometido, lo sabe porque hizo investigaciones especiales al respecto, y agrega que no se podría tener un ministro soltero en Avonlea, pues podría casarse con alguien de la congregación y haber trastornos por ello. La señora Lynde es una mujer previsora, ¿no es cierto, Matthew? Me gusta que hayan llamado al señor Alian. Me agradó porque su sermón fue interesante y porque rezaba como si lo sintiera y no simplemente como si lo hiciera por costumbre. La señora Lynde dice que no es perfecto, pero dice también que no podemos esperar un ministro perfecto por setecientos cincuenta dólares al año y que, de todas maneras, su teología es segura, porque le interrogó cuidadosamente en todos los puntos doctrinales. Además, conoce a la familia de su mujer que es muy respetable; todas las mujeres son buenas amas de casa. La señora Lynde dice que una buena doctrina en el hombre y un buen cuidado del hogar en la mujer son una combinación ideal para la familia de un ministro.

El nuevo ministro y su esposa eran una pareja joven, de aspecto feliz, todavía en luna de miel y embargados de hermoso entusiasmo por la tarea de su vida. Avonlea les abrió el corazón desde el comienzo. Viejos y jóvenes apreciaron al franco y alegre joven de altos ideales y a la brillante y gentil dama que asumiera el gobierno de la rectoría. Ana quiso de todo corazón a la señora Alian. Había descubierto otro espíritu gemelo.

—La señora Alian es la amabilidad personificada —anunció un domingo por la tarde—. Se ha hecho cargo de nuestra clase y es una maestra extraordinaria. Al comienzo dijo que no le parecía bien que la maestra hiciera todas las preguntas, y usted bien sabe, Marilla, que eso es lo que siempre he pensado. Dijo que podríamos hacerle cuantas preguntas quisiéramos, y yo le hice muchas. Soy muy buena para hacerlas, Marilla.

—Te creo —respondió Marilla enfáticamente.

—Nadie más preguntó, excepto Ruby Gillis, y lo que dijo fue que si habría una excursión de la escuela dominical en verano. No me parece que fuera la pregunta más correcta, porque no tenía contacto alguno con la lección, que se refería a Daniel en el foso de los leones, pero la señora Alian sonrió y dijo que le parecía que sí. La señora Alian tiene una hermosa sonrisa; se le hacen unos hoyuelos exquisitos en las mejillas. Me gustaría tener hoyuelos en las mejillas, Marilla. No estoy ni la mitad de delgada de lo que estaba cuando llegué aquí, pero todavía no tengo hoyuelos. Si los tuviera, quizá pudiera influir para bien en la gente. La señora Alian dice que debemos tratar de influir siempre en la gente para bien. Habló tan bien de todo. Nunca supe antes que la religión fuera tan alegre. Siempre pensé que era una especie de melancolía, pero la de la señora Alian no lo es, y a mí me gustaría ser cristiana si lo fuera como ella y no como el señor Bell.

—Haces muy mal en hablar así del señor Bell —dijo Marilla severamente—. Es un buen hombre.

—Desde luego que es bueno —asintió Ana—, pero no parece conseguir nada con ello. Si yo fuera buena, cantaría y bailaría durante todo el día para celebrarlo. Supongo que la señora Alian es demasiado mayor para cantar y bailar, y desde luego que eso no sería muy digno en la esposa de un pastor. Pero puedo sentir que está contenta de ser cristiana y de que lo sería igualmente aunque no fuera al cielo por ello.

—Supongo que pronto podremos invitar al señor Alian y a su esposa a tomar el té —dijo Marilla reflexivamente—. Han estado en todas partes menos aquí. Veamos. El próximo miércoles será un buen día. Pero no digas una palabra a Matthew, pues si se entera de que vienen, encontrará una excusa para no tomarlo. Se acostumbró tanto al señor Bentley que no le daba importancia, pero le va a costar acostumbrarse al nuevo ministro, y la esposa de éste le va a asustar terriblemente.

—Guardaré el secreto como una tumba —aseguró Ana—. Pero, Marilla, ¿me dejará hacer un pastel para la ocasión? Me gustaría hacer algo para la señora Alian y creo que ya puedo hacer un buen pastel.

—Lo harás.

El lunes y martes hubo grandes preparativos en «Tejas Verdes». Tener al ministro y su esposa como invitados era algo importante, y Marilla estaba determinada a no quedar eclipsada por ninguna de las amas de casa de Avonlea. Ana estaba excitada. Conversó al respecto con Diana la tarde anterior, a la luz del crepúsculo, sentadas ambas en las rocas rojas de la Burbuja de la Dríada, mientras hacían arco iris en el agua con ramitas embebidas en bálsamo de abeto.

—Todo está listo excepto mi pastel, Diana. Lo haré por la mañana, y por la tarde, antes del té, Marilla preparará los bizcochos. Te aseguro, Diana, que Marilla y yo hemos tenido dos días muy ocupados. Es una responsabilidad tan grande invitar a la familia de un pastor a tomar el té. Nunca había pasado antes por una experiencia así. Deberías ver nuestra despensa. Es una visión digna de contemplarse. Tenemos pollo en gelatina y lengua fría. Dos clases de gelatina, roja y amarilla, crema batida y tarta de limón y de cerezas; tres clases de bollitos y torta de frutas; las famosas confituras de Marilla y bizcochos y pan nuevo y viejo, en caso de que el ministro sea dispéptico y no pueda comer pan nuevo. La señora Lynde dice que la mayoría de los ministros son dispépticos, pero no creo que el señor Alian haya sido ministro suficiente tiempo como para serlo. Me dan escalofríos cuando pienso en mi pastel. ¡Temo que no salga bien! Anoche soñé que me perseguía un duende con cabeza de pastel.

—Todo saldrá bien, no te preocupes —aseguró Diana, que era una amiga muy reconfortante—. Te aseguro que el trozo de pastel que comimos en Idlewild hace dos semanas estaba muy bueno.

—Sí, pero las tortas tienen la terrible costumbre de volverse malas exactamente cuando más se necesita que estén buenas —suspiró Ana, haciendo flotar una rama—. Sin embargo, supongo que tendré que encomendarme a la Providencia y tener cuidado al echar la harina. ¡Mira, Diana, un arco iris perfecto! ¿Crees que la dríada saldrá cuando nos vayamos para utilizarlo de pañuelo?

—Sabes que las dríadas no existen. —La madre de Diana había descubierto lo del Bosque Embrujado y se había enfadado. Como resultado, Diana se había abstenido de futuros excesos imaginativos y no consideraba prudente cultivar su credulidad ni con cosas tan innocuas como las dríadas.

—Pero es tan fácil imaginar que las hay —dijo Ana—.Cada noche, antes de acostarme, miro por la ventana y pienso si realmente la dríada estará sentada aquí, peinando sus rizos con el arroyo por espejo. Algunas veces, busco sus pisadas en el rocío de la mañana. ¡Oh, Diana, no abandones tu fe en la dríada!

Llegó el miércoles. Ana se levantó al amanecer porque se hallaba demasiado excitada para dormir. Había cogido un catarro por andar por el arroyo la noche anterior, pero nada excepto una neumonía podría reducir su interés por la cocina aquella mañana. Después del desayuno, se puso a hacer el pastel. Cuando por fin cerró la puerta del horno, lanzó un largo suspiro.

—Esta vez estoy segura de no haber olvidado nada, Marilla. ¿Cree que subirá? Suponga que la levadura no es buena. Usé la de la lata nueva. La señora Lynde dice que hoy día uno nunca está seguro de obtener buena levadura, ahora que todo está tan adulterado. Dice también que el gobierno debería tomar cartas en el asunto, porque nunca llega el día en que un gobierno tory haga algo. Marilla, ¿qué haremos si el pastel no sube?

—Hay muchas cosas para comer —fue la manera desapasionada de Marilla de contemplar el asunto.

El pastel subió, sin embargo, y salió del horno tan ligero como una esponja. Ana, roja de placer, le puso la capa de jalea y vio en su imaginación a la señora Alian comiéndola y probablemente pidiendo otra porción.

—Pondrá el mejor juego de té, desde luego, Marilla —dijo Ana—. ¿Puedo adornar la mesa con helechos y rosas silvestres?

—Me parece que es una tontería —respondió Marilla—. En mi opinión, lo que cuenta es la comida y no esa inútil decoración.

—La señora Barry tenía decorada su mesa —dijo Ana, que no estaba privada del todo de la inteligencia de la serpiente—, y el ministro le hizo un cumplido por ello. Dijo que era tanto una fiesta para los ojos como para el paladar.

—Bueno, puedes hacer lo que quieras —dijo Marilla, determinando que no sería sobrepasada ni por la señora Barry ni por ninguna otra—. Ten cuidado de dejar sitio suficiente para los platos y la comida.

Ana se puso a decorar la mesa de una forma que habría de dejar muy atrás a la señora Barry. Con un excelente sentido artístico y abundancia de helechos y rosas, la mesa quedó tan bonita que el ministro y su esposa expresaron a coro su excelencia.

—Ha sido cosa de Ana —dijo Marilla haciendo justicia, y la niña sintió que la aprobadora sonrisa de la señora Alian era demasiada felicidad para este mundo.

Matthew estaba allí, medio engañado como sólo Dios y Ana sabían. Había caído en un estado tal de timidez y nervios, que Marilla le dejó, desesperada, pero Ana se ocupó de él con tanto éxito que ahora se hallaba sentado con sus mejores ropas y cuello blanco, hablando con no poco interés con el ministro. No le dirigió la palabra a la señora Alian, pero eso hubiera sido mucho pedir.

Todo fue perfectamente hasta que le tocó el turno al pastel de Ana. La señora Alian, que se había servido una cantidad enorme de todo lo demás, declinó. Pero Marilla, viendo la desilusión en la cara de Ana, dijo sonriendo: —Debe usted servirse un trozo, señora Alian. Ana la hizo especialmente para usted.

—En ese caso, lo probaré —dijo la señora Alian, tomando un trozo, al igual que su marido y Marilla.

La esposa del ministro tomó un bocado y una expresión muy peculiar cruzó su cara; sin embargo, no dijo una sola palabra, sino que la comió lentamente. Marilla vio la expresión y se apresuró a probarlo.

—¡Ana Shirley! —exclamó—. ¿Qué es lo que has puesto al pastel?

—Nada más que lo que decía la receta, Marilla —gritó Ana—. ¿No está bueno?

—¿Bueno? Es simplemente horrible. Señora Alian, no trate de comerlo. Pruébalo, Ana. ¿Qué le has puesto?

—Vainilla —dijo Ana, con la cara escarlata por la mortificación—. Nada más que vainilla. Oh, Marilla, debe haber sido la levadura. Sospecho que la lev...

—¡No puede ser! Tráeme la botella de vainilla que empleaste.

Ana voló a la despensa y volvió con una pequeña botella parcialmente llena de un líquido pardusco y con una etiqueta amarilla: «Vainilla superior».

Marilla lo tomó, le quitó el tapón y lo olió.

—Por todos los santos, Ana, has condimentado el pastel con linimento. Rompí la botella la semana pasada y puse lo que que-en una botella vacía de vainilla. Supongo que tengo parte de la culpa, debí haberte avisado. ¿Pero cómo es que no lo oliste?

Ana se disolvió en lágrimas ante su terrible desgracia.

—No podía; ¡tenía un resfriado tan terrible! —dijo y echó a correr hasta su habitación, donde se tiró sobre la cama y lloró no alguien que se niega a ser reconfortado.

De pronto, sonaron ligeros pasos en la escalera y alguien penetró en la habitación.

—Oh, Marilla —sollozó Ana sin mirar—. Estoy en desgracia para siempre. Nunca podré sobrevivir a esto. Se sabrá; las cosas siempre se saben en Avonlea. Diana me preguntará cómo salió el pastel y tendré que decirle la verdad. Seré señalada siempre como la niña que condimentó un pastel con linimento. Gil... los muchachos del colegio nunca acabarán de reír. Oh, Marilla, si tiene una chispa de caridad cristiana, no me diga que tengo que bajar a fregar después de esto. Lo haré cuando se hayan retirado el ministro y su esposa, pero no puedo volver a mirar a la cara a la señora Alian. Quizá piense que traté de envenenarla. La señora Lynde dice que conoce una huérfana que trató de envenenara su benefactora. Pero el linimento no es venenoso. Es para consumo humano, aunque no en pasteles. ¿Se lo dirá a la señora Alian, Marilla?

—¿Qué te parece si se lo dices tú misma? —dijo una voz alegre.

Ana se levantó para encontrar a la señora Alian de pie junto a ! su cama, contemplándola con ojos sonrientes.

—Mi querida chiquilla, no debes llorar así —dijo, realmente turbada por la trágica cara de Ana—. Es un divertido error que cualquiera puede cometer.

—Oh, no, me duele mucho haberlo cometido —dijo Ana tristemente—, quería que el pastel estuviera buenísimo.

—Lo sé, querida. Y te aseguro que aprecio tu bondad y sensatez igual que si hubiera resultado excelente. Bueno, ahora no debes llorar más. Debes bajar a enseñarme el jardín. La señorita Cuthbert me dijo que tienes una parcela propia. Quisiera verla; porque me interesan mucho las flores.

Ana se dejó llevar, reflexionando que era realmente providencial que la señora Alian fuera un espíritu gemelo. Nada más se dijo del pastel de linimento, y cuando se fueron los huéspedes, Ana se dio cuenta de que había disfrutado más de esa tardé de lo que fuera dado esperar, considerando el terrible incidente. A pesar de todo, suspiró profundamente.

—Marilla, ¿no es hermoso pensar que mañana es un nuevo día, todavía sin errores?

—Te puedo garantizar que cometerás bastantes —respondió Marilla—. Nunca pareces terminar, Ana.

—Sí, y bien que lo sé —admitió tristemente la niña—. Pero no sé si habrá notado una cosa buena en mí: nunca cometo dos veces el mismo error.

—No sé de qué te sirve, si siempre descubres errores nuevos.

—¿Pero no lo ve, Marilla? Debe haber un límite en los errores que puede hacer una persona y cuando llegue al final, habré acabado con ellos. Es un pensamiento muy reconfortante.

—Bueno, será mejor que le lleves el pastel a los cerdos —dijo Marilla—. No lo puede comer ningún ser humano, ni siquiera Jerry Boute.

CAPÍTULO XXII

Ana es invitada a tomar el té

—¿Por qué vienes con los ojos fuera de las órbitas? —preguntó Marilla cuando Ana entró corriendo desde la oficina de correos—. ¿Has descubierto otra alma gemela?

La excitación envolvía a Ana como una vestidura, brillando en sus ojos, resaltando en cada rasgo. Había venido bailando por el sendero, como un duende llevado por los vientos, a través de la suave luz y las perezosas sombras de la tarde de agosto.

—No, Marilla, ¿no se imagina qué es? ¡Estoy invitada a tomar el té mañana en la rectoría! La señora Alian me dejó la carta en la oficina de correos. Mírela, Marilla, «Sita. Ana Shirley», «Tejas Verdes». Es la primera vez que me llaman «señorita». ¡Me ha dado un estremecimiento! La guardaré entre mis tesoros más preciados.

—La señora Alian me dijo que tenía intención de invitar por turno a todos los miembros de su clase de la Escuela Dominical —dijo Marilla, considerando fríamente el maravilloso acontecimiento—. No necesitas excitarte tanto por ello. Debes aprender a tomar las cosas con calma, muchacha.

Pretender que Ana tomara las cosas con calma hubiera sido querer cambiar su naturaleza. Era «toda fuego y espíritu y rocío», y los placeres y dolores de la vida le llegaban con triple intensidad. Marilla lo notaba y se sentía vagamente molesta, comprendiendo que los altibajos de la vida serían mal resistidos por esa alma impulsiva, sin comprender que una capacidad igualmente grande para el deleite podría compensarlo todo. Por lo tanto, Marilla concibió como un deber enseñar a la niña una tranquila uniformidad de espíritu, tan imposible y extraña para ella como para un danzarín rayo del sol en un remanso del arroyo. Pero no hacía muchos progresos, como admitía con tristeza. La destrucción de alguna esperanza o plan hundía a Ana en «abismos de desesperación». Su cumplimiento la exaltaba al reino del deleite. Marilla casi empezaba a desesperar de llegar alguna vez a acomodar este duende a su propio modelo de niña de recatadas maneras y remilgado aspecto. Ni tampoco hubiera creído que en realidad le gustaba Ana mucho más tal como era.

La niña se acostó aquella noche muda de dolor porque Matthew había dicho que el viento giraba al nordeste y temía que lloviera al día siguiente. El susurro de las hojas de los álamos alrededor de la casa la preocupaba, pues sonaba como las gotas de lluvia, y el bajo y lejano ruido del golfo, que escuchara deleitada otras veces, gozando de un ritmo extraño, sonoro, cautivador, parecía ahora una profecía de tormenta y desastre para una doncellita que deseaba particularmente un buen día. Ana pensó que nunca llegaría la mañana.

Pero todo pasa, hasta las noches anteriores al día en que uno está invitado a tomar el té en la rectoría. La mañana fue hermosa, a pesar de las predicciones de Matthew, y el ánimo de Ana llegó a las alturas.

—Oh, Marilla, hay algo hoy en mí que me hace querer a todos los que veo —exclamó mientras lavaba la vajilla del desayuno—. ¡No sabe usted cuán buena me siento! ¿No sería hermoso que esto durara siempre? Creo que sería una niña modelo si me invitaran a tomar el té todos los días. Pero, oh, Marilla, también es una ocasión solemne. ¡Estoy tan nerviosa! ¿Qué ocurrirá si no me porto cómo debo? Usted sabe que nunca he tomado el té en una rectoría y no estoy segura de saber todas las reglas de urbanidad, aunque he estado estudiando las que ha publicado la sección de urbanidad del Heraldo de las familias desde que llegué aquí. Tengo tanto miedo de hacer alguna tontería, o de olvidar algo que deba hacer… ¿Será correcto volver a servirse algo que se desea mucho?

—Lo difícil contigo, Ana, es que piensas demasiado en ti. Debes pensar en la señora Alian y en qué será lo más agradable para ella —dijo Marilla, acertando por una vez en su vida con un consejo sensato. Ana lo comprendió al instante.

—Tiene razón, Marilla. Trataré de no pensar en mí.

Ana realizó su visita sin ninguna infracción a las reglas de urbanidad, pues volvió a casa al crepúsculo, bajo un hermoso cielo salpicado por nubes rosa y azafrán, en un beatífico estado de ánimo y le contó todo, feliz, a Marilla, sentada en la escalera de la cocina, mientras apoyaba su cansada cabecita en la falda de su protectora.

Un viento fresco llegaba de los campos cosechados desde las faldas de las colmas de los pinares y silbaba por entre los álamos. Sobre el manzanar brillaba una estrella y las luciérnagas danzaban sobre el Sendero de los Amantes, cruzando entre las ramas inquietas. Ana las observaba mientras hablaba y tenía la sensación de que viento, luciérnagas y estrellas formaban un todo hermoso y dulce.

—Oh, Marilla, he pasado unos momentos fascinantes. Siento que no he vivido en vano, y lo seguiré sintiendo aunque jamás me vuelvan a invitar a tomar el té en una rectoría. Cuando llegué allí, la señora Alian me recibió en la puerta. Llevaba un hermosísimo vestido de organdí rosa pálido, con muchos volantes y mangas hasta el codo, con el que parecía un serafín. Estoy pensando que me gustaría ser la esposa de un pastor cuando crezca, Marilla. Un pastor no hará hincapié en mis cabellos rojos porque no pensará mucho en cosas terrenales. Pero entonces uno debe ser naturalmente bueno y yo nunca podré serlo, de manera que de nada vale pensar en ello. Algunas gentes son naturalmente buenas y otras no, sabe usted. Yo soy una de las otras. La señora Lynde dice que estoy llena del pecado original. No importa cuánto trate de ser buena, nunca podré tener éxito en ello como aquellos que son naturalmente buenos. Eso se parece mucho a la geometría. Pero ¿no le parece que el intentarlo debería tener algún valor? La señora Alian es una de esas gentes naturalmente buenas. La quiero apasionadamente. Usted sabe que hay ciertas gentes, como Matthew y la señora Alian, a las que se quiere de inmediato. Y también hay otras, como la señora Lynde, con las que hay que realizar un esfuerzo muy grande para quererlas. Uno sabe que debe quererlas porque son muy sabias y trabajan activamente en la iglesia, pero es necesario estar recordándoselo constantemente, pues de lo contrario se olvida.

Había otra niña tomando el té, del Colegio Dominical de White Sands. Se llama Lauretta Bradley y es una niña muy guapa. No era exactamente un espíritu gemelo, sabe usted, pero a pesar de eso, es muy guapa. Tuvimos un té elegante y creo que guardé bastante bien las reglas de urbanidad. Después del té, la señora Alian tocó el piano y cantó y nos hizo cantar también a Lauretta y a mí. La señora Alian dice que tengo buena voz y que debo cantar en el coro de la Escuela Dominical. No puede imaginarse cómo me estremezco con sólo pensarlo. He deseado mucho cantar en ese coro, como Diana, pero temía que fuera un honor al cual no podía aspirar. Lauretta tuvo que retirarse temprano porque hoy hay un gran festival en el hotel de White Sands y su hermana recita allí. Lauretta dice que los estadounidenses del hotel celebran uno cada quince días para ayuda del hospital de Charlottetown y piden a mucha gente de White Sands que recite. Yo la contemplaba reverentemente. Después que se fue, la señora Alian y yo tuvimos una conversación de corazón a corazón. Le conté todo sobre la señora Thomas y los mellizos, Katie Maurice y Violeta, mi venida a «Tejas Verdes» y mis preocupaciones por la geometría. ¿Quiere creerlo, Marilla? La señora Alian me dijo que ella también era terrible en geometría. No se imagina usted cuánto valor me ha dado saberlo. La señora Lynde llegó a la rectoría poco antes de que me fuera ¿y sabe qué dijo? Que los síndicos han contratado una nueva maestra. Su nombre es Muriel Stacy. La señora Lynde dice que nunca hubo una maestra en Avonlea. Pero a mí me parece maravilloso que así sea y no sé cómo voy a poder vivir estas semanas que faltan para comenzar las clases, tan impaciente estoy por verla.

CAPÍTULO XXIII

Ana sufre por una cuestión de honor

Un mes después del episodio del pastel con linimento, era tiempo de que Ana cometiera pequeños errores, nuevas equivocaciones tales como poner distraídamente una cacerola de leche desnatada dentro de una cesta de ovillos de hilo en la despensa en vez de en el cubo de los cerdos; y caminar inocentemente sobre el borde del largo puente abstraída en sus sueños.

Diana dio una fiesta una semana después del té en la rectoría.

—Un grupo pequeño y selecto —le aseguró Ana a Marilla—.

Sólo las niñas de nuestra clase.

Lo pasaron muy bien, y no ocurrió nada enojoso hasta después del té, cuando se encontraron en el jardín de los Barry, un poco cansadas de todos sus juegos y prontas a cualquier travesura que se presentara. Repentinamente ésta tomó forma en el «desafío».

El «desafío» era un juego muy de moda entre la chiquillería de Avonlea. Había comenzado entre los muchachos y pronto se extendió hasta las niñas; las tonterías que sucedieron aquel verano en Avonlea porque los actores se «desafiaron» a hacerlas podrían llenar un libro.

Para comenzar, Carne Sloane retó a Ruby Gillis a que subiera a una cierta altura en el inmenso sauce del frente, lo que Ruby Gillis, aunque con un miedo horrible por los gordos y verdes gusanos que se decía infestaban el árbol y teniendo presente lo que diría su madre si rompía su vestido nuevo de muselina, cumplió ágilmente para derrota de la ya nombrada Carne Sloane. Luego Josie Pye desafió a Jane Andrews a que recorriera el jardín a la pata coja. Jane trató alegremente de hacerlo, pero se detuvo en la tercera esquina y tuvo que declararse vencida.

El triunfo de Josie Pye fue más aclamado de lo que permitía el buen gusto. Ana Shirley la desafió a que caminara a lo largo de la parte superior de la valla que limitaba el jardín por el este. Ahora bien, «caminar» por el borde de una cerca requiere más destreza y estabilidad de las que le parecían necesarias a quien nunca lo ha intentado. Pero Josie Pye, si bien le faltaban otras cualidades que hubieran contribuido a hacerla popular, tenía, por lo menos, una facilidad natural e innata, debidamente cultivada, para caminar sobre vallas. Josie caminó sobre la valla de los Barry con un aire de indiferencia que parecía significar que una cosita así no merecía ser un «desafío». Su hazaña fue recibida con renuente admiración; la mayoría de las niñas podían apreciarla dados los inconvenientes que sufrieran al intentar la hazaña. Josie descendió sonrojada por la satisfacción y dirigió a Ana una desafiante mirada.

Ana sacudió sus trenzas rojas.

—No creo que sea algo tan maravilloso el caminar por una pequeña valla baja —dijo—. Yo conocía una niña en Marysville que podía caminar por la cresta de un tejado.

—No lo creo —dijo Josie llanamente—. No creo que nadie pueda hacerlo. Al menos, tú no puedes.

—¿Que no puedo? —gritó Ana temerariamente.

—Entonces te reto a que lo hagas —dijo Josie desafiante—. Te desafío a que subas al techo de la cocina del señor Barry y a que andes por la cresta del tejado.

Ana palideció, pero había un solo camino que tomar. Se dirigió hacia la casa y vio una escalera apoyada contra el techo de la cocina. Todas sus compañeras de clase exclamaron: «¡Oh!», en parte excitadas, en parte asustadas.

—No lo hagas, Ana —imploró Diana—. Puedes caer y morirte. Qué importa Josie Pye. No es justo desafiar a alguien a hacer algo tan peligroso.

—Debo hacerlo. Está en juego mi honor —dijo Ana solemnemente—. Lo haré, Diana, o pereceré en el intento. Si muero, quédate con mi anillo de perla.

Ana subió por la escalera en medio de un profundo silencio y comenzó a caminar por la cresta con la plena conciencia de que se hallaba muy alta sobre el mundo y de que la imaginación no resulta de gran ayuda para caminar por un tejado. No obstante, se las arregló para dar unos cuantos pasos antes de que sobreviniera la catástrofe. Se tambaleó, perdió el equilibrio, tropezó, vaciló, resbaló por el tejado y cayó a través de las enredaderas, todo antes de que el espantado círculo que se hallaba debajo dejara escapar un simultáneo y aterrorizado chillido. Si Ana se hubiera caído por el mismo lado por el que ascendiera, probablemente Diana hubiera heredado el anillo de perla en aquel mismo instante. Afortunadamente cayó por el otro lado, donde el tejado se extendía bajando sobre el porche hasta tan cerca del suelo que una caída allí resultaba mucho menos peligrosa. Sin embargo, cuando Diana y las demás niñas llegaron corriendo al otro lado de la casa (con excepción de Ruby Gillis, que se quedó como pegada al suelo gritando histéricamente), hallaron a Ana yaciendo pálida y medio desmayada entre las ruinas de la enredadera.

—Ana, ¿te has matado? —gritó Diana cayendo de rodillas junto a su amiga—. Oh, Ana, querida Ana, di sólo una palabra; dime que no estás muerta.

Para inmenso alivio de todas y especialmente de Josie Pye, quien, a pesar de carecer de imaginación, se había visto asaltada por horribles visiones de un futuro donde se la señalaba como la niña culpable de la trágica y temprana muerte de Ana Shirley, Ana se incorporó y contestó en tono vago: —No, no estoy muerta, pero creo que estoy inconsciente.

—¿Dónde te duele? —sollozó Carne Sloane—, ¿dónde, Ana?

Antes de que Ana pudiera responder, apareció en escena la señora Barry. Al verla, Ana trató de ponerse de pie, pero volvió a caer con un pequeño grito de dolor.

—¿Qué sucede? ¿Dónde te has lastimado? —inquirió la señora Barry.

—Mi tobillo —murmuró Ana—. Oh, Diana, por favor, busca a tu padre y pídele que me lleve a casa. Sé que no puedo caminar y estoy segura que no podría llegar tan lejos a la pata coja, cuando Jane no pudo dar la vuelta al jardín.

Marilla se encontraba en la huerta recogiendo manzanas de verano cuando vio al señor Barry que venía cruzando el puente y subiendo la colina junto con la señora Barry y toda una procesión de chiquillas arrastrándose detrás de él. En sus brazos traía a Ana, que llevaba la cabeza recostada sobre su hombro.

En aquel momento Marilla tuvo una revelación. El repentino pánico que se apoderó de ella le reveló cuánto había llegado a significar para ella Ana. Hubiera admitido que le gustaba, más aún, que le tenía mucho afecto. Pero mientras corría supo que esa niña era lo que más quería en el mundo.

—Señor Barry, ¿qué le ha sucedido? —murmuró más pálida y temblorosa de lo que nunca había estado la reservada y sensata Marilla.

La misma Ana contestó alzando la cabeza.

—No se asuste, Marilla. Estaba caminando por el tejado y me caí. Me parece que me he torcido el tobillo. Pero me podría haber roto el cuello, Marilla. Miremos las cosas por el lado bueno.

—Tendría que haber sabido que harías algo por el estilo cuando te dejé ir a esa fiesta —dijo Marilla, brusca y cortante en medio de su alivio—. Tráigala aquí, señor Barry, y acuéstela en el sillón. ¡Dios mío, la niña se ha desmayado!

Era verdad. Vencida por el dolor, Ana vio cumplido otro de sus deseos: se desmayó.

Matthew, a quien se mandó buscar rápidamente al campo de cultivo, fue directamente a buscar al médico, quien llegó a su debido tiempo para descubrir que el mal de Ana era más serio de lo que habían supuesto. El tobillo estaba roto.

Aquella noche, cuando Marilla subió a la buhardilla, donde yacía una niña de rostro muy blanco, una quejumbrosa voz le llegó desde el lecho.

—¿Está muy apenada por mí, Marilla?

—Fue culpa tuya —dijo Marilla bajando la persiana nerviosamente y encendiendo una lámpara.

—Precisamente por eso debería tenerme lástima —dijo Ana—, porque el pensamiento de que todo fue culpa mía es el que torna el asunto tan duro. Si pudiera echarle la culpa a alguien me sentiría muchísimo mejor. Pero, ¿qué habría hecho usted, Marilla, si la hubieran desafiado a caminar por un tejado?

—Quedarme en tierra firme y dejar pasar el reto. ¡Vaya disparate!

—Pero usted tiene fuerza de voluntad, Marilla. Yo no. Sólo sentí que no podía soportar el desprecio de Josie Pye. Hubiera alardeado ante mí toda la vida. Y pienso que ya tengo tanto castigo, que no necesita estar enfadada conmigo, Marilla. Después de todo, desmayarse no tiene nada de lindo. Y el doctor me hacía muchísimo daño cuando me arreglaba el tobillo. No podré salir durante seis o siete semanas y me perderé la nueva maestra. Ya no será nueva cuando yo pueda ir a la escuela. Y Gil... cualquiera me aventajará en clase. Oh, estoy mortalmente afligida. Pero trataré de soportarlo todo valerosamente sólo con que usted no esté enfadada conmigo, Marilla.

—Bueno, no estoy enfadada —dijo Marilla—. Eres una niña con mala suerte, de eso no hay duda; pero como tú dices, tendrás que sufrir por ello. Y ahora, trata de tomar un poco de sopa.

—¿No es una suerte que yo tenga una imaginación así? —dijo Ana—. Me ayudará muchísimo. ¿Se imagina, Marilla, lo que hará la gente que no tiene imaginación cuando se rompe un hueso?

Ana tuvo buenas razones para bendecir su imaginación durante las siete tediosas semanas que siguieron. Pero no dependió solamente de ella. Recibió muchas visitas, y no pasaba un día sin que una o más de sus compañeras fueran a llevarle flores, libros, y a contarle todas las noticias relacionadas con la gente joven de Avonlea.

—Todos han sido tan buenos y amables, Marilla —suspiró Ana el día en que por primera vez pudo caminar cojeando—. No es muy agradable guardar cama; pero esto también tiene un lado bueno, Marilla. Uno ve cuántos amigos tiene. Porque hasta el señor Bell vino a verme, y es realmente un caballero muy distinguido. No es un alma gemela, por supuesto, pero con todo lo aprecio y estoy terriblemente arrepentida de haber criticado sus oraciones. Ahora creo verdaderamente que las siente, sólo que ha adquirido la costumbre de decirlas como si no. Podría vencer esta dificultad si se preocupara un poquito. Le eché una indirecta. Le dije cuánto me empeñaba en que mis oraciones privadas fueran interesantes. Me habló de la vez que se rompió el tobillo siendo niño. Parece tan extraño pensar que el señor Bell haya sido niño alguna vez. Hasta mi imaginación tiene límites, porque no puedo imaginarme eso. Cuando trato de hacerlo, lo veo con patillas grises y gafas, tal como está en la Escuela Dominical, sólo que pequeño. En cambio es tan fácil imaginar a la señora Alian como una niña. Ha venido a verme catorce veces. ¿No es como para estar orgullosa, Marilla? ¡La esposa de un ministro tiene tanto que hacer! Y también es una persona muy alegre para hacer una visita. Nunca dice que la culpa es de uno mismo y que espera que sea una niña más buena después de lo ocurrido. La señora Lynde me lo dijo cada vez que vino a verme; y de una manera que me hizo sentir que esperaba que yo fuera una niña buena, pero que no creía realmente que podría serlo. Hasta Josie Pye vino a verme. La recibí tan amablemente como pude, porque pienso que siente mucho haberme desafiado a caminar por el tejado. Si me hubiera muerto, el remordimiento la habría perseguido toda la vida. Diana ha sido una amiga fiel. Ha venido todos los días a alegrar mi soledad. ¡Pero, oh, estaré muy contenta cuando pueda ir a la escuela, porque he oído cosas tan excitantes sobre la nueva maestra! Todas las chicas piensan que es muy dulce. Diana dice que tiene el cabello rubio y rizado y unos ojos fascinantes. Viste maravillosamente y sus mangas abullonadas son más grandes que las de cualquiera en Avonlea. Todos los viernes por la tarde da declamación, y todos tienen que decir una poesía o intervenir en el diálogo. ¡Oh, es simplemente glorioso pensar en ello! Josie Pye dice que odia la poesía pero es sólo porque Josie tiene muy poca imaginación. Diana y Ruby Gillis y Jane Andrews están preparando un diálogo para el próximo viernes, llamado «Una visita por la mañana». Y los viernes que no tienen declamación la señorita Stacy las lleva al bosque, a pasar un día de campo, y estudian los helechos, las flores y los pájaros. Y todas las mañanas y las tardes hacen ejercicios físicos. La señora Lynde dice que nunca ha visto cosas semejantes y que esto pasa por tener una maestra. Pero yo creo que debe ser espléndido y que hallaré un alma gemela en la señorita Stacy.

—Si hay algo bien claro, Ana —dijo Marilla—, es que la caída del tejado de los Barry no ha afectado a tu lengua en absoluto.

CAPÍTULO XXIV

La señorita Stacy sus alumnos organizan un festival

Era otra vez octubre cuando Ana estuvo nuevamente en condiciones de regresar al colegio; un octubre glorioso, todo rojo y oro, con dulces mañanas en que los valles estaban cubiertos por brumas delicadas, cual si el espíritu del otoño las hubiera puesto allí para que el sol tallara amatistas, perlas, plata y rosas. El rocío era tanto, que los campos parecían cubiertos por un manto de plata y había enormes montones de hojas muertas en las hondonadas, crujientes bajo los pies. El Camino de los Abedules era un amarillo dosel y los helechos lo bordeaban, secos y pardos. El aire tenía un gustillo que inspiraba los corazones de las damitas y las hacía correr, contentas, al colegio. Era tan agradable estar otra vez en el pequeño pupitre junto a Diana, con Ruby Gillis saludando con la cabeza desde el otro lado del pasillo, Carne Sloane mandando notas y Julia Bell enviando goma de mascar desde el pupitre trasero. Ana lanzó un largo suspiro de felicidad al tiempo que sacaba punta al lápiz y arreglaba las ilustraciones sobre su pupitre. La vida era por cierto muy interesante.

En la nueva maestra halló otra amiga servicial y verdadera. La señorita Stacy era una mujer brillante y simpática que poseía el feliz don de ganarse y mantener el afecto de sus alumnos y de sacar a la luz lo mejor que había en ellos, mental y moralmente. Ana se abrió como una flor bajo su múltiple influencia y llevó a casa, al admirado Matthew y a la crítica Marilla, un brillante informe de sus progresos en el colegio.

—Quiero a la señorita Stacy con todo mi corazón, Marilla. ¡Es tan señora y posee una voz tan dulce! Esta tarde tuvimos declamación. Me hubiera gustado que estuvieran allí para oírme recitar «María, reina de Escocia». Puse toda mi alma en ello. Ruby Gillis me dijo, mientras regresábamos, que la forma en que recité el verso: «Ahora para mi padre, digo el adiós de mi corazón femenino», le hizo helar la sangre.

—Bueno, uno de estos días me lo puedes recitar en el granero —sugirió Matthew.

—Desde luego que sí —dijo Ana meditativamente—, pero no podré hacerlo tan bien, lo sé. No será tan excitante como cuando se tiene a todo el colegio pendiente de las palabras. Sé que no podré helarle la sangre.

—La señora Lynde dice que su sangre se le heló al ver a los muchachos subir a la copa de esos altos árboles en la colina de Bell, buscando nidos de cuervos el viernes pasado —dijo Marilla—. Quisiera saber si la señorita Stacy les estimula.

—Es que necesitábamos un nido de cuervo para estudiar historia natural —explicó Ana—. Ése era nuestro día de campo. Las tardes así son espléndidas, Marilla. ¡Y la señorita Stacy lo explica todo bien! Debemos escribir redacciones sobre nuestros días de campo y yo siempre escribo las mejores.

—Es mucha vanidad de tu parte decirlo. Será mejor que lo dejes a cargo de la maestra.

—Pero si lo dijo, Marilla. Y yo no soy vanidosa al decirlo. ¿Cómo puedo serlo si soy tan mala en geometría? Aunque estoy empezando a comprenderla un poco. La señorita Stacy hace que sea muy clara. Sin embargo, nunca seré buena en eso y le aseguro que ésta es una humillante reflexión. Las más de las veces, la señorita Stacy nos deja elegir los temas, pero esta semana debemos escribir una redacción sobre una persona distinguida. Es difícil elegir entre tanta gente interesante que ha existido. Debe ser espléndido ser distinguido y que escriban redacciones sobre uno después de muerto. Oh, me gustaría terriblemente ser enfermera para ir con la Cruz Roja a los campos de batalla como mensajero de la piedad. Eso, si no voy como misionera al extranjero. Sería muy romántico, pero uno debe ser muy bueno para ser misionero y eso sería un pero muy grande. También hacemos gimnasia todos los días. Hace el cuerpo grácil y facilita la digestión.

—Eso está por verse —dijo Marilla, que honestamente creía que era una tontería.

Pero todos los días de campo, recitados y ejercicios físicos palidecieron ante un proyecto que trajo la señorita Stacy en noviembre. Que los escolares de Avonlea debían organizar un festival para el día de Nochebuena, con el laudable fin de obtener fondos para una bandera para la escuela. Los alumnos se apuntaron inmediatamente al plan y comenzó en seguida la preparación de un programa; de todos los ejecutantes electos, ninguno se excitó más que Ana Shirley, que se lanzó a la tarea en cuerpo y alma, trabada como estaba por la desaprobación de Marilla. Ésta lo consideraba como una tontería de marca mayor.

—Te está llenando la cabeza de tonterías y ocupando un tiempo que puedes dedicar a las lecciones —gruñó—. No apruebo que los niños organicen festivales y corran de un lado a otro ensayando. Esto los hace engreídos y amigos de callejear.

—Pero piense en el buen fin, Marilla —rogó Ana—. Una bandera cultivará el espíritu de patriotismo.

—¡Tonterías! Hay muy poco patriotismo en vuestros pensamientos. Lo único que queréis es pasar un buen rato.

—Bueno, ¿no está bien eso de combinar patriotismo con diversión? Cantaremos seis canciones a coro y Diana lo hará sola. Yo estoy en dos diálogos: «La sociedad para la supresión de la maledicencia» y «La reina de las Hadas». Los chicos también interpretarán un diálogo. Y yo recitaré dos poemas, Marilla. Tiemblo cuando pienso en ello, pero es un temblor excitante. Y como final habrá un cuadro vivo: «Fe, Esperanza y Caridad». Diana, Ruby y yo estaremos allí, con blancas vestiduras y los cabellos sueltos. Yo seré la Esperanza, con las manos cogidas así y los ojos elevados al cielo. Practicaré las declamaciones en la buhardilla. No se alarmen si me oyen lanzar quejidos. Debo quejarme terriblemente a una de ellas y es realmente difícil conseguir un quejido artístico. Josie Pye está malhumorada porque no consiguió el personaje que quería en el diálogo. Quería ser la reina de las hadas. Eso hubiera sido ridículo, pues ¿quién supo alguna vez de una reina de las hadas tan gorda como Josie? Las reinas de las hadas deben ser delgadas. Jane Andrews será la reina, y yo una de sus damas de honor. Josie dice que le parece que un hada pelirroja es tan ridícula como una gorda, pero a mí no me preocupa. Llevaré una corona de rosas blancas en los cabellos y Ruby Gillis me prestará sus zapatillas de baile porque yo no tengo. Usted sabe que es necesario que las hadas vayan calzadas así. ¿Se imaginaría usted un hada llevando botas? ¿Especialmente con tacos color cobre? Vamos a decorar el salón con flores y plantas. Y entraremos de a dos en fondo cuando el auditorio esté sentado, mientras Emma White toca una marcha en el órgano. Oh, Marilla, sé que esto no la entusiasma tanto como a mí, ¿pero no espera que su pequeña Ana se distinga?

—Todo cuanto espero es que sepas comportarte. Estaré muy contenta cuando todo ese torbellino haya terminado y te puedas tranquilizar. En estos momentos no sirves para nada, con la cabeza llena de diálogos, quejidos y cuadros vivos. En lo que se refiere a tu lengua, es una maravilla que no se te gaste.

Ana suspiró y se trasladó a la huerta, sobre la cual brillaba la luna creciente a través de las desnudas ramas de los álamos, en un cielo verde manzana, y donde Matthew cortaba astillas. Ana cabalgó sobre un tronco y comentó el concierto con él, segura de tener un interlocutor apreciativo por lo menos esta vez.

—Bueno, creo que será un concierto bastante bueno. Y espero que hagas bien tu parte —dijo éste sonriendo. Ana le devolvió la sonrisa. Eran grandes amigos y Matthew agradecía a menudo no tener nada que ver con la crianza de la niña. Ésa era tarea exclusiva de Marilla; de haber sido suya, más de una vez hubieran entrado en conflicto sus inclinaciones y su deber. Tal como estaban las cosas, se hallaba libre para «echar a perder a Ana», como decía Marilla, tanto como deseara. Pero no era una disposición tan mala de las cosas; un poquito de «aprecio» de vez en cuando hace casi tanto bien como la más consciente crianza del mundo.

CAPÍTULO XXV

Matthew insiste en las mangas abollonadas

Matthew estaba en su mal cuarto de hora.

Había entrado en la cocina en un oscuro atardecer de diciembre, frío y gris, se había sentado sobre el banquillo del rincón para sacarse sus pesadas botas, indiferente al hecho de que Ana y un grupo de sus compañeras estaban en la estancia ensayando «La Reina de las Hadas». Repentinamente llegaron corriendo y charlando alegremente. No vieron a Matthew, quien se echó atrás tímidamente, refugiándose en las sombras con una bota en una mano y el sacabotas en la otra. Las observó cautelosamente durante el cuarto de hora de que hablamos antes, que fue cuanto tardaron en ponerse sus gorros y chaquetas y en comentar la comedia y el concierto. Ana se encontraba entre ellas, con los ojos tan brillantes y tan animada como las demás; pero de pronto notó que había algo que la diferenciaba de sus compañeras. Y lo que preocupó a Matthew fue que esta diferencia le impresionaba como algo que no debía existir. Ana tenía el rostro más vivo y los ojos más delicados que las demás; hasta el simple y poco perspicaz Matthew había aprendido a notar esas cosas; pero la diferencia que le perturbaba no consistía en ninguno de estos aspectos. ¿En qué consistía, entonces?

Matthew continuó con este interrogante mucho después de que las niñas se hubieran ido, cogidas del brazo, por la escarchada senda, y Ana se diera a sus libros. No podía recurrir a Marilla, quien, con toda seguridad, bufaría desdeñosamente y diría que la única diferencia entre Ana y las otras niñas era que ellas tenían siempre la lengua quieta y Ana no. Esto, pensaba Matthew, no serviría para mucho.

Para disgusto de Marilla, había recurrido a su pipa para que le ayudara a estudiar el asunto. Después de dos horas de fumarla y de ardua reflexión, Matthew llegó a la solución de su problema. ¡Ana no estaba vestida como sus compañeras!

Más pensaba Matthew en el asunto, más se convencía de que Ana nunca había estado vestida como las demás niñas, nunca desde que había llegado a «Tejas Verdes». Marilla la vestía con ropas simples y oscuras, hechas todas con el mismo e invariable modelo. Si Matthew sabía que había algo llamado moda en el vestir, no podemos asegurarlo; pero estaba completamente seguro de que las mangas que usaba Ana no eran como las que usaban las otras niñas. Recordaba al grupo de chiquillas que había visto aquella tarde junto a ella, todas con alegres ropas rojas, azules, rosadas y blancas, y se preguntaba por qué Marilla siempre la tenía vestida sencilla y sobriamente.

Por supuesto, esto debía estar bien. Marilla sabía más y Marilla la estaba criando. Probablemente había algún motivo sensato e inescrutable. Pero seguramente no había mal alguno en dejar que la niña tuviera un vestido bonito, alguno parecido a los que siempre llevaba Diana Barry. Matthew decidió que le regalaría uno; eso no sería considerado como un paso intempestivo de su parte.

Sólo faltaban quince días para Navidad. Un vestido nuevo seria un regalo perfecto. Matthew, con un suspiro de satisfacción, dejó su pipa y se fue a dormir, mientras Marilla abría todas las puertas para airear la casa.

A la tarde siguiente, Matthew se dirigió a Carmody para comprar el vestido, dispuesto a acabar de una vez con el asunto. Estaba seguro de que no sería tarea fácil.

Había algunas casas donde Matthew podía comprar haciendo buen negocio, pero sabía que al ir a comprar un vestido de niña quedaría a merced de los tenderos.

Después de mucho dudar, Matthew decidió ir a la tienda de Samuel Lawson en vez de la de William Blair.

En realidad, los Cuthbert siempre compraban en casa de William Blair; era para ellos una especie de compromiso, como el de asistir a la iglesia y votar por los conservadores. Pero frecuentemente las dos hijas de William Blair atendían el negocio y Matthew sentía por ellas un absoluto pavor. Podía darse maña para tratar con ellas cuando sabía exactamente lo que deseaba y podía indicarlo, pero en un asunto como éste, que requería explicación y consulta, Matthew sentía necesidad de que hubiera un hombre detrás del mostrador. De manera que iría a lo de Lawson, donde Samuel o su hijo le atenderían.

Pero, ¡ay!, Matthew no sabía que Samuel, en la reciente ampliación de su negocio, también había tomado una oficiala; era sobrina de su esposa y una jovencita arrolladora, con una hermosa cabellera, grandes y vivaces ojos castaños y la sonrisa más amplia que había visto. Estaba vestida con elegancia y usaba varias pulseras que centelleaban, sonaban y tintineaban a cada movimiento de sus manos. Matthew se llenó de confusión al encontrarla allí y las pulseras le ponían los nervios de punta.

—¿En qué puedo servirle, señor Cuthbert? —preguntó la señorita Lucilla Harris viva y afablemente, apoyando ambas manos en el mostrador.

—¿Tiene algún… algún… algún… bueno, algún rastrillo para jardín? —murmuró Matthew.

La señorita Harris pareció sorprendida, y con razón, al escuchar que un hombre pedía rastrillos para jardín en pleno mes de diciembre.

—Creo que hay uno o dos guardados, pero están arriba en el cuarto de los trastos. Iré a ver.

Durante la ausencia de la joven, Matthew reunió toda su energía para hacer un nuevo esfuerzo.

Cuando la señorita Harris regresó con el rastrillo y preguntó alegremente: «¿Algo más por hoy, señor Cuthbert?», Matthew reunió todo su valor y replicó: —Bueno, ya que usted lo sugiere, podía llevar… eso es… mirar algún… comprar… algunas simientes.

La señorita Harris había oído llamar «extraño» al señor Cuthbert. En aquel momento llegó a la conclusión de que estaba completamente loco.

—Sólo tenemos simientes en primavera —explicó altivamente—. No tenemos nada a mano ahora.

—Oh, cierto, cierto... tiene usted razón —balbuceó el infeliz Matthew cogiendo el rastrillo y dirigiéndose hacia la puerta. Al llegar al umbral recordó que no lo había pagado y se volvió miserablemente. Mientras la señorita Harris estaba contando la vuelta, reunió sus fuerzas para hacer un último y desesperado intento.

—Bueno... si no es mucha molestia... quería... eso es... quería ver... un poco de azúcar.

—¿Blanco o moreno? —inquirió la señorita Harris pacientemente.

—Oh... bueno... moreno —dijo Matthew débilmente.

—Allí hay un barril —dijo la señorita Harris al tiempo que sacudía sus pulseras—. Es la única clase que tenemos.

—Querría... querría veinte libras —dijo Matthew con la frente cubierta de sudor.

Matthew había recorrido ya medio camino de vuelta antes que terminara de recobrarse. Había sido una horrible experiencia, pero se lo tenía bien merecido por cometer la herejía de ir a una tienda extraña. Cuando llegó a su casa escondió el rastrillo en el cobertizo de las herramientas, pero el azúcar se lo llevó a Marilla.

—¡Azúcar moreno! —exclamó Marilla—. ¿Cómo te dio por comprar tanto? Sabes que sólo lo uso para el potaje del peón o para mi tarta negra de frutas. Jerry se ha ido y ya hace mucho que hice la tarta. De cualquier modo no es buen azúcar, es grueso y oscuro. William Blair no tiene generalmente azúcar como éste.

—Yo... pensé que podía servir para algo —dijo Matthew saliéndose por la tangente.

Cuando Matthew meditó sobre el asunto, decidió que era necesaria una mujer para solucionar la situación. Marilla quedaba fuera de la cuestión. Matthew estaba seguro de que ella le echaría un balde de agua fría a su proyecto. La única que quedaba era la señora Lynde; a ninguna otra mujer de Avonlea se hubiera atrevido Matthew a pedir consejo. Por consiguiente fue a ver a la señora Lynde, y la buena señora inmediatamente se hizo cargo del asunto.

—¿Que elija un vestido para regalar a Ana? Claro que lo haré. Voy a Carmody mañana y me ocuparé de ello... ¿Ha pensado usted en algo en particular? ¿No? Bueno, entonces lo compraré a mi gusto. Creo que un lindo vestido marrón le vendría muy bien, y William Blair tiene una nueva tela mezcla de lana y seda que es realmente bonita. Quizá también quiere usted que yo se lo haga, en vista de que si se lo hiciera Marilla, Ana probablemente lo descubriría antes de tiempo y estropearía la sorpresa. Bueno, lo haré. No, no es ningún inconveniente. Me gusta la costura. Lo haré con las medidas de mi sobrina, Jenny Gillis, porque ella y Ana son tan parecidas como dos guisantes, hablando figuradamente.

—Bueno, le estoy muy agradecido —dijo Matthew— y... y... no sé... pero me gustaría... me parece que las mangas que se usan ahora son diferentes de las de antes. Si no fuera mucho pedir, me gustaría que fueran como las de ahora.

—¿Abullonadas? Por supuesto. No tiene que preocuparse más del asunto, Matthew. Haré el vestido a la última moda —dijo la señora Lynde. Cuando Matthew se hubo ido agregó para sí—: Realmente sería una gran satisfacción ver a esa pobre niña usar algo decente por una vez. La manera como la viste Marilla es decididamente ridícula, eso es, y he sufrido por decírselo claramente una docena de veces, aunque he cerrado bien la boca, porque me doy cuenta de que Marilla no quiere consejos y cree que sabe más que yo de criar niños sólo porque es más vieja. Las personas que han criado niños saben que no hay un solo método que convenga a todos los niños. Todos creen que criarlos es tan sencillo y fácil como la regla de tres, pero las cosas humanas no se arreglan con aritmética, y allí es donde está el error de Marilla Cuthbert. Supongo que está tratando de cultivar el espíritu de la humildad en Ana al vestirla como lo hace; pero lo más probable es que fomente la envidia y el descontento. Estoy segura de que la niña debe sentir la diferencia entre sus ropas y las de las demás. ¡Pero pensar que Matthew se haya dado cuenta! Ese hombre ha despertado después de dormir sesenta años.

Durante la siguiente quincena, Marilla supo que Matthew tenía algo entre manos, pero no pudo adivinar de qué se trataba hasta la víspera de Navidad, cuando la señora Lynde llevó el vestido. Marilla se comportó con indiferencia, aunque desconfió de la diplomática explicación de la señora Lynde de que ella había hecho el vestido porque Matthew temía que Ana lo hallara antes de tiempo si Marilla trabajaba en él.

—De manera que es por eso por lo que Matthew parecía tan misterioso y sonreía para sí durante estos quince días, ¿no es eso? —dijo algo tiesa pero tolerantemente—. Sabía que andaba en alguna tontería. Bueno, debo decir que no creo que Ana necesitara más vestidos. Este otoño le he hecho tres buenos, abrigados y útiles, y todo lo demás es pura extravagancia. Le aseguro que sólo en esas mangas hay suficiente género como para hacer un corpiño. Fomentarán la vanidad de Ana, que ya es tan presumida como un pavo real. Bueno, espero que por fin estará satisfecha, porque sé que ha ansiado esas tontas mangas desde que aparecieron, aunque nunca volvió a decir una palabra al respecto. Las mangas abullonadas cada vez se hacen más grandes y más ridículas; ahora ya son tan grandes como globos. El año próximo quien las use tendrá que pasar por las puertas de costado.

El día de Navidad el mundo apareció blanco. Diciembre había transcurrido muy apacible y la gente esperaba una Navidad verde; pero la noche anterior había caído nieve suficiente como para transformar a Avonlea. Ana espió por la ventana de su cuarto con ojos encantados. Los pinos del Bosque Embrujado aparecían maravillosos; los abedules y cerezos silvestres estaban bosquejados en perlas; los arados campos parecían cubiertos de hoyuelos; y había en el aire un ondulante sonido que resultaba glorioso. Ana corrió escaleras abajo cantando hasta que su voz repercutió por «Tejas Verdes».

—¡Feliz Navidad, Marilla! ¡Feliz Navidad, Matthew! ¿No es una Navidad maravillosa? ¡Estoy tan contenta de que sea blanca! Cualquier otra clase de Navidad no parece real, ¿no es cierto? No me gustan las Navidades verdes. No son verdes, son sólo pálidos marrones sucios y grises. ¿Por qué la gente las llamará Verdes? Pero… pero… Matthew, ¿eso es para mí? ¡Oh, Matthew!

Matthew tímidamente había desenvuelto el vestido y lo sostenía con una despreciativa mirada a Marilla, quien pretendía estar llenando la tetera desdeñosamente, aunque espiaba la escena con el rabillo del ojo.

Ana cogió el vestido y lo observó en reverente silencio. ¡Oh, qué hermoso era! De una tela encantadora, color tabaco con brillo de seda, la falda con delicados arrequives y fruncidos; el corpiño a la última moda, con un pequeño volante de fino encaje en el cuello. ¡Pero las mangas! ¡Eran la cúspide de la gloria! Largos puños hasta el codo, y sobre ellos, dos hermosos bollos divididos por hileras de frunces y lazos de cinta de seda marrón.

—Es un regalo de Navidad para ti, Ana —dijo Matthew tímidamente—. Pero… pero… Ana, ¿no te gusta? Bueno… bueno. Porque los ojos de Ana se habían llenado de lágrimas.

—¡Gustarme! ¡Oh, Matthew! —Ana dejó el vestido sobre la silla y juntó las manos—. Matthew, es totalmente exquisito. Oh, nunca podré agradecerlo bastante. ¡Qué mangas! Oh, me parece que esto debe ser un sueño feliz.

—Bueno, bueno, tomemos el desayuno —interrumpió Morilla—. Debo decir, Ana, que no creo que necesitaras el vestido, pero ya que Matthew te lo ha regalado, cuídalo bien; aquí está esta cinta para el cabello que la señora Lynde dejó para ti. Es marrón, para que haga juego con el vestido. Ahora ven, siéntate.

—No veo cómo voy a poder tomar el desayuno —dijo Ana, extasiada—. El desayuno parece algo muy vulgar en un momento tan excitante. Prefiero deleitarme la vista en ese vestido. ¡Estoy tan contenta de que las mangas abullonadas estén aún de moda! Me parecía que no iba a poder resistirlo si dejaban de usarse antes de que yo tuviera un vestido con ellas. Nunca podría haber sido feliz del todo. También la señora Lynde fue muy amable al darme esta cinta. Creo que sin duda alguna tengo que ser una niña muy buena. Es en momentos como éste cuando lamento no ser una niña modelo y siempre decido serlo en el futuro. Pero, de cualquier modo, es difícil cumplir las resoluciones cuando se presentan las irresistibles tentaciones. Así y todo, haré realmente un esfuerzo más después de esto.

Cuando hubo concluido el vulgar desayuno, apareció Diana, con su abrigo rojo, cruzando el blanco puente. Ana voló a su encuentro.

—Feliz Navidad, Diana. Es una Navidad maravillosa. Tengo algo maravilloso para enseñarte. Matthew me ha regalado el vestido más hermoso, con unas mangas. No puedo ni imaginarme algo más lindo.

—Tengo algo más para ti —dijo Diana, sin aliento—. Aquí, en esta caja. Tía Josephine nos envió una caja inmensa con un montón de cosas dentro, y esto es para ti. Lo hubiera traído anoche, pero llegó tarde y no me gusta mucho pasar por el Bosque Embrujado después del anochecer.

Ana abrió la caja y miró su contenido. Primero halló una tarjeta que decía: «Para Ana, feliz Navidad», y luego, un par de delicados escarpines de cabritilla, con las puntas adornadas con abalorios, lazos de raso y hebillas resplandecientes.

—Oh —dijo Ana—. Diana, esto es demasiado. Debe de ser un sueño.

—Yo diría que es providencial —exclamó Diana—. Ahora no tienes que pedirle prestados los escarpines a Ruby, y eso es una bendición, porque son dos números más grandes de los que tú usas y sería horrible ver a un hada arrastrando los pies. Josie Pye estaría encantada. ¿Sabes que Rob Wright acompañó a Gertie Pye a su casa anteanoche después del ensayo? ¿Has oído alguna vez algo igual?

Todos los escolares de Avonlea se encontraban aquel día presos de excitación, pues el salón debía ser decorado para el ensayo general.

El festival tuvo lugar por la tarde y resultó un rotundo éxito. El pequeño salón estaba a rebosar; todos los actores estuvieron muy bien, pero Ana fue la estrella más brillante de la noche, lo que ni la envidia de Josie Pye se atrevió a negar.

—Oh, ¿no ha sido una velada magnífica? —suspiró Ana cuando todo hubo terminado y Diana y ella volvían juntas a casa bajo un cielo oscuro y estrellado.

—Todo salió muy bien —dijo Diana prácticamente—. Creo que debemos haber hecho mucho más de diez dólares. Imagínate, el señor Alian va a enviar un artículo sobre el festival a los periódicos de Charlottetown.

—Oh, Diana, ¿realmente veremos nuestros nombres en letra de imprenta? Me hace estremecer el solo pensar en ello. Tu «solo» fue de lo más elegante, Diana. Me sentí más orgullosa que tú cuando pidieron que lo repitieras. Me decía a mí misma: «La que así es honrada, es mi querida amiga del alma».

—Bueno, pues lo que tú recitaste provocó grandes aplausos, Ana. El triste resultó simplemente espléndido.

—Oh, estaba tan nerviosa, Diana. Cuando el señor Alian pronunció mi nombre, realmente no podría decir cómo hice para subir al escenario. Sentí como si un millón de ojos me estuvieran mirando, como si me atravesaran, y por un horrible instante tuve la seguridad de que no podría empezar a hablar. Entonces recordé mis hermosas mangas abullonadas y eso me dio valor. Supe que debía actuar de acuerdo a esas mangas, Diana. De manera que comencé, y mi voz parecía llegarme desde muy lejos. Me sentía como una cotorra. Es providencial que ensayara tanto esas poesías en la buhardilla, de lo contrario nunca hubiera podido terminarlas. ¿Gemí bien, Diana?

—Sí, sin duda, gemiste maravillosamente —aseguró Diana.

—Vi a la señora Sloane secarse las lágrimas cuando me senté. Es espléndido pensar que he conmovido el corazón de alguien. Es tan romántico tomar parte en un festival, ¿no te parece? Oh, indudablemente, es una ocasión memorable.

—¿No fue bonito el diálogo de los chicos? Gilbert Blythe estuvo simplemente espléndido. Ana, creo que la forma en que tratas a Gil es atroz. Espera a que te cuente. Cuando tú salías de la plataforma después del diálogo de las hadas, se te cayó una rosa del cabello, y vi a Gil recogerla y guardársela en el bolsillo sobre el pecho. Ahí tienes. Tú eres tan romántica que estoy segura que esto ha de gustarte.

—Lo que haga esa persona no significa nada para mí —dijo Ana—. Simplemente, ni me molesto en pensar en él, Diana.

Esa noche, Marilla y Matthew, que habían ido a un festival por primera vez en veinte años, se sentaron un rato junto al fuego después que Ana se hubo ido a acostar.

—Bueno, creo que nuestra Ana es la que ha estado mejor de todos —dijo Matthew orgullosamente.

—Sí, así es —admitió Marilla—. Es una niña brillante, Matthew. Y estaba realmente guapa. Me he estado oponiendo a este asunto del festival, pero supongo que, después de todo, no hay nada de malo en ellos. De cualquier modo, esta noche me siento orgullosa de Ana, aunque no he de decírselo.

—Bueno, yo estoy orgulloso de ella y se lo dije antes de que subiera —dijo Matthew—. Un día de éstos tenemos que ver qué podemos hacer con Ana, Marilla. Creo que pronto necesitará algo más que la escuela de Avonlea.

—Hay tiempo suficiente para eso —dijo Marilla—. Cumplirá trece años en marzo. Aunque esta noche me sorprendió lo mucho que ha crecido. La señora Lynde le hizo el vestido demasiado largo y eso la hace parecer muy alta. Ana aprende rápido y veo que lo mejor que podemos hacer por ella es enviarla a la Academia de la Reina después de una temporada. Pero no se puede decir nada hasta dentro de un año o dos.

—Bueno, de cualquier modo no vendrá mal ir pensándolo de vez en cuando —dijo Matthew—. Las cosas como ésta es mejor pensarlas despacio y bien.

CAPÍTULO XVI

La fundación del Club de Cuentos

La juventud de Avonlea halló difícil retornar a la monótona existencia cotidiana. Para Ana en particular, las cosas parecían terriblemente chatas, anticuadas y sin valor tras la excitación de que disfrutara durante tantas semanas. ¿Podría regresar a los tranquilos placeres de los lejanos días anteriores al festival? Al principio, tal como le dijera a Diana, le pareció que no.

—Estoy completamente segura, Diana, de que la vida no puede ser otra vez exactamente igual a la de aquellos viejos tiempos —dijo tristemente, cual refiriéndose a un período de por lo menos cincuenta años atrás—. Quizá después de un tiempo me acostumbre, pero temo que los festivales inhiben a la gente para la vida diaria. Supongo que por eso Marilla no los aprueba. Es una mujer sensata. Debe ser mucho mejor serlo, pero no creo que me gustara porque es algo muy poco romántico. La señora Lynde dice que no hay peligro de que llegue a serlo, pero que uno nunca puede afirmarlo. Siento que quizá crezca y lo sea. Pero se debe a que estoy cansada. Anoche no pude dormir. Imaginaba el festival una y otra vez. Es lo bueno de esas cosas. ¡Es tan bonito recordarlas!

Sin embargo, la escuela de Avonlea volvió a su viejo curso. No obstante, el festival había dejado su rastro. Ruby Gillis y Emma White, que riñeran por la precedencia en los asientos de la plataforma, ya no se sentaron en el mismo pupitre y la amistad de tres años se quebró. Josie Pye y Julia Bell no se hablaron durante tres meses, porque Josie le había dicho a Bessie Wright que la reverencia de Julia Bell, antes de recitar, le hizo pensar en un pollo sacudiendo la cabeza y Bessie se lo contó a Julia. Ninguno de los Sloane tenía trato con los Bell, porque éstos habían declarado que aquéllos tenían demasiada participación en el pro grama y los Sloane respondieron que los Bell ni siquiera eran capaces de hacer bien lo poco que les tocó. Finalmente, Charlie Sloane se peleó con

Moody Spurgeon MacPherson, porque éste dijo que Ana Shirley recitaba mal, y Moody recibió una buena paliza. Consecuentemente, la hermana de Moody, Ellie May, no le habló a Ana durante el resto del invierno. Con excepción de estas pequeñas fricciones, el trabajo continuó con regularidad en el pequeño reino de la señorita Stacy.

Pasaron las semanas invernales. Era un invierno tan benigno, con tan poca nieve, que Ana y Diana pudieron ir al colegio casi todos los días por el Camino de los Abedules. El día del cumpleaños de Ana venían saltando alegremente, con los ojos y oídos alerta en medio de su charla, pues la señorita Stacy les había dicho que pronto debían escribir una redacción sobre «El lenguaje invernal de los bosques», y ello las impulsaba a ser observadoras.

—Imagínate, Diana, hoy tengo trece años —comentó Ana con voz aterrada—. Me cuesta comprender que estoy en la adolescencia. Cuando desperté esta mañana, me pareció que todo debía ser distinto. Tú ya hace un mes que los tienes, de manera que no es tanta novedad para ti como para mí. Hace que la vida parezca más interesante. Dentro de dos años seré una verdadera señorita. Es un gran consuelo pensar que entonces podré emplear palabras difíciles sin que se rían de mí.

—Ruby Gillis dice que piensa tener un romance en cuanto llegue a los quince.

—Ruby Gillis no piensa más que en romances —respondió Ana, desdeñosa—. En el fondo, se pone muy contenta cuando alguien escribe su nombre en un «atención», aunque finja enfadarse. Pero temo que éste sea un comentario muy poco caritativo. La señora Alian dice que nunca debemos hacer comentarios poco caritativos, pero a menudo se escapan sin que uno se dé cuenta. Yo simplemente no puedo hablar sobre Josie Pye sin tener un pensamiento poco caritativo, de manera que nunca la menciono. Debes haberlo notado. Estoy tratando de parecerme cuanto pueda a la señora Alian, pues creo que es perfecta. El señor Alian lo piensa también. La señora Lynde dice que él adora el suelo que ella pisa y agrega que le parece que no está bien que un ministro deposite tanto afecto en un ser mortal. Pero es que, Diana, los ministros también son seres humanos y tienen sus pecados que les persiguen como a cualquier otro. El domingo pasado por la tarde mantuve una conversación muy interesante con la señora Alian sobre los pecados obsesionantes. Hay sólo unas pocas cosas de las que se puede hablar los domingos por la tarde, y ésa es una de ellas. Mi pecado obsesionante es imaginar demasiado y olvidar mis deberes. Estoy tratando de vencerlo con toda mi voluntad y ahora que tengo trece años quizá me vaya mejor.

—Dentro de cuatro años podremos soltarnos el pelo —dijo Diana—. Alice Bell no tiene más que dieciséis y ya se peina así, pero creo que es ridículo. Yo esperaré hasta los diecisiete.

—Si yo tuviera la nariz ganchuda de Alice Bell —dijo Ana, decidida—, no me atrevería... ¡Otra vez! No podré decirlo porque no es muy caritativo. Además, la comparaba con mi propia nariz y eso es vanidad. Me parece que pienso demasiado en mi nariz desde que escuché hace ya mucho tiempo un piropo sobre ella. En realidad, es un gran consuelo para mí. Diana, allí hay un conejo. Es algo que debemos recordar para la redacción. Creo que los bosques son tan hermosos en invierno como en verano. Están tan blancos y quedos como si estuvieran durmiendo, soñando hermosos sueños.

—No le temo a la redacción cuando llegue el momento —suspiró Diana—; me las puedo arreglar para escribir sobre los bosques, pero la que tenemos que hacer para el lunes es terrible. ¡Qué idea la de la señorita Stacy de hacernos escribir una historia de nuestra propia imaginación!

—¡Pero si es lo más fácil! —dijo Ana.

—Lo es para ti, porque tienes imaginación —respondió Diana—, pero ¿qué harías si hubieras nacido sin ella? Supongo que ya tendrás lista la redacción.

Ana asintió, tratando de no parecer virtuosamente complaciente, pero fracasando en su intento.

—La escribí el lunes pasado por la noche. Se llama «La rival celosa, o juntos en la muerte». La leí a Marilla y dijo que era pura tontería.

Entonces se la leí a Matthew y dijo que era muy bonita. Ésa es la clase de crítica que me gusta. Es una historia triste y dulce. Lloraba como una criatura mientras la escribía. Habla de dos hermosas doncellas, llamadas Cordelia Montmorency y Geraldine Seymour, que vivían en el mismo pueblo y se profesaban devota amistad. Cordelia era una hermosa morena con una guirnalda de cabellos negros y oscuros ojos relampagueantes. Geraldine, una magnífica rubia con el cabello como oro batido y ojos púrpura aterciopelados.

—Nunca vi a nadie con ojos púrpura —dijo Diana, dubitativa.

—Yo tampoco, pero los imagino. Quería algo fuera de lo común. Geraldine también poseía una frente de alabastro. He descubierto qué es una frente de alabastro. Es una de las ventajas de tener trece años. Se sabe mucho más que a los once.

—Bueno, ¿qué fue de Cordelia y Geraldine? —preguntó Diana, que empezaba a interesarse en su suerte.

—Crecieron juntas y bellas hasta llegar a los dieciséis años. Entonces Bertram De Veré llegó al pueblo y se enamoró de la rubia Geraldine. Salvó su vida cuando se desbocó el caballo del carruaje que la llevaba y ella se desmayó en sus brazos mientras la conducía a casa, porque, sabrás, el carruaje se hizo pedazos. Me costó trabajo encontrar cómo se había declarado él, pues no tengo experiencia al respecto. Le pregunté a Ruby Gillis si sabía algo sobre cómo se declaraban los hombres, porque pensé que probablemente fuera una autoridad al respecto teniendo tantas hermanas casadas. Ruby me dijo que estaba escondida en el vestíbulo cuando Malcolm Andrews se declaró a su hermana Susan. Contó que Malcolm le dijo a Susan que su padre había puesto una granja a su nombre y entonces dijo: «¿Qué te parece, bomboncito, si nos encadenamos este otoño?», y Susan contestó: «Sí... no... no sé... déjame pensar...», y así están ahora, comprometidos. Pero no me pareció que esa clase de declaraciones fueran muy románticas, de manera que hube de imaginarla lo mejor que pude. La hice muy florida y poética, y Bertram cayó de rodillas, aunque Ruby Gillis dice que eso no se hace en esta época. Geraldine lo acepta con un párrafo de una página. Te aseguro que me costó muchísimo ese párrafo. Lo reescribí cinco veces y lo considero como mi obra maestra. Bertram le dio una sortija de diamantes y un collar de rubíes y le dijo que irían a Europa en viaje de bodas, pues era inmensamente rico. Pero, ¡ay!, las sombras empezaron a caer en su camino. Cordelia amaba secretamente a Bertram y cuando Geraldine le contó lo del compromiso se puso furiosa, especialmente al ver la gargantilla y la sortija. Todo su afecto por Geraldine se trocó en amargo odio y juró que nunca la dejaría casarse con Bertram. Pero fingió ser tan amiga de Geraldine como siempre. Una tarde estaban sobre un puente que cruzaba una comente turbulenta, y Cordelia, pensando que se hallaban solas, empujó a Geraldine por encima de la barandilla con una burlona carcajada. Pero Bertram lo vio todo y se lanzó de inmediato a la corriente, exclamando: «¡Te salvaré, mi sin par Geraldine!». Pero, ¡ay!, había olvidado que no sabía nadar, y ambos se ahogaron abrazados. Sus cuerpos fueron arrojados a la costa al poco tiempo. Los enterraron en la misma tumba y el funeral fue imponente, Diana. Es mucho más romántico terminar un cuento con un funeral que con una boda. En lo que se refiere a Cordelia, se volvió loca del remordimiento y la encerraron en un manicomio. Me pareció que era una retribución poética por su crimen.

—¡Cuan perfectamente hermoso! —suspiró Diana, que pertenecía a la misma escuela de críticos que Matthew—. No veo cómo puedes sacar historias tan estremecedoras de tu cabeza. Quisiera tener una imaginación como la tuya.

—La tendrías si la cultivaras —dijo Ana—. He pensado un plan, Diana. Fundemos tú y yo un club de cuentos y escribamos para practicar. Te ayudaré hasta que puedas hacerlos sola. Debes cultivar la imaginación. La señorita Stacy lo dice. Lo único que debe hacerse es tomar por el buen camino. Le conté lo del Bosque Embrujado, pero me dijo que equivocamos la senda con eso.

Así fue como el club de cuentos empezó a existir. Al principio estuvo limitado a Ana y Diana, pero luego se extendió para incluir a Jane Andrews y Ruby Gillis y a una o dos más que querían cultivar su imaginación. No se permitieron varones, aunque Ruby opinaba que su admisión lo haría más excitante; cada miembro debía presentar un cuento semanal.

—Es muy interesante —dijo Ana a Matthew—. Cada una debe leer su cuento en voz alta y todos los comentamos. Los vamos a guardar como reliquias y los haremos leer a nuestros descendientes. Cada una escribe con seudónimo. El mío es Rosamund Montmorency. Las niñas se portan bastante bien. Ruby Gillis es algo sentimental. Pone demasiado amor en sus cuentos y usted sabe que eso es preferible que falte y no que sobre. Jane nunca lo pone, porque dice que la hace sentirse muy tonta cuando debe leerlo en voz alta. Los cuentos de Jane son extremadamente sensatos. Diana pone demasiados crímenes en los suyos. Dice que las más de las veces no sabe qué hacer con los personajes, de manera que los mata para librarse de ellos. La mayoría de las veces tengo que sugerirles un tema, pero no me cuesta, pues tengo millones de ideas.

—Creo que ese asunto de los cuentos es la mayor de las tonterías —gruñó Marilla—. Tienen un montón de simplezas en sus cabezas y gastan tiempo que podrían dedicar a las lecciones. Leer cuentos es malo, pero escribirlos es peor.

—Pero tenemos cuidado de que todos contengan una moraleja, Marilla —explicó Ana—. Siempre insisto sobre eso. Todos los buenos son recompensados y los malos adecuadamente castigados. Estoy segura de que debe tener un efecto total. La moral es algo grande; así lo dice el señor Alian. Le leí uno de los cuentos a él y a su esposa y ambos estuvieron de acuerdo en que la moraleja era excelente. Sólo que rieron donde no debían. Me gusta más cuando la gente llora al llegar a las partes patéticas. Diana escribió a su tía Josephine sobre nuestro club y ésta contestó que debíamos enviarle algunos de nuestros cuentos. De manera que copiamos cuatro de los mejores y se los remitimos. La señorita Josephine Barry escribió que nunca había leído algo tan divertido. Eso nos sorprendió un poco porque los cuentos eran muy patéticos y casi todos morían. Pero estoy contenta de que le gustaran a la señorita Barry. Eso demuestra que nuestro club hace algún bien en el mundo. La señora Alian dice que ése debe ser el objeto de todos nuestros actos. Trato siempre de que así sea, pero muy a menudo lo olvido cuando me divierto. Espero que cuando crezca seré un poco como la señora Alian. ¿Le parece que hay perspectivas, Marilla?

—No diría que muchas —fue la alentadora respuesta—. Estoy segura de que la señora Alian nunca fue una criatura tonta y olvidadiza como tú.

—No, pero tampoco era tan buena como ahora —respondió Ana seriamente—. Me lo dijo; es decir, dijo que era terriblemente traviesa cuando niña y que siempre se metía en camisa de once varas. ¡Me sentí tan alentada cuando la escuché! ¿Es muy malo que me sienta alentada cuando oigo que otros han sido tan malos y traviesos? La señora Lynde dice que sí. Dice que siempre le produce mal efecto escuchar que alguien ha sido malo, no importa cuán pequeño fuera. Contó que una vez supo que un ministro cuando niño robó una torta de frutas a su tía y ya no pudo sentir respeto por él otra vez. Yo no hubiera reaccionado así. He pensado que fue noble de su parte confesarlo y también pienso cuan alentador sería para los niños de hoy que hacen cosas malas y lo sienten, saber que cuando crezcan quizá lleguen a pastores a pesar de ello. Así lo siento, Marilla.

—Lo que yo siento en este instante, Ana, es que es hora de que los platos estén lavados. Has tardado media hora más de lo necesario con tu charla. Aprende a trabajar primero y a charlar después.

CAPÍTULO XXVII

Vanidad y disgusto

Marilla, mientras regresaba a casa un atardecer de abril después de una reunión en la misión, cayó en la cuenta de que el invierno había terminado y sintió el estremecimiento de delicia que trae la primavera tanto a los ancianos y a los tristes como a los jóvenes y a los alegres. Marilla no era dada al análisis subjetivo de sus ideas y sentimientos. Probablemente imaginaba que estaba pensando en sus problemas y en la alfombra nueva para la sacristía, pero bajo esas reflexiones existía una armoniosa conciencia de campos rojos, cubiertos por neblinas de púrpura pálida bajo el sol poniente, de largas, puntiagudas sombras de pinos extendiéndose sobre la pradera más allá del arroyo; de quietos arces floridos bordeando una laguna cual un espejo; de un despertar del mundo y de un latir de ocultos pulsos bajo la tierra gris. La primavera se desparramaba por el país y el sereno y ya maduro andar de Marilla se hacía más rápido y vivaz a causa de su profunda y prístina alegría.

Sus ojos observaron afectuosamente «Tejas Verdes», que asomaba entre la arboleda, devolviendo los rayos de sol que se estrellaban en sus ventanas en repetidos fulgores de gloria. Marilla, mientras recorría el húmedo sendero, pensó que era realmente agradable saber que hallaría en casa un fuego vivo y chispeante y una mesa bien dispuesta para el té, en vez del ambiente frío que encontraba al regresar de anteriores reuniones en la misión, antes de que Ana llegara a «Tejas Verdes».

En consecuencia, cuando Marilla entró en la cocina y se encontró con el fuego apagado y con que Ana no aparecía por ninguna parte, se sintió justamente desilusionada e irritada. Y eso que le había advertido a Ana que tuviera el té listo para las cinco. Tuvo que despojarse rápidamente de su vestido (que era uno de los mejores) y preparar todo ella misma antes de que Matthew regresara del campo de labranza.

—Arreglaré a la señorita Ana cuando llegue a casa —dijo Marilla ásperamente mientras cortaba leña con un trinchante con más energía de la estrictamente necesaria. Matthew había llegado y esperaba el té sentado pacientemente en su rincón—. Anda vagando por ahí con Diana, escribiendo historias, ensayando diálogos u otras tonterías por el estilo, y nunca piensa en la hora o en sus obligaciones. Tendrá que terminar de una vez por todas con esa clase de cosas. No me importa que la señora Alian diga que es la criatura más brillante y dulce que ha conocido. Puede ser dulce y brillante, pero su cabeza está llena de tonterías y nunca se sabe qué es lo que hará. En cuanto sale de una extravagancia se mete en otra. ¡Vaya! Heme aquí diciendo lo mismo que reproché que dijera a Rachel Lynde. Realmente me alegré cuando la señora Alian habló de Ana como lo hizo, porque de no haberlo hecho, sé que yo hubiera tenido que decirle algo muy violento a Rachel delante de todos. Sólo Dios sabe la cantidad de defectos que tiene Ana, y estoy muy lejos de querer negarlos. Pero soy yo quien la está educando y no Rachel Lynde, que le encontraría faltas al arcángel Gabriel si viviera en Avonlea. Pero Ana no debería haber abandonado la casa así cuando yo le había dicho que se quedara y se ocupara de todo. Debo decir que con todos sus defectos, nunca se había mostrado desobediente o indigna de confianza antes, y lo de hoy me apena muchísimo.

—Bueno, no sé —dijo Matthew, quien, paciente, discreto y, sobre todo, hambriento, había estimado que lo mejor era dejar que Marilla se desahogara, sabiendo por experiencia que ella terminaba mucho más rápido cualquier trabajo que tuviera entre manos si no se la interrumpía con argumentos inoportunos—. Quizá la estás juzgando muy pronto, Marilla. No digas que no es digna de confianza hasta que no estés segura de que te ha desobedecido. Quizá todo pueda explicarse; Ana lo hace muy bien.

—No está aquí cuando yo se lo indico —respondió Marilla—. Creo que le será muy difícil explicar eso a mi entera satisfacción. Por supuesto, sabía que te pondrías de su parte, Matthew. Pero soy yo quien la está educando, no tú.

Era ya oscuro cuando la cena estuvo lista, y Ana no aparecía corriendo apresuradamente por el puente de troncos o subiendo por el Sendero de los Amantes, sin aliento y arrepentida ante el sentimiento de deberes no cumplidos. Marilla lavó los platos y los guardó ásperamente. Luego, como necesitaba una vela para alumbrar el sótano, subió a la buhardilla a buscar la que generalmente se encontraba en la mesa de Ana. Al encenderla, se volvió para hallarse con que Ana estaba tendida en el lecho boca abajo, con la cabeza entre las almohadas.

—¡Dios misericordioso! —exclamó sorprendida—, ¿has estado durmiendo, Ana?

—No —fue la ahogada respuesta.

—¿Estás enferma, entonces? —inquirió Marilla con ansiedad dirigiéndose hacia el lecho.

—No. Pero, por favor, Marilla, váyase y no me mire. Me encuentro sepultada en los abismos de la desesperación y ya no me importa quién sea el primero de la clase o escriba la mejor redacción o cante en el coro de la escuela dominical. Esas menudencias no tienen importancia ahora porque supongo que ya no seré capaz de ir a ningún lado otra vez. Mi carrera ha terminado. Por favor, Marilla, váyase y no me mire.

—¿Ha oído alguien alguna vez algo como esto? —quiso saber la desconcertada Marilla—. Ana Shirley, ¿qué es lo que te ocurre?, ¿qué has hecho? Levántate ahora mismo y dímelo. Ahora mismo he dicho. Bueno, ¿qué es lo que pasa?

Ana se había deslizado al suelo con desesperada obediencia.

—Mire mi cabello, Marilla —murmuró.

Marilla alzó la vela y observó escrutadoramente el cabello de Ana, que le caía sobre la espalda en pesados mechones. Ciertamente tenía una apariencia muy extraña.

—Ana Shirley, ¿qué has hecho con tu cabello? ¿Está verde! —Verde era lo más parecido a aquel color raro apagado, verde bronceado, con listas de un rojo original para realzar el horrible efecto. Nunca en su vida Marilla había visto algo tan grotesco como el cabello de Ana en aquel momento.

—Sí, es verde —gimió Ana—. Yo pensaba que nada podía ser tan feo como el rojo; pero ahora sé que es diez veces peor tener el cabello verde. Oh, Marilla, ni se imagina lo completamente desdichada que me siento.

—Ni me imagino cómo te has metido en esto, pero voy a averiguarlo —dijo Marilla—. Voy inmediatamente a la cocina, aquí hace demasiado frío. Dime exactamente qué has hecho. Hace tiempo que esperaba algo raro. No te has metido en ninguna dificultad desde hace dos meses, y tenía la seguridad de que debía llegar alguna. Ahora bien, ¿qué has hecho con tu cabello?

—Lo teñí.

—¡Lo teñiste! ¡Teñiste tu cabello! Ana Shirley, ¿no sabes que eso es vanidad?

—Sí, sabía que era vanidad —admitió Ana—. Pero pensé que valía la pena ser un poquito mala para librarse del cabello colorado. Algo tenía que costarme, Marilla. Por supuesto, estoy decidida a ser más buena en otras cosas en compensación por esto.

—Bueno —dijo Marilla sarcásticamente—, si yo hubiera decidido que valía la pena teñirme el cabello, por lo menos habría elegido un color decente y no verde.

—Pero es que yo no quería teñirlo de verde, Marilla —protestó Ana—. Si fui mala quería hacerlo con algún provecho. Él dijo que mi cabello se volvería de un hermoso negro lustroso; me lo aseguró. ¿Cómo podría dudar de su palabra, Marilla? Sé lo que significa que duden de la palabra de uno. Y la señora Alian dice que nunca debemos sospechar que alguien no nos está diciendo la verdad, a menos que tengamos pruebas. Yo tengo pruebas ahora, el cabello verde es prueba suficiente para cualquiera. Pero no las tenía entonces y creí cada una de las palabras que dijo implícitamente.

—¿Que dijo quién? ¿De qué estás hablando?

—El buhonero que estuvo aquí esta tarde. Le compré a él la pintura.

—Ana Shirley, ¿cuántas veces te he dicho que nunca dejes entrar a uno de esos italianos?

—Oh no, no lo dejé entrar. Recordé lo que usted me dijera y salí yo; cerré la puerta cuidadosamente y miré la mercancía en el escalón. Además, no era italiano, era un judío alemán. Tenía una caja enorme llena de cosas muy interesantes y me dijo que estaba trabajando mucho para hacer dinero suficiente para traer de Alemania a su esposa e hijos. Habló de ellos con tanto sentimiento que me conmovió. Quise comprarle algo para ayudarle en tan encomiable empresa. De repente, vi la botella de tintura para el cabello. El buhonero dijo que estaba garantizada para teñir cualquier cabello de un brillante negro y que no se iba al lavarlo. En un instante me vi con un brillante cabello negro y la tentación fue irresistible. Pero el precio del frasco era de setenta y cinco centavos y yo sólo poseía cincuenta. Creo que el hombre tenía muy buen corazón, porque dijo que, por ser yo, me lo vendería por cincuenta centavos. De manera que se lo compré, y en cuanto se hubo ido subí y me lo apliqué con un viejo cepillo de cabeza, según decían las indicaciones. Usé todo el contenido de la botella, y, ¡oh, Marilla!, cuando vi este horrible color me arrepentí de haber sido mala, puedo asegurarlo. Y estaré arrepentida toda la vida.

—Bueno, espero que así sea —dijo Marilla severamente—, y que tendrás los ojos bien abiertos cuando te tiente tu vanidad, Ana. Sólo Dios sabe lo que habría que hacer aquí. Supongo que lo primero es lavarte bien la cabeza y ver si eso resulta.

Y así se hizo. Ana se lavó la cabeza restregándosela vigorosamente con agua y jabón, pero lo único que consiguió fue quizás decolorar su rojo original.

Ciertamente el buhonero había dicho la verdad cuando afirmó que la tintura era inmutable al lavado, aunque su veracidad podía ser puesta en tela de juicio a otros respectos.

—Oh, Marilla, ¿qué puedo hacer? —preguntaba Ana hecha un mar de lágrimas—. No puedo vivir con esto. La gente ha olvidado mis otras equivocaciones: el linimento en el pastel, el emborrachar a

Diana y mi mal genio con la señora Lynde. Pero nunca olvidará éste. Pensará que no soy respetable. Oh, Marilla, «¡qué tela de araña tan intrincada tejemos cuando tratamos de engañar!». Esto es poesía, pero es verdad. Y cómo se reirá Josie Pye. Soy la niña más desgraciada de la isla del Príncipe Eduardo.

La desgracia de Ana duró una semana. Durante ese período no fue a ningún lado y se lavó la cabeza todos los días. Sólo Diana conocía el fatal secreto, pero había prometido solemnemente no decir nunca nada y puede afirmarse que cumplió palabra. Al cabo de una semana, Marilla dijo decididamente: —No hay nada que hacer, Ana. Es un tinte magnífico. Tienes que cortarte el cabello, no hay otra solución. No puedes salir así.

Los labios de Ana temblaron, pero comprendió la amarga verdad de las observaciones de Marilla. Con un desmayado suspiro fue en busca de las tijeras.

—Por favor, Marilla, córtelo de una vez y terminemos. Oh, siento que mi corazón se hace pedazos. ¡Es una aflicción tan poco romántica! Las jóvenes de los libros pierden sus cabelleras a causa de fiebres o las venden para conseguir dinero para alguna buena acción, y estoy segura de que no sentiría tanto perder la mía en una ocasión de ese estilo. Pero no es nada agradable tener que cortarse el cabello por habérselo teñido de un color horrible, ¿no es cierto? Voy a llorar durante todo el tiempo que usted tarde en cortármelo, si no le molesta. ¡Parece una situación tan trágica!

Ana se lamentó entonces, pero más tarde, cuando subió y se miró en el espejo, se sintió desesperada. Marilla había hecho su trabajo concienzudamente y había sido necesario cortar el cabello lo más corto posible. El resultado no fue muy apropiado. Ana volvió el espejo contra la pared.

—Nunca volveré a mirarme al espejo hasta que mi cabello crezca —exclamó apasionadamente.

Luego, en forma repentina, volvió a ponerlo de frente.

—Sí, lo haré. Haré penitencia por haber sido tan mala. Me miraré al espejo cada vez que entre a mi cuarto y veré lo fea que estoy. Y tampoco imaginaré lo contrario. Nunca creí que me sintiera orgullosa de mi cabello, pero ahora sé que sí, a pesar de ser rojo, porque era tan largo, espeso y ondulado. Supongo que ahora ha de ocurrirle algo a mi nariz.

El cabello corto de Ana hizo sensación en la escuela el lunes siguiente, pero, para alivio suyo, nadie sospechó la verdadera razón de ello, ni siquiera Josie Pye, quien, de cualquier modo, no perdió la oportunidad de decirle a Ana que parecía un verdadero esperpento.

—No contesté nada cuando Josie me dijo eso —le confió Ana esa noche a Marilla, que yacía en el sillón después de uno de sus dolores de cabeza—, porque pensé que era una parte de mi castigo y que debía soportarlo con paciencia. Es duro que le digan a una que parece un esperpento y quise contestar. Pero no lo hice. Sólo le dirigí una mirada despectiva y luego la perdoné. Una se siente muy virtuosa cuando perdona a la gente, ¿no le parece? Estoy decidida a dedicar todas mis fuerzas a ser buena después de esto y nunca más trataré de ser hermosa. Por supuesto, es mejor ser buena. Sé que es así, pero a veces es muy difícil creer una cosa así a pesar de saberla. Realmente quiero ser buena, Marilla, como usted y como la señora Alian y la señorita Stacy y crecer para orgullo suyo. Diana dice que cuando mi cabello comience a crecer ate una cinta de terciopelo negro alrededor de mi cabeza con un lazo. Dice que le parece que quedará muy bien. Yo lo llamo cintillo, que suena muy romántico. Pero ¿estoy hablando demasiado, Marilla? ¿Le molesta?

—Mi cabeza está mejor ahora. Aunque esta tarde me dolía muchísimo. Estos dolores de cabeza míos van de mal en peor. Tendré que consultar a un médico. En cuanto a tu charla, no creo que me moleste. Me he acostumbrado a ella.

Ésta era la manera que tenía Marilla de decir que le gustaba oírla.

CAPÍTULO XXVIII

Una desgraciada doncella de los lirios

—Desde luego que tú debes ser Elaine, Ana —dijo Diana—. Yo nunca podría tener valor para flotar allí.

—Ni yo tampoco —añadió Ruby con un estremecimiento—. No me importa flotar cuando hay dos o tres de vosotras en el bote y nos podemos sentar; entonces me gusta. Pero yacer y fingir que uno está muerto, no; no podría. Me moriría de miedo.

—Desde luego que sería romántico —concedió Jane Andrews— pero yo sé que no podría quedarme quieta. Levantaría la cabeza para ver dónde estaba y si no me iba demasiado lejos. Y tú sabes, Ana, que eso echaría a perder el efecto.

—Pero es tan ridículo tener una Elaine pelirroja —se quejó Ana—. No tengo miedo de flotar y me gustaría ser Elaine, pero es ridículo. Ruby debería hacer de Elaine porque es rubia y tiene una cabellera dorada larga y hermosa; Elaine «tenía su brillante cabello flotando en la corriente», ya sabes. Y era la doncella como un lirio. Ahora bien, una persona pelirroja no puede ser una doncella como un lirio.

—Tu tez es tan blanca como la de Ruby —dijo Diana ansiosamente— y tus cabellos mucho más oscuros que cuando te los cortaste.

—¿Oh, de verdad lo crees? —exclamó Ana, enrojeciendo de placer—. Algunas veces lo pensé pero no me atreví a preguntar a nadie por miedo de que me dijeran que no. ¿Te parece que ahora se le puede llamar castaño, Diana?

—Sí, y creo que es realmente bonito —respondió la niña, contemplando admirada los rizos cortos y sedosos que aureolaban la cabeza de Ana, mantenidos en su lugar por una cinta y un lazo de terciopelo muy vistoso.

Se hallaban de pie sobre la margen de la laguna, más abajo de «La Cuesta del Huerto», desde donde se extendía un pequeño promontorio bordeado de abedules; en el extremo había una pequeña plataforma de madera que entraba en el agua, para conveniencia de pescadores y cazadores de patos. Ruby y Jane pasaban la tarde de verano con Diana, y Ana había ido a jugar con ellas.

Ana y Diana pasaban la mayor parte de su tiempo libre en la laguna. Ildewild pertenecía al pasado, pues el señor Bell había cortado sin compasión en primavera el pequeño círculo de árboles de su campo. Ana se sentó entre los tocones y lloró, sin dejar de anotar lo romántico del hecho, pero se consoló rápidamente, ya que, después de todo, como decían Diana y ella, las niñas grandes de trece años yendo para catorce, eran demasiado mayores para diversiones tan infantiles y en los alrededores de la laguna se podían practicar deportes fascinantes. Era espléndido pescar truchas sobre el puente y las dos niñas aprendieron a bogar en el botecillo de fondo plano que tenía el señor Barry para cazar patos.

Fue idea de Ana que dramatizaran «Elaine». Estudiaron el poema de Tennyson en la escuela durante el invierno anterior, pues el secretario general de Educación lo había prescrito para el curso de inglés en las escuelas de la isla del Príncipe Eduardo. Lo analizaron, desmenuzándolo en forma tal que era un milagro que al final conservara algún significado para ellas, pero por lo menos la rubia dama lirio, Lancelot, Ginebra y el Rey Arturo habían llegado a ser seres reales para ellas y Ana se sentía devorada por una secreta pena por no haber nacido en Camelot. Aquellos días, decía, eran mucho más románticos que los actuales.

El plan de Ana fue apoyado con entusiasmo. Las muchachas habían descubierto que si se empujaba el bote fuera de su amarradero, derivaba con la corriente bajo el puente y finalmente encallaba contra otro promontorio, sobre una curva de la laguna. Muy a menudo hicieron ese camino y nada más a propósito para jugar a «Elaine».

—Bueno, seré «Elaine» —dijo Ana, accediendo de mala gana, pues, aunque le agradaba interpretar el personaje principal, su sentido artístico exigía aptitud física para él y sus propias limitaciones lo hacían imposible—. Ruby, tú serás el Rey Arturo, Jane será Ginebra y Diana, Lancelot. Pero primero deben ser los hermanos y el padre. No podemos tener al viejo servidor mudo porque no hay lugar para dos en el bote cuando una está echada. Debemos enlutar la barca con las más fúnebres colgaduras. Ese viejo chal negro de tu madre es exactamente lo necesario, Diana.

En cuanto obtuvieron el chal negro, Ana lo colocó dentro de la barca y se acostó encima, con los ojos cerrados y las manos cruzadas sobre el pecho.

—Oh, parece realmente muerta —susurró nerviosamente Ruby Gillis, observando la carita blanca y quieta bajo las movedizas sombras de los abedules—. Me da miedo. ¿Os parece que está bien jugar a esto? La señora Lynde dice que todas las representaciones son abominables.

—Ruby, no deberías hablar de la señora Lynde —dijo Ana severamente—. Eso echa a perder el efecto, porque esto pasa cientos de años antes de nacer esa señora. Jane, encárgate de esto. Es una barbaridad que Elaine hable mientras está muerta.

Jane se puso a tono con la ocasión. No había telas doradas para la mortaja, pero un viejo cubrepiano de crepé japonés amarillo fue excelente sustituto. Tampoco pudieron obtener un lirio blanco, pero el efecto fue más que suficiente.

—Bueno, ahora está lista —dijo Jane—. Debemos besarle la frente, y tú, Diana, decir: «Hermana, adiós para siempre», y Ruby agregar: «Adiós, dulce hermana»; ambas tan tristes como podáis. Ana, por amor de Dios, sonríe un poco. Ya sabes que Elaine «yacía como sonriendo». Así está mejor. Ahora, empujad la barca.

Y la barca fue empujada, rozando un sumergido pilón durante el proceso. Diana, Jane y Ruby sólo esperaron lo suficiente como para verla en la corriente, camino del puente, antes de cruzar los bosques y el camino a la carrera, hasta el promontorio inferior, donde, como Lancelot, Ginebra y el Rey, debían esperar a la doncella de los lirios.

Durante unos pocos instantes Ana, derivando lentamente corriente abajo, gozó plenamente de lo romántico de la situación. Entonces ocurrió algo no muy romántico. La barca comenzó a hacer agua. Al poco rato Elaine tuvo que levantarse, apartar la mortaja de oro y las colgaduras de negro color y mirar tontamente una gran grieta que cruzaba el fondo de la barca por la que el agua entraba tumultuosa. El agudo pilón del embarcadero había descompuesto la quilla de la barca. Ana no lo sabía, pero le llevó bien poco comprender que se hallaba en un momento peligroso. A ese ritmo, la barca se hundiría antes de llegar al promontorio. ¿Dónde estaban los remos? ¡Se habían quedado en el embarcadero!

Ana lanzó un grito que nadie escuchó; estaba terriblemente pálida, pero no perdió el ánimo. Había una sola esperanza; sólo una.

—Estaba horriblemente asustada —le contó a la señora Alian al día siguiente—, y parecían años lo que tardaba la barca en llegar al puente, mientras el agua subía. Recé, señora Alian, con todas mis fuerzas, pero no cerré los ojos para rezar, pues sabía que la única manera en que Dios podía salvarme era dejando flotar la barca lo suficientemente cerca de uno de los pilares del puente como para que me subiera a él. Ya sabe que los pilares son viejos troncos llenos de nudos. Lo correcto era rezar, pero debía hacer mi parte observando y bien lo sabía. Dije: «Dios amado, por favor lleva la barca cerca del pilar y yo haré el resto». En tales circunstancias no se puede pensar en hacer una plegaria muy florida. Pero la mía halló eco, pues la barca dio contra un pilar, quedando allí un momento, y yo, echándome al hombro el cubrepiano y el chal, me agarré a un providencial nudo, y allí quedé, señora Alian, aferrada al resbaladizo pilar, sin forma de subir o de bajar. Era una posición poco romántica, pero no pensé en ello en aquel momento. Uno no se pone a pensar en romanticismos cuando acaba de escapar de una tumba acuática. De inmediato dije una plegaria de agradecimiento, y luego dediqué toda mi atención a sostenerme con todas mis fuerzas, pues sabía que dependería probablemente de ayuda humana para volver a tierra firme.

La barca pasó el puente y, de pronto, se hundió en medio de la corriente. Ruby, Jane y Diana, que ya esperaban en el promontorio, la vieron desaparecer ante sus ojos y no tuvieron duda de que Ana se había hundido con ella. Durante un momento quedaron inmóviles, heladas por el terror ante la tragedia; entonces, chillando con todas las fuerzas de sus pulmones, corrieron por el bosque, sin cesar de gritar mientras cruzaban el camino real. Ana, aferrada desesperadamente a su precario apoyo, vio sus siluetas y escuchó sus gritos. Pronto llegaría ayuda, pero en el ínterin su posición era muy poco cómoda.

Los minutos parecían horas a la infortunada dama de los lirios. ¿Por qué no llegaba alguien? ¿Dónde habían ido las chicas? ¡Quizá se habían desmayado! ¿Y si no venía nadie? ¡Quizá comenzara a cansarse y no pudiera sostenerse más! Ana contempló las horribles profundidades, con sombras cambiantes, y tembló. Su imaginación comenzó a sugerir toda clase de horribles posibilidades.

¡Entonces, exactamente cuando sus manos no podían sostenerla más, Gilbert Blythe pasó remando bajo el puente!

Gilbert alzó los ojos y, ante su sorpresa, contempló una carita blanca y colérica mirándole con ojos temerosos y furiosos al mismo tiempo.

—¡Ana Shirley! ¿Cómo has podido llegar ahí?

Sin esperar respuesta, se acercó al pilar y extendió su mano. No se podía hacer otra cosa; Ana tomó la mano de Gilbert, saltó al bote, donde se sentó, furiosa, envuelta por el chal goteante. ¡Por cierto que era muy difícil conservar la dignidad en tales circunstancias!

—¿Qué ocurrió, Ana? —preguntó Gilbert cogiendo los remos.

—Estábamos jugando a «Elaine» —explicó fríamente Ana, sin mirar siquiera a su salvador— y debía ir hasta Camelot en la balsa, quiero decir en la barca. Ésta comenzó a hacer agua y yo me subí al pilar. Las chicas han ido a buscar ayuda. ¿Será usted tan gentil como para llevarme hasta el embarcadero?

Gilbert la llevó gentilmente hasta allí, y Ana, despreciando la ayuda, saltó limpiamente a la costa.

—Le estoy muy agradecida —dijo secamente mientras se retiraba.

Pero Gilbert también saltó del bote y la detuvo.

—Ana —dijo rápidamente—, mira. ¿No podemos ser buenos amigos? Ciento muchísimo haberme reído de tus cabellos aquella vez. No quería ofenderte. Además, ¡ha pasado ya tanto tiempo! Me parece que ahora tus cabellos son muy lindos; de verdad. Seamos amigos.

Ana dudó un instante. Tenía la extraña sensación bajo su airada dignidad de que la expresión mitad tímida, mitad ansiosa de los ojos de Gilbert era algo digno de contemplar. Su corazón empezó a latir extrañamente. Pero la amargura de su vieja afrenta espantó la duda. Aquel momento de dos años atrás cruzó su mente tan vivamente como si hubiera ocurrido el día anterior. Gilbert la había llamado «zanahoria» frente a todo el colegio y aquello la había vejado. Su resentimiento, que para otras gentes parecería tan ridículo, no había palidecido con el tiempo. ¡Odiaba a Gilbert Blythe! ¡Nunca le podría perdonar!

—No —dijo secamente—. Nunca seré amiga suya, Gilbert Blythe. ¡No quiero serlo!

—¡Está bien! —Gilbert saltó al esquife con la ira en el rostro—. ¡Nunca le volveré a pedir que hagamos las paces, Ana Shirley! ¡Ni me importa, tampoco!

Se alejó rápidamente y Ana se fue por el camino abrupto bajo los abetos. Llevaba alta la cabeza, pero tenía una extraña sensación de tristeza. Casi deseaba haber contestado a Gilbert de otro modo. Desde luego, él la había insultado terriblemente, pero aun así... En resumen, Ana pensaba que sería un alivio sentarse y llorar. Se sentía insegura; empezaba a sentir la reacción del miedo.

A mitad de camino encontró a Jane y Diana que volvían a la laguna completamente fuera de sí. No habían encontrado a nadie en «La Cuesta del Huerto», pues el señor Barry y su señora habían salido. Ruby Gillis tuvo un ataque de histeria y la habían dejado que se recobrara como pudiera, mientras cruzaban el Bosque Embrujado a la carrera hacia «Tejas Verdes». Allí tampoco encontraron a nadie, pues Marilla estaba en Carmody y Matthew recogiendo heno en el campo.

—Oh, Ana —tartamudeó Diana, abrazándose a su cuello y llorando de alivio y alegría—. Oh, Ana... pensamos... que estabas... ahogada... y nos sentimos asesinas... porque te obligamos... a ser Elaine. Ruby está histérica. Oh, Ana, ¿cómo escapaste?

—Subí a uno de los pilares —explicó Ana tristemente—, y Gilbert Blythe llegó en un bote y me llevó a tierra.

—¡Ana, qué espléndido de su parte! ¡Es tan romántico! —dijo Jane encontrando por fin aire para hablar—. Claro que después de esto le hablarás.

—Claro que no —contestó Ana, con un retorno momentáneo a su antiguo espíritu—. Y no quiero volver a escuchar jamás la palabra romántico, Jane Andrews. Siento terriblemente que os asustarais. Todo ha sido culpa mía. Estoy segura de haber nacido bajo una estrella maléfica. Todo cuanto hago me pone a mí o pone a mis amigas más queridas en aprietos. Hemos perdido la barca de tu padre, Diana, y tengo el presentimiento de que no nos dejarán remar más en la laguna.

El presentimiento de Ana resultó ser más certero que de costumbre. Grande fue la consternación en los hogares de los Cuthbert y los Barry ante los acontecimientos de la tarde.

—¿Tendrás cordura alguna vez, Ana? —gruñó Marilla.

—Oh, sí, así lo creo, Marilla —respondió Ana, optimista. Un buen llanto en la grata soledad de la buhardilla había aliviado sus nervios y restaurado su maravillosa alegría—. Creo que mis perspectivas de ser sensata son más brillantes que nunca.

—No veo cómo.

—Bueno —explicó Ana—, hoy he aprendido una valiosa lección. Desde que llegué a «Tejas Verdes» he cometido errores y cada uno me ha ayudado a curarme de un gran defecto. El episodio del broche de amatista me curó de tocar las cosas que no me pertenecen. El error del Bosque Embrujado me curó de una excesiva imaginación. El pastel con linimento, de cocinar descuidadamente.

El teñirme el cabello, de vanidad. Ahora no pienso en mi nariz ni en mis cabellos; por lo menos no muy a menudo. Y el error de hoy me curará de ser demasiado romántica. He llegado a la conclusión de que no sirve de nada ser romántica en Avonlea. Estaba muy bien en el amurallado Camelot, cientos de años atrás, pero ahora no se aprecia lo romántico. Estoy segura de que verá en mí un gran adelanto a ese respecto, Marilla.

Pero Matthew, que estuviera sentado en silencio en su rincón, puso su mano sobre el hombro de Ana cuando Marilla hubo salido.

—No abandones tu romanticismo, Ana —murmuró tímidamente—, un poquito es bueno; demasiado, no, desde luego. Pero guarda un poco, Ana, guarda un poco.

CAPÍTULO XXIX

Una época en la vida de Ana

Ana arreaba las vacas por el Sendero de los Amantes. Era un atardecer de septiembre y el bosque estaba impregnado por la rojiza luz del atardecer. El sendero, bordeado de pinos y abetos, estaba salpicado de luces y sombras. El viento ululaba entre las ramas de los árboles, y ya se sabe que en el mundo no hay música más dulce que la del viento sonando en las copas de los pinos al atardecer.

Las vacas bajaban plácidamente por el sendero y Ana tras ellas, soñando, repitiendo en voz alta el canto guerrero de Marmion que les había enseñado la señorita Stacy en clase de inglés, transportada por los versos y lo plástico del relato. Cuando llegó a la estrofa: Los lanceros inquebrantables

formaban un bosque impenetrable

se detuvo extasiada, cerrando los ojos para verse formando parte del heroico círculo. Cuando los volvió a abrir, vio a Diana cruzando el portón que daba al campo de los Barry, con un aspecto tan importante que comprendió inmediatamente que traía noticias trascendentales. Pero no quiso mostrar su curiosidad.

—¿No es esta tarde como un sueño, Diana? Estoy tan contenta de vivir. Por las mañanas, me parece que lo mejor son las mañanas; pero cuando llega el atardecer, me parece que éste es todavía más hermoso.

—Es un atardecer muy hermoso —dijo Diana—, pero tengo grandes noticias, Ana. Adivina. Te doy tres oportunidades.

—Charlotte Gillis se casará en la iglesia después de todo y la señora Alian quiere que la decoremos.

—No. El novio de Charlotte no está conforme, porque nadie se ha casado nunca en la iglesia y cree que se parecería a un funeral. Es una tontería ya que podría ser algo muy bonito. Prueba otra vez.

—¿La madre de Jane la dejará hacer una fiesta de cumpleaños?

Diana negó con un movimiento de cabeza, mientras los ojos le brillaban de alegría.

—No puedo pensar qué puede ser —dijo Ana—, a menos que sea que Moody te acompañó a casa anoche después de las oraciones.

—Desde luego que no —exclamó Diana, indignada—. No presumiría de semejante cosa. ¡Es una criatura horrible! Sabía que no serías capaz de adivinarlo. Mamá ha recibido carta de tía Josephine; quiere que tú y yo vayamos a la ciudad el martes próximo y nos quedemos para la exposición. ¡Ahí tienes!

—Oh, Diana —murmuró Ana, apoyándose en un arce—, ¿es verdad lo que dices? Pero seguro que Marilla no me dejará ir. Dirá que no puede alentar el callejeo. Eso fue lo que dijo la semana pasada cuando Jane me invitó a acompañarlos en el coche al festival del hotel de White Sands. Yo deseaba ir, pero Marilla dijo que mejor estaría en casa estudiando mis lecciones y que Jane también. Me sentí amargamente desilusionada, Diana, y con el corazón tan destrozado que esa noche no recé antes de acostarme. Pero me arrepentí y me levanté a hacerlo a medianoche.

—Conseguiremos que mamá se lo pida. Es probable que así te deje; y si lo hace, pasaremos unos momentos inolvidables, Ana. Nunca he estado en una exposición y es muy doloroso escuchar a otras niñas contar sus viajes. Jane y Ruby han estado dos veces y vuelven este año.

—No voy a pensarlo hasta saber si iré o no —dijo Ana, resuelta—. Si lo hiciera y luego me desilusionara, no lo podría resistir. Pero si voy, me gustaría tener listo el abrigo nuevo. Marilla no creía que yo necesitara uno nuevo. Decía que el viejo puede servir otro invierno y que me debo conformar con tener un vestido nuevo. El vestido es muy bonito, Diana, azul marino y muy a la moda. Marilla me hace ahora todos los vestidos a la moda, pues no quiere que Matthew vaya a la señora Lynde para que los cosa. Estoy muy contenta. Es muchísimo más fácil ser buena cuando las ropas están a la moda. Por lo menos, es más fácil para mí. Supongo que esa diferencia no existe para las gentes naturalmente buenas. Pero Matthew dijo que yo debía tener un abrigo nuevo, de manera que Marilla compró un hermoso corte de paño fino azul y me lo está cociendo una verdadera modista de Carmody. Estará listo para el sábado por la noche y trato de no imaginarme caminando por el atrio de la iglesia con mi nuevo vestido y mi gorro, porque temo que no esté bien imaginar esas cosas; pero se me deslizan en la mente a pesar mío. Mi gorro también es muy bonito. Matthew me lo compró el día que fuimos a Carmody. Es uno de esos de terciopelo azul que hacen furor, con cordones dorados y borlas. Tu nuevo sombrero es muy elegante, Diana, y te queda muy bien. Cuando te vi entrar en la iglesia el domingo pasado, me sentí muy orgullosa de que fueras mi amiga. ¿Crees que está mal esto de pensar tanto en nuestras ropas? Marilla dice que es pecaminoso. Pero es un tema tan interesante, ¿no es así?

Marilla consintió en que Ana fuera a la ciudad y acordaron que el señor Barry las llevaría el martes siguiente. Como Charlottetown quedaba a cuarenta y cinco kilómetros y el señor Barry deseaba ir y volver en el día, fue necesario salir muy temprano. Pero para Ana fue una diversión; antes de que amaneciera ya estaba en pie. Una mirada por la ventana le aseguró que el día sería hermoso, pues el cielo oriental tras los pinos del Bosque Embrujado estaba plateado y sin nubes. Por entre los árboles se veía brillar una luz en la buhardilla de «La Cuesta del Huerto», señal de que Diana también se había levantado.

Ana ya estaba vestida cuando Matthew hubo encendido el fuego y, aunque tenía el desayuno servido cuando bajó, estaba demasiado excitada como para comer. Después del desayuno, con el elegante abrigo y el gorro nuevo puestos, Ana cruzó apresurada el arroyo hacia «La Cuesta del Huerto». El señor Barry y Diana la esperaban y pronto estuvieron en camino.

Era un largo viaje, pero las dos niñas disfrutaron de cada minuto. Era delicioso marchar por los húmedos caminos bajo la temprana y rojiza luz solar que cruzaba los campos. El aire era fresco y cortante y ligeras nieblas azuladas se elevaban de los valles y flotaban sobre las colinas. Algunas veces, el camino cruzaba bosques donde los arces comenzaban a lucir banderas escarlatas; otras cruzaba ríos sobre puentes que hacían estremecerse a Ana con el viejo y delicioso temor; o seguía la costa de un puerto, pasaba junto a un grupo de casitas de pescadores para subir otra vez a las colinas, desde donde se veían las tierras ascendentes y el cielo azul; pero doquiera que fuera, había mucho interesante que comentar. Era casi mediodía cuando llegaron al pueblo y se dirigieron a Beechwood. Era una vieja mansión señorial, oculta de la calle por un cerco de verdes olmos y coposas hayas. La señorita Barry las esperó en la puerta con los ojos centelleantes.

—De manera que por fin has venido a verme, Ana —dijo—. ¡Por Dios, cómo has crecido! Eres más alta que yo. Y tienes muchísimo mejor aspecto que antes, también. Pero me atrevo a decir que eso lo sabías sin que te lo dijeran.

—De verdad que no —dijo Ana, radiante—. Sé que no soy tan pecosa como antes, cosa que agradezco mucho, pero realmente no me había atrevido a tener esperanzas de otros cambios. De manera que me alegra que los haya, señorita Barry.

La casa de la señorita Barry estaba amueblada con «gran magnificencia», según dijo Ana a Marilla después. Las dos pequeñas campesinas quedaron bastante confusas por el esplendor del salón donde las dejó la señorita Barry cuando fue a vigilar la cena.

—¿No es un palacio? —susurró Diana—. Nunca había estado antes en casa de tía Josephine y no tenía ni idea de que fuese tan grande. Me gustaría que Julia Bell pudiera verla; se da tantos aires con la sala de su madre...

—¡Alfombra de terciopelo —suspiró Ana—, y cortinajes de seda! He soñado con cosas así, Diana. Pero sabrás que no me sentiría muy cómoda con ellas, después de todo. Hay tantas cosas en esta habitación y son tan maravillosas, que no queda campo para la imaginación. Ése es un consuelo cuando se es pobre; hay muchísimas cosas que se pueden imaginar.

Su estancia en la ciudad fue algo que Ana y Diana recordaron durante años. Fue maravilloso desde el principio hasta el fin.

El miércoles, la señorita Barry las llevó a la exhibición donde pasaron todo el día.

—Era espléndido —contó más tarde Ana a Marilla—. Nunca había imaginado nada tan interesante. En realidad, no sé qué departamento era el mejor. Creo que me quedaría con el de los caballos, el de las flores y el de trabajos varios. Josie Pye ganó el primer premio en encaje. Me alegro de veras. Y también me alegro por haberme alegrado, pues demuestra que estoy mejorando, ya que me regocijó el éxito de Josie. El señor Harmon se llevó el segundo premio por las manzanas Gravenstein, y el señor Bell, el primer premio con un cerdo. Diana dijo que le parecía ridículo que el director de la Escuela Dominical ganara un premio por los cerdos, pero yo no veo el porqué. ¿A usted qué le parece? Dice que cada vez que le viera rezar solemnemente, lo recordaría. Clara Louise MacPherson ganó el premio para queso y manteca caseros. De manera que Avonlea estuvo bastante bien representada. La señora Lynde estuvo aquel día y nunca supe cuánto la apreciaba hasta que vi su cara familiar entre tantos extraños. Había miles de personas allí, Marilla. Eso me hizo sentir horriblemente insignificante. Y la señorita Barry nos llevó al gran pabellón a ver las carreras de caballos. La señora Lynde no quiso ir; decía que las carreras de caballos eran abominables y que siendo religiosa, consideraba un deber sagrado mantenerse apartada. Pero había tanta gente que no creo que se notara la ausencia de la señora Lynde. Sin embargo, creo que no debería ir a menudo a las carreras de caballos porque son fascinantes. Diana se excitó tanto que quiso apostar diez centavos, pero me negué a apostar, porque quería contarle todo a la señora Alian y me pareció que contarle eso no sería bueno. Está mal hacer algo que no se puede contar a la esposa de un pastor. Es casi poseer una conciencia adicional el tener por amiga a una persona así. Y me alegré de no haber apostado, pues el caballo rojo ganó, de manera que hubiera perdido mis diez centavos. Así es como se recompensa a la virtud. Vimos subir a un hombre en un globo. Me gustaría subir en globo, Marilla, sería simplemente estremecedor. Y vimos a un hombre que vendía buenaventuras; le pagaban diez centavos y un pajarito elegía la suerte. La señorita Barry nos dio a Diana y a mí diez centavos para que nos dijeran la buenaventura. La mía fue que me casaría con un hombre moreno, muy rico, y que iría a vivir al otro lado del mar. Después de eso, miré cuidadosamente a cuanto hombre moreno vi, pero no me preocupé mucho por ellos, porque supongo que es demasiado pronto para buscarlo. Oh, Marilla, fue un día inolvidable. Estaba tan cansada que no pude dormir por la noche. La señorita Barry nos puso en el cuarto de huéspedes como nos había prometido. Era una habitación elegante, Marilla, pero, sin embargo, dormir en una habitación así no fue como pensé. Ése es el inconveniente de crecer y empiezo a comprenderlo. Las cosas que se desean cuando se es niña no son ni la mitad de hermosas cuando se crece.

El jueves las niñas pasearon en coche por el parque y, por la noche, la señorita Barry las llevó a un concierto en la Academia de Música, donde cantaba una notable prima donna. Esa noche Ana tuvo una visión del paraíso.

—Oh, Marilla, era algo indescriptible. Estaba tan excitada que ni siquiera pude hablar, de manera que podrá imaginárselo. Me senté en un arrebatado silencio. Madame Selitsky era la belleza personificada y llevaba un vestido de raso blanco y diamantes. Pero en cuanto comenzó a cantar, no pude pensar en otra cosa. Oh, no puedo decirle cómo me sentía. Pero me parecía que ya nunca me sería difícil ser buena. Tenía la misma sensación que cuando miro las estrellas. Los ojos se me llenaron de lágrimas, pero, ¡oh!, eran lágrimas de felicidad. Sentí tanto que terminara, que dije a la señorita Barry que no sabía cómo podría volver a la vida normal. Ella dijo que creía que cruzar la calle hasta el restaurante y tomar un sorbete ayudaría mucho. Sonaba a prosaico pero para mi sorpresa hallé que era verdad. El sorbete estaba buenísimo, Marilla, y era muy agradable estar sentada allí tomándolo a las once de la noche.

Diana dijo que se creía nacida para la vida ciudadana. La señorita Barry me preguntó cuál era mi opinión pero le dije que debía pensarlo seriamente antes de darle respuesta. De manera que lo pensé después de acostarme. Ése es el mejor momento para hacerlo. Y llegué a la conclusión, Marilla, de que yo no había nacido para la vida ciudadana, y me alegraba. Está muy bien comer sorbetes en restaurantes brillantes a las once de la noche de vez en cuando; pero para todos los días creo que es mejor estar en mi buhardilla a las once, profundamente dormida, pero sabiendo aun en sueños que las estrellas brillan fuera y que el viento sopla entre los pinos a través del arroyo. Se lo dije a la señorita Barry a la mañana siguiente a la hora del desayuno, y se rió. Se reía por regla general de todo cuanto decía, aun de las cosas más solemnes. No me gustaba mucho, pues no trataba de ser graciosa. Pero es una dama muy hospitalaria y nos trató regiamente.

El viernes marcó el momento del regreso y el señor Barry fue a buscarlas.

—Bueno, espero que os hayáis divertido —dijo la señorita Barry al despedirla.

—De verdad que sí —afirmó Diana.

—¿Y tú, Ana?

—He disfrutado cada minuto —dijo Ana, echándole impulsivamente los brazos al cuello y besándole las arrugadas mejillas. Diana nunca se hubiera atrevido a hacer tal cosa y se sintió horrorizada ante el hecho. Pero a la señorita Barry le gustó y se quedó en el balcón hasta que desapareció el carricoche. Luego retornó a su casona con un suspiro. Parecía muy solitaria sin aquellas jóvenes. La señorita Barry era una anciana algo egoísta, a decir verdad, y nunca se había preocupado por nadie, excepto por ella misma. Valoraba a las gentes según le fueran útiles o la divirtieran. Ana la había divertido y, consecuentemente, gozaba de su estima. Pero la señorita Barry se encontró pensando menos en los curiosos discursos de Ana y más en su juvenil entusiasmo, sus cándidas emociones, sus modos y sus dulces labios y ojos.

—Pensé que Marilla Cuthbert era una vieja tonta cuando supe que había adoptado una huérfana del asilo —se dijo—, pero sospecho que no cometió ningún error después de todo. Si tuviera en la casa una niña como Ana, sería una mujer más feliz y mejor.

Ana y Diana encontraron el paseo de vuelta a casa tan placentero como el de ida; quizá más, ya que tenían la deliciosa conciencia del hogar esperándolas al final. Era de noche cuando pasaron por White Sands y entraron en el camino de la costa. A lo lejos, las colinas de Avonlea se destacaban contra el cielo color azafrán. Tras ellas salía la luna del mar, que se transfiguraba a su luz. Cada caleta junto al sinuoso camino era una maravilla de danzarinas olas que rompían con un suave chasquido en las rocas y el sabor del mar se sentía en el aire, fresco y fuerte.

—¡Oh, qué bello es vivir y estar de regreso en casa! —suspiró Ana.

Cuando cruzó el puente de troncos sobre el arroyo, la luz de «Tejas Verdes» parpadeó una bienvenida y a través de la puerta abierta brilló el fuego del hogar, enviando su cálido fulgor en la fría noche otoñal. Ana entró corriendo en la cocina, donde la esperaba la comida caliente.

—¿De manera que ya has vuelto? —dijo Marilla doblando su labor.

—Sí, y es tan bonito estar de regreso en casa —respondió Ana alegremente—. Sería capaz de besarlo todo, hasta el reloj. ¡Marilla, pollo a la parrilla! ¡Quiere decir que lo ha preparado especialmente para mí!

—Sí —dijo Marilla—, pensé que estarías hambrienta después del viaje y que necesitarías algo reconfortante. Apresúrate y cámbiate de ropa; cenaremos tan pronto regrese Matthew. Estoy contenta de que hayas vuelto. Todo esto está horriblemente solitario sin ti; nunca pasé cuatro días tan largos.

Después de cenar, Ana se sentó ante el fuego entre Marilla y Matthew y les hizo un relato completo de su visita.

—Han sido unos días fantásticos —concluyó, feliz—, y siento que eso marca una época de mi vida. Pero lo mejor de todo fue el regreso a casa.

CAPÍTULO XXX

La fundación del Club de la Academia de la Reina

Marilla dejó caer el tejido sobre la falda y se arrellanó en su silla. Tenía los ojos cansados y pensó vagamente que debía hacer cambiar sus lentes la próxima vez que fuera al pueblo, pues se le cansaban mucho de un tiempo a esta parte.

Era casi de noche, pues el opaco crepúsculo de noviembre ya había caído en «Tejas Verdes» y la única luz en la cocina venía de las danzarinas llamas del hogar.

Ana, sentada a la turca frente a la chimenea, contemplaba el alegre resplandor de las astillas de arce de las que goteaba el sol de cien veranos. Había estado leyendo, pero su libro se encontraba ahora en el suelo, y soñaba, con una sonrisa en los labios entreabiertos. Rutilantes castillos en el aire tomaban forma entre la niebla de su fantasía; aventuras maravillosas ocurrían en su región de ensueño, aventuras que siempre acababan triunfalmente y que nunca la llevaban a situaciones tan embarazosas como las de la vida real.

Marilla la contemplaba con una ternura que sólo a la suave luz del hogar se atrevía a aflorar. Expresar el amor abiertamente era una lección que Marilla jamás aprendería. Lo que sí había aprendido era a querer a esta delgada muchacha de ojos grises con un afecto tan profundo como no demostrado. Su amor la hacía temer ser excesivamente blanda. Tenía la incómoda sensación de que era algo pecaminoso dar el corazón con tanta intensidad a una criatura humana y quizá hacía una especie de penitencia inconsciente al ser más estricta con aquella niña que si la hubiera querido menos. Ni siquiera Ana tenía idea de cuánto la quería Marilla. Algunas veces creía que era muy difícil de complacer y que carecía de simpatía y comprensión. Pero siempre desechaba el pensamiento recordando cuánto debía a Marilla.

—Ana —dijo Marilla de improviso—, la señorita Stacy ha venido esta tarde mientras estabas con Diana.

La muchacha volvió del más allá con un salto y un suspiro.

—¿Sí? ¡Oh, cuánto siento no haber estado! ¿Por qué no me ha llamado? Diana y yo estábamos en el Bosque Embrujado. Los bosques están hermosos ahora. Todo el bosque, los helechos, las hojas, han comenzado su sueño, como si alguien los hubiera arropado hasta la primavera bajo un manto de hojas muertas. Creo que fue el hada del arco iris la que lo hizo. Diana trata de no pensarlo; nunca olvida la reprimenda que le dio su madre por imaginar fantasmas en el Bosque Embrujado. Tuvo un efecto horrible en su imaginación: se la embotó. La señora Lynde dice que Myrtle Bell es un ser embotado. Le pregunté a Ruby Gillis porqué y me dijo que sospechaba que era porque había vuelto su novio. Ruby no piensa más que en novios, y cuanto más crece, peor se pone. Los jóvenes están muy bien en su lugar, pero no está bien meterlos en todas partes, ¿no es cierto? Diana y yo estamos pensando seriamente en prometer que nunca nos casaremos, sino que seremos unas espléndidas ancianas y viviremos juntas siempre. Diana aún no se ha decidido, porque piensa que quizá sería más noble casarse con algún joven osado, salvaje y perverso para reformarlo. ¿Sabe?, Diana y yo hablamos ahora de temas muy serios. Nos sentimos más viejas que antes y no es cosa de hablar de chiquilladas. Es solemne tener casi catorce años, Marilla. La señorita Stacy nos llevó a todas las niñas entre trece y diecinueve años de paseo junto al arroyo el miércoles pasado y nos habló de eso. Dijo que debíamos ser muy cuidadosas con los hábitos que adquiramos durante esta edad, porque cuando lleguemos a los veinte nuestro carácter estará desarrollado y echados los cimientos para toda la vida futura. Y añadió que si los cimientos temblaban, nunca podríamos construir encima nada de valor. Diana y yo discutimos el asunto al regreso del colegio. Nos sentimos extremadamente solemnes, aprendiendo cuanto podemos y siendo tan sensatas como sea posible para que, al llegar a los veinte, nuestros caracteres estén correctamente formados. Es aterrador tener veinte años,

Marilla. ¡Suena a tan viejo! Pero, ¿por qué estuvo aquí la señorita Stacy esta tarde?

—Eso es lo que quiero decirte, Ana, si me dejas meter baza. Me estuvo hablando de ti.

—¿De mí? —Ana pareció algo asustada. Luego enrojeció y exclamó:

—Oh, ya sé. Tenía pensado decírselo, Marilla, de verdad, pero me olvidé. La señorita Stacy me cogió leyendo Ben Hur en clase ayer tarde, cuando debería haber estado estudiando historia del Canadá. Jane Andrews me lo prestó. Lo leía al mediodía y acababa de llegar a la carrera de cuadrigas cuando regresamos a clase. Me moría por saber cómo terminaba, aunque estaba segura de que Ben Hur ganaría, porque no habría justicia poética si no; de manera que abrí el libro de historia sobre el pupitre y coloqué Ben Hur debajo, sobre mis rodillas. Parecía que todo el tiempo estaba estudiando historia, cuando en realidad estaba sumergida en Ben Hur. Tan interesada estaba, que no noté que la señorita Stacy venía por el pasillo hasta que alcé la vista y la vi mirándome con ojos llenos de reproche. No puedo decirle cuan avergonzada me sentí, Marina, especialmente cuando oí la risa sofocada de Josie Pye. La señorita Stacy se llevó Ben Hur, pero no dijo nada. Me llamó durante el recreo y me habló. Dijo que había estado mal por dos razones. Primero, por gastar el tiempo dedicado a estudiar y segundo por tratar de engañar a mi maestra. Hasta ese momento no había comprendido que lo que hacía era un engaño. Me sorprendió. Lloré amargamente y le pedí a la señorita Stacy que me perdonara y le dije que nunca lo volvería a hacer. Ofrecí como penitencia no leer Ben Hur en toda una semana, ni siquiera para ver cómo terminaba la carrera de cuadrigas. Pero la señorita Stacy dijo que no era necesario, que me perdonaba. De manera que pienso que no estuvo bien de su parte venir a verla.

—La señorita Stacy ni siquiera mencionó el episodio, Ana, y lo único que te tiene a mal traer es tu conciencia culpable. No debes llevar novelas al colegio. Estás leyendo demasiadas últimamente. Cuando yo era niña ni siquiera me permitían mirar las tapas de una.

—Oh, ¿cómo puede llamar novela a Ben Hur, cuando es un libro tan religioso? —protestó Ana—. Desde luego que es casi demasiado excitante para leerlo los domingos, pero yo lo leo sólo entre semana. Y nunca leo libro alguno a menos que la señorita Stacy o la señora Alian lo juzguen conveniente para una niña de trece años y tres cuartos. La señorita Stacy me lo hizo prometer. Una vez me encontró leyendo un libro titulado El espeluznante misterio de la habitación embrujada. Me lo había prestado Ruby Gillis, ¡y era tan fascinante y pavoroso, Marilla! Helaba la sangre en las venas. Pero la señorita Stacy dijo que era muy vulgar y me pidió que no lo leyera más, ni tampoco libros parecidos. No tuve inconveniente en hacerlo, pero era dolorosísimo devolverlo sin saber cómo terminaba. Mas mi cariño por la señorita Stacy pasó la prueba. Es realmente maravilloso, Marilla, cuánto se puede hacer cuando se está deseoso de complacer a una persona.

—Bueno, creo que encenderé la lámpara y me pondré a trabajar —dijo Marilla—. Veo claramente que no quieres oír lo que dijo la señorita Stacy. Estás más interesada en el sonido de tus propias palabras.

—¡Oh, no!, Marilla, de verdad que quiero escucharlo —exclamó Ana, contrita—. No diré una sola palabra más. Sé que hablo demasiado, pero estoy tratando de vencerme y, aunque digo demasiadas cosas, quedan muchas que quisiera decir y no las digo. Por favor, cuéntemelo.

—Bueno, la señorita Stacy desea organizar una clase entre los escolares adelantados que quieran hacer los exámenes de ingreso en la Academia de la Reina. Vino a preguntarnos a Matthew y a mí si nos gustaría que tú participaras. ¿Qué opinas, Ana? ¿Te gustaría ir a la Academia de la Reina y estudiar magisterio?

—¡Oh, Marilla! —Ana se arrodilló y le tomó las manos—. Ha sido el sueño de mi vida; es decir, durante los últimos seis meses, desde que Ruby y Jane comenzaron a hablar del ingreso. Pero no dije nada, porque lo suponía inútil. Me gustaría muchísimo ser maestra. Pero, ¿no será muy caro? El señor Andrews dice que le cuesta ciento cincuenta dólares hacer entrar a Prissy, y eso que ella no era un fracaso en geometría.

—Creo que no debieras preocuparte por eso. Cuando Matthew y yo resolvimos criarte, decidimos hacer cuanto pudiéramos por ti y darte una buena educación. Creo que una chica debe estar preparada para ganarse el sustento, lo necesite o no. Siempre tendrás un hogar en «Tejas Verdes» mientras Matthew y yo estemos aquí, pero nadie sabe qué pasará en este incierto mundo y no está de más hallarse preparado. De manera que puedes seguir esas clases si quieres, Ana.

—¡Oh, Marilla, muchas gracias! —Ana le echó los brazos a la cintura y la miró a los ojos—. Les estoy tan agradecida. Estudiaré cuanto sea capaz y haré cuanto pueda para que se enorgullezcan de mí. Les prevengo que no esperen mucho en geometría, pero creo que me distinguiré en todo lo demás si trabajo firme.

—Estoy segura de que te irá bastante bien. La señorita Stacy dice que eres brillante y diligente. —Por nada del mundo hubiera dicho Marilla a Ana todo lo que le había dicho la señorita Stacy; habría halagado demasiado su vanidad—. No necesitas tomártelo muy a pecho. No hay prisa. No estarás lista para el ingreso hasta dentro de un año y medio. Pero es bueno comenzar a su debido tiempo y tener una base correcta, como dice la señorita Stacy.

—Desde ahora pondré más interés que nunca en mis estudios —anunció Ana, llena de felicidad—, porque tengo una razón para vivir. El señor Alian dice que todos deberíamos tener una razón para vivir y luchar fielmente por ella. Sólo que dice que debemos estar seguros de que se trata de un propósito valioso. Yo llamaría propósito valioso el ser maestra como la señorita Stacy. Creo que es una profesión muy noble.

La clase para la Academia de la Reina fue organizada a su debido tiempo. Gilbert Blythe, Ana Shirley, Ruby Gillis, Jane Andrews, Josie Pye, Charlie Sloane y Moody Spurgeon MacPherson tomaron parte. Diana no asistió, ya que sus padres no tenían pensado mandarla a la Academia de la Reina. Esto pareció poco menos que una calamidad para Ana. Desde la noche en que Minnie May tuviera garrotillo no se habían separado para nada. La tarde en que el grupo de la Academia se quedó por primera vez para dar las lecciones iniciales y Ana vio salir a Diana lentamente con los otros para volver sola a casa por el Camino de los Abedules y el Valle de las Violetas, nada pudo hacer excepto quedarse sentada y reprimir sus deseos de salir corriendo con su compañera. Se le hizo un nudo en la garganta y rápidamente ocultó tras la gramática latina las lágrimas que llenaban sus ojos. Por nada del mundo dejaría que Gilbert y Josie las vieran.

—Pero, Marilla, creí haber probado la amargura de la muerte, como dijo el señor Alian en su sermón del domingo pasado, al ver a Diana salir sola —dijo tristemente aquella noche—. ¡Qué maravilloso hubiera sido si Diana hubiese seguido también el curso! Pero no podemos aspirar a la perfección en un mundo imperfecto, como dice la señora Lynde. Aunque a veces no sea una persona muy reconfortante no cabe duda de que dice muchas verdades. Y pienso que la clase será muy interesante. Jane y Ruby sólo estudiarán para ser maestras. Es la meta de sus ambiciones. Ruby dice que piensa enseñar durante un par de años después de la graduación y luego casarse. Jane dice que dedicará toda su vida al magisterio y no se casará nunca, porque a una le pagan por enseñar, mientras que un marido no paga nada y además gruñe cuando le pides dinero para huevos o manteca. Supongo que Jane habla por triste experiencia, pues la señora Lynde dice que su padre es un cascarrabias y terriblemente mezquino. Josie Pye dice que cursará sus estudios simplemente para tener mayor educación, porque no tendrá que ganarse la vida; dice además que desde luego es distinto en el caso de los huérfanos que viven de la caridad; ellos sí que deben abrirse camino. Moody Spurgeon será ministro. La señora Lynde dice que con un nombre así no podrá ser otra cosa. No lo tome a mal, Marilla, pero con sólo pensar en Moody corno ministro me hace reír. ¡Tiene un aspecto tan ridículo, con la cara gorda, los ojillos azules y las orejas como pantallas! Quizá cuando crezca tenga un aspecto más intelectual. Charlie Sloane dice que se dedicará a la política y se hará miembro del Parlamento, pero la señora Lynde dice que no tendrá éxito, porque los Sloane son honrados y sólo los sinvergüenzas tienen futuro en política.

—Y Gilbert Blythe, ¿qué será? —preguntó Marilla, viendo que Ana abría su Julio César.

—No tengo conocimiento de las ambiciones de Gilbert Blythe, si es que tiene algunas —dijo Ana, airada.

En aquel momento la rivalidad entre Ana y Gilbert era evidente. Antes había sido unilateral, pero ahora no cabía duda de que Gilbert quería ser el primero de la clase, igual que Ana. Eran dignos uno del otro. Los otros miembros de la clase aceptaban tácitamente su superioridad y ni siquiera soñaban con competir con ellos.

Desde el día de la laguna, en que ella se negara a perdonarle, Gilbert, exceptuando la antedicha rivalidad, no daba muestras de reconocer la existencia de Ana Shirley. Hablaba y bromeaba con las otras muchachas, cambiando libros y acertijos con ellas; discutía lecciones y planes y algunas veces acompañaba a su casa a alguna, después de las oraciones o de la reunión del Club de Debates. Pero a Ana Shirley simplemente la ignoraba; y ésta descubrió que no es nada agradable ser ignorado. En vano se decía a sí misma que no le importaba. En lo más profundo de su corazoncito sabía que le importaba y que si volviera a tener la oportunidad del Lago de las Aguas Refulgentes, su respuesta sería bien distinta. De pronto, para su secreta tortura, había descubierto que el viejo resentimiento había desaparecido, desvaneciéndose cuando más necesitaba de su apoyo. Era en vano que recordara la memorable ocasión y tratara de sentir la vieja y satisfactoria ira. Aquel día, junto a la laguna, había contemplado su último y espasmódico relámpago. Ana comprendió que había perdonado y olvidado sin darse cuenta. Pero era demasiado tarde.

Por lo menos, ni Gilbert ni nadie, ni siquiera Diana, sospecharían jamás cuánto lo sentía y cuánto deseaba no haber sido tan orgullosa. Decidió «sepultar sus sentimientos en el más profundo de los olvidos», y tuvo tanto éxito que Gilbert, que posiblemente no era tan indiferente como parecía, no pudo consolarse con la certeza de que Ana sentía su desprecio. Su único pobre consuelo fue burlarse sin piedad, continua e inmerecidamente del pobre Charlie Sloane.

Por lo demás, el invierno pasó entre agradables deberes y estudios. Para Ana, los días transcurrían como doradas cuentas de la gargantilla del año. Estaba feliz, ansiosa, interesada; había lecciones que aprender y distinciones que ganar; deliciosos libros que leer; nuevos cantos que practicar para el coro de la escuela dominical; placenteras tardes de domingo en la rectoría, junto a la señora Alian. Entonces, casi antes de que Ana lo notara, llegó la primavera a «Tejas Verdes» y una vez más todo floreció.

Los estudios se volvieron menos agradables; en el curso extraordinario, al quedarse en el colegio mientras los otros corrían por los verdes campos, los atajos sombríos y los senderos, miraba por la ventana y descubría que los verbos latinos y los ejercicios en francés habían perdido algo de la belleza que poseyeran en los meses de invierno. Hasta Gilbert y Ana se rezagaron. Maestra y alumnos se sintieron igual de felices cuando terminaron las clases y los alegres días de las vacaciones se extendieron rosados ante ellos.

—Habéis realizado una buena labor este año —les dijo la señorita Stacy durante la última noche— y os merecéis unas buenas y alegres vacaciones. Divertíos cuanto podáis al aire libre y reunid mucha vitalidad y ambición para trabajar el próximo año. Será una tarea extraordinaria; es el último año antes del ingreso.

—¿Volverá el año que viene, señorita Stacy? —preguntó Josie Pye.

Josie Pye nunca dudaba en hacer preguntas; en esta ocasión, el resto de la clase le estuvo agradecida. Ninguno se hubiera atrevido a preguntarlo, aunque todos deseaban saber; habían corrido alarmantes rumores por el colegio de que la maestra no regresaría al siguiente año, pues había recibido una oferta del colegio de su distrito natal y tenía intención de aceptarla. La clase de la Academia de la Reina esperó la respuesta sin respirar.

—Sí, creo que lo haré —dijo la señorita Stacy—. Pensé en encargarme de otra escuela, pero he decidido volver a Avonlea. Para ser sincera, me he interesado tanto por la clase que no la puedo dejar. De manera que me quedaré hasta después de los exámenes.

—¡Hurra! —gritó Moody Spurgeon. Nunca se había dejado llevar por sus sentimientos, y durante una semana enrojecía cada vez que recordaba el incidente.

—¡Oh, estoy tan contenta! —dijo Ana con los ojos brillantes—. Querida señorita Stacy, hubiera estado muy mal de su parte no regresar. No creo que hubiera sido capaz de continuar con los estudios si otro maestro hubiera ocupado su lugar.

Cuando Ana llegó a su casa aquella noche, guardó todos sus libros de texto en un viejo baúl del altillo, lo cerró con llave y la tiró en un cajón.

—Durante las vacaciones ni siquiera voy a mirar el edificio de la escuela —dijo a Marilla—. He estudiado todo lo que he podido durante el curso; he aprendido geometría hasta saber de memoria cada teorema del primer libro aunque me cambien las letras. Estoy cansada de ser sensata y dejaré correr la imaginación este verano. ¡Oh, no se alarme, Marilla! La dejaré correr dentro de límites razonables. Pero quiero tener un verano realmente alegre, pues probablemente sea mi último verano de niña. La señora Lynde dice que si sigo estirándome el año próximo igual que éste, tendré que alargar las faldas. Dice que soy toda ojos y piernas. Y cuando me ponga faldas más largas sentiré que deberé ser digna de ellas, y lo seré. Sospecho que entonces ni siquiera podré creer en las hadas, así que este verano creeré en ellas con todo mi corazón. Me parece que vamos a pasar unas vacaciones muy alegres. Ruby Gillis va a dar una fiesta de cumpleaños, y el mes próximo tendremos el festival de la misión y la excursión de la escuela dominical. Y el señor Barry dice que una noche nos llevará a Diana y a mí al hotel de White Sands a cenar. Allí se cena por las noches, ¿sabe? Jane Andrews fue el verano pasado y dice que es maravilloso ver la luz eléctrica y las flores y las señoras con sus elegantes vestidos. Dice que fue su primera visión de la vida elegante y que no la olvidará hasta el día de su muerte.

La señora Lynde llegó por la tarde, para averiguar por qué Marilla no había asistido a la reunión del jueves de la Sociedad de Ayuda. Cuando Marilla no concurría a dicha reunión, la gente de Avonlea sabía que algo andaba mal en «Tejas Verdes».

—El corazón de Matthew no andaba muy bien —explicó Marilla—, y no me sentí con ánimos de dejarle. Ya pasó, pero los ahogos le dan más a menudo y eso me preocupa. El médico dice que debe tener cuidado y evitar las emociones fuertes. No es muy difícil, ya que Matthew no las busca ni nunca las buscó, pero tampoco debe hacer trabajos pesados, y usted sabe que pedirle a Matthew que no trabaje es igual que pedirle que no respire. Venga y deje sus cosas, Rachel. ¿Se quedará a tomar el té?

—Bueno, ya que me lo pide, creo que sí —contestó la señora, que, además, no tenía otros planes.

Ambas se sentaron en la sala de estar mientras Ana preparaba el té y horneaba unos bollos que pudieran desafiar cualquier crítica.

—Debo decir que Ana se ha transformado en una chica muy dispuesta —admitió la señora Lynde, mientras Marilla la acompañaba al atardecer hasta el final del sendero—; debe ser una gran ayuda.

—Lo es —contestó Marilla—, y ahora es sensata y digna de confianza. Antes temía que no se curara de sus yerros; pero no ha sido así y ya no temo confiarle nada.

—Aquel día, tres años atrás, no se me hubiera ocurrido pensar que resultaría así. ¡Nunca olvidaré su terrible reacción! Cuando volví a casa, le dije a Thomas: «Toma nota, Thomas, Marilla Cuthbert se arrepentirá toda su vida del paso que ha dado». Pero me equivoqué, y me alegro. No soy de esas que nunca reconocen el error. No, ésa nunca fue mi costumbre, gracias a Dios. Cometí un error con Ana, pero no era de extrañar, pues nunca había visto una criatura más singular, eso es. No había modo de criarla con las reglas aptas para los demás niños. Es maravilloso cuánto ha mejorado en todos estos años, especialmente en apariencia. Será una hermosa muchacha, aunque yo no sea partidaria del tipo de tez pálida y grandes ojos. Me gustan más rollizas y rosadas, como Diana Barry o Ruby Gillis. Ésta sí que es guapa. Pero hay algo, no sé qué es, que las hace parecer vulgares cuando están con Ana, aunque ésta no sea tan hermosa; es como si pusiéramos un narciso junto a las grandes peonías, eso es.

CAPÍTULO XXXI

Donde el arroyo y el río se encuentran

Ana disfrutó aquel verano con todo su corazón. Diana y ella vivieron totalmente al aire libre, gozando de todas las delicias que les brindaban el Sendero de los Amantes, la Burbuja de la Dríada, Willowmere y la isla Victoria. Marilla no opuso inconveniente a los vagabundeos de Ana. El médico de Spencervale, el mismo que había ido la noche de la enfermedad de Minnie May, halló una tarde a Ana en la casa de una paciente, la observó agudamente, torció la boca, sacudió la cabeza y envió a Marilla la siguiente nota: «Tenga a su pelirroja al aire libre todo el verano y no la deje leer ningún libro hasta que tenga un andar más vivo.»

Este mensaje asustó a Marilla saludablemente. Leyó en él la condena de muerte de Ana de tisis, a menos que lo siguiera al pie de la letra. Como resultado, Ana pasó el verano más dorado de su vida en lo que se refería a libertad y retozó, paseó, remó, cogió fresas y soñó con el corazón alegre; y cuando llegó septiembre tenía los ojos brillantes y vivos, un andar que hubiera satisfecho al médico de Spencervale y un corazón lleno nuevamente de ambición y deleite.

—Me siento con ánimo de estudiar con todas mis fuerzas —declaró mientras bajaba sus libros de la buhardilla—. ¡Oh, mis queridos y viejos amigos! Estoy tan contenta de ver vuestras honestas caras otra vez! ¡Sí, hasta la tuya, geometría! He pasado un verano maravilloso, Marilla, y ahora estoy tan alegre como un hombre fuerte antes de correr una carrera, como dijo el señor Alian el domingo pasado. ¿No son magníficos los sermones del señor Alian? La señora Lynde dice que mejora día a día y que en cualquier momento alguna iglesia de la ciudad lo pedirá y nos quedaremos sin él, teniendo que volver a otro ministro que aún no esté maduro. Pero yo no veo la necesidad de preocuparse antes de tiempo. ¿No le parece, Marilla? Creo que lo mejor es disfrutar del señor Alian mientras lo tenemos. Si yo fuera hombre creo que sería ministro.

Ellos pueden tener mucha influencia para el bien si están fuertes en teología; y debe ser estremecedor pronunciar sermones espléndidos y conmover los corazones de quienes escuchan. ¿Por qué las mujeres no pueden ser ministros, Marilla? Se lo pregunté a la señora Lynde y se sobresaltó y me dijo que sería algo escandaloso. Dijo que en los Estados Unidos se permiten ministros femeninos, y cree que los hay, pero que, gracias a Dios, eso todavía no ocurre en el Canadá, y que espera que nunca los habrá. Pero yo no veo el porqué. Pienso que las mujeres serían espléndidos ministros. Cuando hay que preparar una reunión social, un té o cualquier otra cosa a beneficio de la iglesia, las mujeres tienen que ocuparse y hacer todo el trabajo. Estoy segura de que la señora Lynde puede rezar cada oración tan bien como el señor Bell, y no dudo que también podría predicar con un poco de práctica.

—Sí, creo que sí —dijo Marilla secamente—. Lo ha probado en infinidad de sermones extraoficiales. Nadie tiene muchas oportunidades de cometer equivocaciones en Avonlea con Rachel Lynde vigilando.

—Marilla —dijo Ana confidencialmente—, quiero contarle algo y conocer su opinión al respecto. Me preocupa terriblemente, sobre todo los domingos por la tarde cuando pienso sobre estos asuntos. Realmente quiero ser buena, y cuando estoy con usted, con la señora Alian o la señorita Stacy, lo deseo más aún y quiero sólo hacer las cosas que ustedes aprobarían. Pero generalmente, cuando me encuentro con la señora Lynde, me siento desesperadamente mala y deseo hacer justamente lo que ella dice que no debo. Siento una tentación irresistible. Ahora bien, ¿por qué le parece que me sentiré así? ¿Cree usted que es porque soy realmente mala y que no puedo regenerarme?

Marilla pareció dudar un instante y luego se echó a reír.

—Si tú estás confundida, Ana, yo también lo estoy, porque a menudo Rachel produce en mí ese mismo efecto. A veces pienso que ella influiría mucho más para el bien, como tú dices, si no estuviera siempre sermoneando a la gente sobre lo que debe hacer.

Tendría que haber algún precepto contra el sermoneo. Pero no debería expresarme así. Rachel es una buena cristiana y tiene buenas intenciones. No hay un alma más noble en Avonlea y nunca elude sus tareas.

—Me alegra mucho que sienta lo mismo —dijo Ana decididamente—. Es alentador. Ahora ya no me preocuparé tanto por este asunto. Pero me atrevo a decir que se presentarán otras cosas que me preocuparán. Cada momento trae una nueva que me deja perpleja. Se termina con una cuestión e inmediatamente surge otra. Hay tantas cosas que meditar y que decidir cuándo se está empezando a crecer. Pensar y determinar lo que es correcto ocupa todo mi tiempo. Estar creciendo es algo muy serio, ¿no le parece, Marilla? Pero con amigos tan buenos como usted y como Matthew, la señora Alian y la señorita Stacy tengo que crecer correctamente, y estoy segura de que si fallo será sólo por culpa mía. Siento que es una gran responsabilidad, porque no tengo más que una oportunidad. Si no crezco como Dios manda, no puedo volver atrás y empezar otra vez. Este verano he crecido cinco centímetros, Marilla. La señora Gillis me midió en la fiesta de Ruby. ¡Estoy tan contenta de que me hiciera más largos los vestidos nuevos! ¡El verde oscuro es tan bonito y fue tan bondadoso de su parte ponerle el volante! Por supuesto, sé que no era realmente necesario, pero los volantes están de moda este otoño y Josie Pye los tiene en todos sus vestidos. Sé que seré capaz de estudiar mejor con el mío. En lo más profundo de mi mente guardaré un sentimiento muy agradable por el volante.

—Por lo menos servirá para algo —admitió Marilla.

La señorita Stacy retornó a la escuela de Avonlea y halló a sus alumnos ansiosos por comenzar a estudiar otra vez. Especialmente los que se preparaban para el ingreso a la Academia, pues a fin de año, ensombreciendo ya ligeramente su camino, se alzaba esa cosa horrible conocida como «el examen de ingreso», ante cuya sola idea se les caía el alma a los pies. ¡Imagina que no lo pasaran! Ese pensamiento estaba destinado a obsesionar a Ana en sus horas de insomnio aquel invierno, incluyendo los domingos por la tarde con la exclusión casi total de todos los problemas teológicos y morales. En sus pesadillas, Ana se veía observando miserablemente la lista de los que habían pasado los exámenes, encabezada por el nombre de Gilbert Blythe, mientras que el suyo no figuraba por ninguna parte.

Pero el invierno pasaba rápido, feliz y lleno de ocupaciones. El trabajo en la escuela era muy interesante; la competencia, tan absorbente como en otros tiempos. Nuevos mundos de pensamientos, sentimientos y ambiciones; frescos y fascinantes campos de conocimientos ignorados parecían abrirse ante los ávidos ojos de Ana como colinas asomando tras la colina

y Alpes alzándose sobre los Alpes.

El éxito se debía al tacto, cuidado y tolerante guía de la señorita Stacy. Hacía que sus alumnos pensaran, exploraran y descubrieran por sí mismos, fomentaba que se apartaran de senderos trillados hasta un punto que sorprendía por completo a la señora Lynde y a los síndicos de la escuela, quienes miraban de reojo todo lo que se apartara de los viejos métodos establecidos.

Aparte de sus estudios, Ana tuvo mayor vida social, pues Marilla, obsesionada por la advertencia del médico de Spencervale, no se opuso más a las salidas que se presentaban ocasionalmente. El Club del Debate prosperó y celebró varios festivales; hubo una o dos fiestas que casi llegaron a ser grandes acontecimientos, y paseos en trineo y patinaje.

Mientras tanto, Ana crecía tan rápidamente que Marilla se sorprendió un día que estaban de pie una junto a la otra al descubrir que la jovencita era más alta que ella.

—¡Vaya, Ana, cómo has crecido! —exclamó, casi incrédulamente.

Un suspiro acompañó estas palabras. Marilla sentía una extraña pena ante la estatura de Ana. La niña que ella había aprendido a amar se había desvanecido y en su lugar estaba esta alta muchacha de quince años, de mirada seria, semblante pensativo y cabecita orgullosa.

Marilla amaba a la jovencita mucho más de lo que había amado a la niña, pero tenía conciencia de una extraña y triste sensación de pérdida. Y aquella noche, cuando Ana se hubo ido con Diana a la reunión de la iglesia, Marilla, sentada sola en medio del crepúsculo invernal, se permitió la debilidad de llorar. Matthew, que llegaba con un farol, la sorprendió, y se quedó mirándola con tal consternación, que Marilla tuvo que reír en medio de sus lágrimas.

—Estaba pensando en Ana —explicó—. Se está haciendo mayor, y probablemente el invierno que viene estará separada de nosotros. La echaré mucho de menos.

—Podrá venir a casa a menudo —la consoló Matthew, para quien Ana siempre sería la pequeña y ansiosa criatura que trajera de Bright River aquel atardecer de junio hacía cuatro años—. El ramal del ferrocarril llegará hasta Carmody para entonces.

—No será lo mismo que tenerla aquí todo el tiempo —suspiró Marilla, lúgubremente determinada a sufrir sin consuelo alguno—. ¡Pero, claro, los hombres no pueden entender estas cosas!

Había otros cambios en Ana, no menos reales que los físicos. Para empezar, se había vuelto mucho más tranquila; quizá pensara más que nunca y soñara tanto como antes, pero lo cierto era que hablaba menos. Marilla lo notó y también lo comentó.

—Hablas la mitad de lo que acostumbrabas antes, Ana, y apenas usas palabras importantes. ¿Qué te ha ocurrido?

Ana se sonrojó y rió brevemente, mientras abandonaba su libro y miraba soñadoramente por la ventana, donde rojos y grandes capullos reventaban sobre la enredadera como respuesta al reclamo del sol de primavera.

—No sé. No siento deseos de hablar tanto —dijo pensativamente—. Prefiero pensar en cosas que me gustan y guardarlas en el corazón como tesoros. No me gusta que se rían o duden de ellas. Y por alguna razón, ya no quiero usar más palabras rimbombantes. Es casi una pena, ya que ahora casi soy suficientemente mayor como para decirlas si lo deseara. Es divertido crecer en ciertos sentidos, pero no es la clase de diversión que yo esperaba, Marilla. Hay tanto que aprender y hacer y pensar, que no hay tiempo para palabras importantes. Además, la señorita Stacy dice que las simples son mucho más fuertes y mejores. Nos hace escribir todos nuestros trabajos tan sencillamente como sea posible. Al principio fue difícil. Estaba acostumbrada a llenarlo todo con cuanta palabra grande podía pensar, y eran muchas. Pero ahora me estoy acostumbrando y veo que es mucho mejor así.

—¿Qué se ha hecho de tu club de cuentos? Hace mucho que no te oigo hablar de él.

—El club de cuentos ya no existe. No tenemos tiempo, y de cualquier modo creo que estaba empezando a aburrirnos. Era una estupidez estar escribiendo sobre amor, asesinatos, fugas y misterios. A veces la señorita Stacy nos hace escribir algo como práctica de composición, pero no nos deja relatar nada que no pudiera pasar en Avonlea, en nuestras propias vidas; lo juzga con dureza y hace que también nosotros hagamos nuestra propia crítica. Nunca creí que mis composiciones tuvieran tantos errores, hasta que empecé a corregirlas yo misma. Me sentí tan avergonzada que quise desistir para siempre, pero la señorita Stacy dijo que podía aprender a escribir bien sólo con que me constituyera en mi más severo juez. Y en eso me estoy ejercitando.

—Faltan sólo dos meses para el examen de ingreso; ¿crees que lo aprobarás?

Ana tembló.

—No sé. A veces pienso que todo saldrá bien, y luego siento un miedo terrible. Estamos estudiando fuerte y la señorita Stacy nos ejercita concienzudamente, pero no obstante podemos fracasar. Cada uno de nosotros tiene su punto débil. El mío es la geometría, por supuesto; el de Jane es el latín; el de Ruby y Charlie, el álgebra, y el de Josie, la aritmética. Moody Spurgeon dice que lo lleva dentro y que sabe que fallará en historia inglesa. La señorita Stacy va a hacernos unos exámenes en junio que serán tan difíciles como los de la Academia, y nos calificará estrictamente, para irnos dando una idea. Quisiera que todo estuviera terminado, Marilla; me obsesiona.

A veces me despierto en medio de la noche y pienso qué haré si no apruebo.

—Bueno, pues ir al colegio el año próximo y probar otra vez —dijo Marilla sin inmutarse.

—Oh, no creo que tuviera ánimo para ello. Sería horrible fracasar, especialmente si Gil... si los otros pasan. Y me pongo tan nerviosa en los exámenes que es probable que me confunda. Querría tener nervios como los de Jane Andrews. Nada la perturba.

Ana suspiró, apartó sus ojos del hechizo del mundo en primavera, de la tentación de la brisa y el cielo y de los verdes pastos primaverales del jardín, y se sepultó resueltamente en su libro. Habría otras primaveras, pero si no aprobaba los exámenes de ingreso, Ana tenía la seguridad de que nunca podría recobrarse lo suficiente como para gozar de ellas.

CAPÍTULO XXXII

La lista de promociones

Con el fin de junio llegaron el final de curso y del reinado de la señorita Stacy en la escuela de Avonlea. Ana y Diana volvieron esa tarde a casa con el ánimo muy triste. Ojos enrojecidos y pañuelos húmedos eran testimonio de que las palabras de despedida de la maestra habían sido tan conmovedoras como las del señor Phillips tres años atrás. Diana contempló el edificio del colegio desde la falda de la colina de los abetos y suspiró profundamente.

—Parece como si fuera el fin de todo, ¿no es así? —dijo desmayadamente.

—No creo que te sientas ni la mitad de dolorida que yo —contestó Ana, buscando inútilmente un trozo seco en su pañuelo—. Tú volverás el próximo invierno, pero yo creo que dejaré el viejo colegio para siempre; es decir, si tengo suerte.

—Ya no será lo mismo. La señorita Stacy no estará, y ni tú, ni Ruby, ni Jane tampoco, posiblemente. Me tendré que sentar sola, pues no seré capaz de resistir a ninguna compañera de banco después de ti. ¡Oh, hemos pasado unos momentos maravillosos! ¿No es así, Ana? Es horrible pensar que han terminado.

Dos lágrimas resbalaron por la nariz de Diana.

—Si tú fueras capaz de dejar de llorar, yo también podría hacerlo —dijo Ana, implorante—. En cuanto guardo mi pañuelo, te veo hacer pucheros y es empezar otra vez. La señora Lynde dice: «Si no puedes estar alegre, sé tan alegre como puedas». Después de todo, me atrevo a decir que volveré el año próximo. Estoy segura de que no me aprobarán.

—¡Pero si pasaste con holgura los exámenes de la señorita Stacy!

—Sí, porque no estaba nerviosa. Cuando pienso en las pruebas reales se me hiela la sangre en las venas. Además, mi número es el trece, y Josie Pye dice que trae mala suerte. No soy supersticiosa y sé que no modificará nada, pero aun así me gustaría no ser la trece.

—¡Cuánto quisiera estar contigo! —dijo Diana—. Pasaríamos buenos ratos. Pero supongo que te tendrás que dar un atracón por las noches.

—No; la señorita Stacy nos ha hecho prometer que no abriremos un solo libro. Dice que eso sólo nos cansaría y nos confundiría, y que debemos salir a pasear sin pensar en los exámenes y acostamos temprano. Es un buen consejo, pero sospecho que será difícil seguirlo. Prissy Andrews me contó que durante la semana de sus exámenes de ingreso se sentaba en la mitad de la noche a darse un atracón de lecciones, y yo estaba determinada a hacer lo mismo por lo menos durante el mismo tiempo. Tu tía Josephine fue muy gentil al pedirme que me hospedara en Beechwood durante mi estancia.

—Me escribirás, ¿no es cierto?

—Te escribiré el martes para decirte cómo fue el primer día.

—No me apartaré del correo el miércoles. Ana partió para la ciudad el lunes siguiente, y el miércoles Diana no se apartó del correo, como prometiera, y recibió su carta.

«Mi querida Diana:

»Ya estamos a martes por la noche y te escribo desde la biblioteca de Beechwood. Anoche me sentí muy sola en mi habitación y deseé con toda mi alma que estuvieses aquí. No pude empollar las lecciones porque prometí no hacerlo a la señorita Stacy, pero me resultó tan difícil no estudiar como difícil me había resultado no leer novelas en tiempos de estudio.

»Esta mañana, la señorita Stacy vino a buscarme y fuimos a la Academia; por el camino recogimos a Jane, Ruby y Josie. Ruby me pidió que le tocara las manos y las tenía frías como el hielo. Josie dijo que yo tenía aspecto de no haber dormido un minuto y que no parecía suficientemente fuerte para resistir el curso aunque pasara el examen. ¡Hay ocasiones en que tengo la sensación de no poder conseguir nada en mi intento de querer a Josie!

»Cuando llegamos a la Academia, había muchísimos estudiantes de todas partes de la Isla. La primera persona que vi fue Moody Spurgeon, sentado en los escalones y hablando solo; Jane le preguntó qué diablos hacía y él contestó que repetía la tabla de multiplicar una y otra vez para calmarse los nervios y que por amor de Dios no le interrumpiéramos, pues si se detenía un instante, del susto olvidaría cuanto sabía.

»Cuando nos designaron las aulas, la señorita Stacy tuvo que dejarnos. Jane y yo nos sentamos juntas y ella estaba tan tranquila que la envidié. ¡No hay necesidad de tabla de multiplicar para la buena, segura y sensata Jane! Me puse a pensar si se notaría mi estado de ánimo y si oirían los latidos de mi corazón desde la otra punta de la habitación. Entonces entró un hombre y comenzó a distribuir las hojas para el examen de inglés. Las manos se me helaron y la cabeza empezó a darme vueltas al cogerla. Durante un terrible momento, me sentí igual que cuatro años atrás en "Tejas Verdes", cuando le pregunté a Marilla si me quedaría en la casa; luego todo se aclaró y mi corazón comenzó a latir otra vez.

»A mediodía fuimos a almorzar, para regresar por la tarde para el examen de historia. Fue muy difícil y me hice un lío horrible con las fechas. Sin embargo, creo que me porté bastante bien. Pero oh, Diana, mañana toca el examen de geometría y cuando pienso en él, me cuesta un enorme esfuerzo no abrir mi Euclides. Si creyera que la tabla de multiplicar me ayudaría, me pasaría repitiéndola desde hoy hasta mañana.

»Esta noche he ido a ver a las otras chicas. De camino me encontré con Moody, que paseaba abstraído. Me dijo que sabía que había fracasado en historia y que había nacido para ser una desilusión para sus padres y que volvería en el tren de la mañana, porque sería más fácil ser carpintero que ministro. Le consolé y le persuadí de que se quedara hasta el fin, porque no sería leal con la señorita Stacy si no lo hiciera. Algunas veces me gustaría haber nacido varón, pero cuando veo a Moody, siempre me alegro de ser mujer y de no ser su hermana.

»Ruby estaba histérica cuando llegué a su alojamiento; acababa de descubrir un horrible error que cometiera en su examen de inglés.

Cuando se recobró, fuimos a tomar un sorbete. Oh, cuánto me hubiera gustado que estuvieras con nosotras.

»¡Oh, Diana, cómo me gustaría haber pasado ya el examen de geometría! Pero, como dice la señora Lynde, el sol seguirá igual su curso, fracase o no en geometría. Es cierto, aunque no muy consolador. Pensaré mejor que no lo seguirá si fracaso.

Tuya

Ana»

El examen de geometría y todos los demás pasaron a su tiempo, y Ana llegó a su casa el viernes por la noche, algo cansada, pero con un aire de neto triunfo. Diana estaba en «Tejas Verdes» y se saludaron como si hubieran estado separadas durante varios años.

—Es maravilloso tenerte de nuevo aquí. Parece que haya transcurrido un siglo desde que te fuiste. ¿Cómo te ha ido?

—Creo que bastante bien, excepto en geometría. No sé si salí bien o no y tengo la horrible sensación de que no. ¡Oh, cuán hermoso es estar de regreso! ¡«Tejas Verdes» es el lugar que más quiero en el mundo!

—¿Cómo les fue a los demás?

—Las chicas dicen que saben que no pasarán, pero yo creo que se portaron bastante bien. ¡Josie dice que la geometría era tan fácil que una criatura de diez años podía hacerla! Moody Spurgeon cree que fracasó en historia y Charlie dice que le fue mal en álgebra. Pero nada se sabrá hasta que se conozca la lista de promociones, dentro de quince días. ¡Imagínate, vivir quince días en un suspenso así! Quisiera dormirme y no despertar hasta que todo haya pasado.

Diana sabía que sería inútil preguntar por Gilbert Blythe, de manera que sólo dijo: —Aprobarás, no te preocupes.

—Preferiría fracasar a no ocupar un lugar destacado en la lista —contestó Ana, queriendo decir en realidad (y Diana bien que lo sabía) que el éxito sería incompleto si no salía delante de Gilbert.

Con ese propósito, Ana había agotado sus fuerzas durante el examen. Y lo mismo había ocurrido con Gilbert. Se habían cruzado en la calle media docena de veces sin dar muestra de reconocerse y cada vez Ana había erguido un poquito más la cabeza y había deseado más haber hecho las paces con Gilbert cuando él se lo pidiera, al mismo tiempo que se prometía pasarle en los exámenes. Sabía que toda la juventud de Avonlea estaría conjeturando cuál de ambos saldría primero; hasta sabía que Jimmy Glover y Ned Wright habían hecho apuestas y que Josie Pye dijo que no había duda de que Gilbert sería el primero, y sentía que la humillación sería insoportable si fracasaba.

Pero tenía otra razón para desear salir bien. Quería pasar «con todos los honores» por Marilla y Matthew, especialmente por éste. Matthew le había declarado su convicción de que «vencería a toda la isla». Ana sentía que eso era algo que no podía pensar ni en los sueños más irrealizables. Pero esperaba fervientemente estar entre los primeros para ver brillar el orgullo en los ojos de Matthew. Sería la recompensa más dulce por su dura labor y su paciente lucha contra las áridas ecuaciones y conjugaciones.

De manera que, al final de la quincena, Ana comenzó a rondar el correo, en la distraída compañía de Jane, Ruby y Josie, abriendo los periódicos de Charlottetown con las mismas frías y temblorosas manos del día del examen. Charlie y Gilbert no pudieron evitar hacer lo mismo, pero Moody permaneció resueltamente alejado.

—No tengo valor para ir allí y contemplar el diario a sangre fría —le dijo a Ana—. Voy a esperar hasta que alguien venga y me diga de pronto si he pasado o no.

Cuando hubieron pasado tres semanas sin que se conociera la lista, Ana comenzó a sentir que ya no podría resistir mucho más la tensión. Su apetito se extinguió y desapareció su interés por los acontecimientos de Avonlea. La señora Lynde quería saber qué otra cosa se podía esperar con un secretario «conservador» a cargo de la educación, y Matthew, notando la palidez e indiferencia de Ana y los lentos pasos con que salía cada tarde del correo, comenzó a pensar seriamente si debería votar a los liberales en las próximas elecciones.

Pero finalmente llegó la lista. Ana estaba sentada frente a su ventana abierta, olvidada de la angustia de los exámenes y de las calamidades del mundo, embebida en la belleza del atardecer de verano, dulcemente perfumado por los aromas de las flores que subían del jardín. El cielo tenía relámpagos rosados y Ana soñaba si el espíritu del color sería así, cuando vio a Diana cruzar entre los pinos, pasar corriendo el puente de troncos y acercarse blandiendo un periódico.

Ana saltó sobre sus pies, sabiendo al instante qué contenía ese periódico. ¡Ya se conocía la lista de promociones! La cabeza le dio vueltas y el latido del corazón le lastimó el pecho. No pudo mover los pies. Pareció una hora lo que tardó Diana en cruzar el salón y entrar en la habitación sin llamar siquiera, tan grande era su excitación.

—Ana, has aprobado —gritó—; eres la primera; tú y Gilbert, ambos iguales, pero tu nombre figura primero. ¡Estoy tan orgullosa!

Diana echó el diario sobre la mesa y se tiró sobre la cama de su amiga, completamente sin aliento e incapaz de decir una sola palabra más. Ana trató de encender la lámpara, empleando media docena de cerillas antes de que sus temblorosas manos pudieran cumplir con la tarea. Luego revisó el periódico. Sí, había pasado; allí estaba su nombre encabezando una lista de doscientos. Era un instante digno de ser vivido.

—Te has portado espléndidamente, Ana —sopló Diana, suficientemente recobrada como para sentarse y hablar, pues Ana, con los ojos cubiertos y transportada, no había dicho palabra—. Papá trajo el diario desde Bright River no hace ni diez minutos; llegó por la tarde en el tren y no estará aquí en el correo hasta mañana, y en cuanto vi la lista de promociones salí corriendo. Todos habéis pasado. Hasta Moody Spurgeon, aunque está condicional en historia. Jane y Ruby se portaron bastante bien; están por la mitad, igual que Charlie. Josie apenas si pudo llegar, a tres puntos del mínimo, pero ya verás cómo se dará aires de ser la primera. ¿No se pondrá contenta la señorita Stacy? Ana, ¿qué se siente cuando uno tiene el nombre a la cabeza de la lista de promociones? Si fuera yo, estaría loca de alegría. Ya lo estoy, pero tú estás fría y calmada como una noche de primavera.

—La procesión va por dentro —respondió —. Quisiera decir algo, pero no puedo encontrar palabras. Nunca soñé esto; sí, lo hice, pero sólo una vez. Una vez me permití pensar: ¿qué ocurriría si saliera primera?, temblando, desde luego, pues me parecía vano y presuntuoso pensar que sería la primera de la lista. Perdóname un momento, Diana. Debo correr a decírselo a Matthew, que está en el campo. Luego iremos a decírselo a los demás.

Corrieron al henar más allá del granero, donde Matthew empacaba heno, y, oh suerte, la señora Lynde estaba charlando con Marilla por encima del cerco del sendero.

—¡Matthew —gritó Ana—, he pasado y fui la primera; o uno de los primeros! No soy vanidosa pero estoy agradecida.

—Bueno, siempre lo dije —respondió Matthew, contemplando alegremente la lista—. Sabía que les ganarías fácilmente a todos.

—Te has portado bastante bien, debo decirlo, Ana —comentó Marilla, tratando de ocultar su enorme orgullo del ojo crítico de la señora Lynde. Pero esa alma caritativa dijo sinceramente: —Sospecho que sí y lejos de mí está el no decirlo. Eres el crédito de tus amigos, Ana, eso es, y todos estamos orgullosos de ti.

Aquella noche Ana, que terminara una tarde deliciosa con una seria conversación con la señora Alian en la rectoría, se arrodilló dulcemente junto a su ventana abierta alumbrada por la luz y murmuró una plegaria de gratitud y aspiraciones que le salió de lo más profundo de su corazón. En ella había agradecimiento por lo pasado y reverente petición por lo futuro; y cuando se durmió sobre su gran almohada blanca, sus sueños fueron tan etéreos, dulces y hermosos como los puede desear la adolescencia.

CAPÍTULO XXXIII

El festival en el hotel

—De cualquier modo, Ana, ponte tu vestido blanco de organdí —
dijo Diana decididamente.

Se encontraban en la buhardilla; afuera, reinaba el crepúsculo; un
maravilloso crepúsculo amarillo verdoso bajo un límpido cielo azul
pálido. Una inmensa luna, que cambiaba lentamente de pálido en
brillante su argentino color, alumbraba el Bosque Embrujado; el aire
estaba lleno de sonidos estivales: amodorrados gorjeos de pájaros,
caprichosas brisas, voces lejanas y risas. Pero en la habitación de
Ana estaba cerrada la persiana y encendida la lámpara, pues se
llevaba a cabo un importantísimo tocado.

La buhardilla había cambiado mucho desde aquella noche, cuatro
años atrás, en que Ana sintiera que penetraba en lo más profundo
de su espíritu toda su desnudez con su inhóspito frío. Los cambios
habían surgido, y Marilla convino en ellos con resignación, hasta que
el cuarto quedó convertido en el nido más dulce y delicado que
pudiera desear una jovencita.

La alfombra de terciopelo con rosas y las cortinas de seda que
fueron los primeros sueños de Ana nunca habían llegado a
materializarse; pero éstos se habían sosegado al crecer y no es
probable que lamentara no poseerlas. El suelo estaba cubierto con
una bonita estera, y las cortinas que cubrían las altas ventanas
agitadas por las errantes brisas, eran de muselina verde pálido. Las
paredes, si bien no estaban tapizadas con brocado oro y plata,
estaban revestidas de un delicado estampado con flores de
manzano y adornadas con unos pocos y buenos cuadros que la
señora Alian le regalara. La fotografía de la señorita Stacy ocupaba
el sitio de honor y Ana se había impuesto la sentimental ocupación
de poner siempre flores frescas en la repisa que se hallaba debajo.
Aquella noche perfumaba la habitación la suave fragancia de las
lilas. No había «muebles de caoba», pero sí una biblioteca pintada

de blanco, llena de libros; una mecedora de mimbre cubierta con almohadones; un tocador con un tapete de muselina blanca; un primoroso espejo con ribete dorado, rosados cupidos y uvas de color púrpura pintados sobre el arco superior, que había estado en el cuarto de huéspedes, y una cama blanca.

Ana se estaba vistiendo para ir a un festival en el hotel de White Sands. Los huéspedes lo habían organizado a beneficio del hospital de Charlottetown y habían reclamado la ayuda de todos los aficionados con talento de los alrededores. A Bertha Sampson y Pearl Clay, que pertenecían al coro de la iglesia bautista de White Sands, se les había pedido que cantaran un dúo; Milton Clark, de Newbridge, iba a tocar un solo de violín; Winnie Adella Blair, de Carmody, cantaría una balada escocesa, y Laura Spencer, de Spencervale, y Ana Shirley, de Avonlea, iban a recitar.

Como Ana había dicho en una ocasión, ésta era «una época en su vida», y la excitación le hacía sentir deliciosos estremecimientos. Matthew se hallaba transportado al séptimo cielo del orgullo por el honor que se había conferido a Ana, y Marilla no se quedaba atrás, aunque hubiera muerto antes que admitirlo, y dijo que no le parecía correcto que un grupo de jóvenes fueran al hotel sin la compañía de una persona responsable. Ana y Diana iban a ir con Jane Andrews y su hermano Bill en su coche de doble asiento; y también concurrían varios jóvenes y jovencitas de Avonlea. Se esperaba un grupo de visitantes del pueblo y después del festival se serviría una cena a los participantes.

—¿Realmente te parece que el de organdí será el mejor? —inquirió Ana ansiosamente—. Creo que el de muselina azul estampada es más bonito y, sin lugar a dudas, más a la moda.

—Pero el blanco te queda mucho mejor —dijo Diana—. ¡Es tan delicado! El de muselina es almidonado y te hace parecer demasiado puntillosa. Pero el de organdí da la impresión de que forma parte de ti.

Ana suspiró condescendientemente; Diana estaba adquiriendo reputación por su buen gusto en el vestir y sus consejos eran muy solicitados. También ella estaba muy guapa aquella noche especial con un vestido rosado, color del que Ana siempre tendría que prescindir; pero como no iba a tomar parte en el festival, su apariencia era de menor importancia. Todos sus anhelos se concentraban en Ana, quien, para honor de Avonlea, debía estar vestida y adornada como para desafiar cualquier mirada.

—Corre un poco más ese volante... así; ven, déjame atarte el cinturón; ahora los zapatos. Voy a dividir tu cabello en dos gruesas trenzas y las ataré por la mitad; no, no deshagas ni un rizo de los que caen sobre la frente; es como mejor te queda, Ana, y la señora Alian dice que pareces una madonna cuando te peinas así. Te pondré esa rosa blanca detrás de la oreja. Era la única que había en casa y la guardé para ti.

—¿Me pongo las perlas? —preguntó Ana—. Matthew me trajo un collar de la ciudad la semana pasada y sé que le gustaría vérmelo puesto.

Diana frunció los labios, inclinó la cabeza con aire crítico y finalmente se pronunció en favor de las perlas.

—¡Hay algo tan estilizado en ti, Ana! —dijo Diana con admiración exenta de toda envidia—. ¡Tienes un porte tan especial! Supongo que es por tu figura. Yo soy regordeta. Siempre temí llegar a serlo y ahora sé que es así. Bueno, supongo que tendré que resignarme.

—Pero si tienes hoyuelos —sonrió Ana afectuosamente al vivo y bonito rostro que se encontraba cerca del suyo—. Hoyuelos maravillosos como pequeñas abolladuras en la crema. Yo he perdido todas las esperanzas de tenerlos. Mi sueño de hoyuelos nunca será una realidad; pero tantos otros se han cumplido, que no debo quejarme. ¿Ya estoy lista?

—Completamente —aseguró Diana en el instante en que Marilla apareció en la puerta; una figura delgada con más cabellos grises que en otros tiempos, pero con un rostro mucho más tierno—. Venga y observe a nuestra declamadora, Marilla. ¿No está encantadora?

Marilla emitió un sonido mezcla de bufido y gruñido.

—Está limpia y decente. Me gusta esa manera de arreglarse el cabello. Pero supongo que arruinará el vestido viajando con él por el polvo y el rocío. Y además parece demasiado liviano para una noche tan húmeda. De cualquier modo, el organdí es la tela menos útil del mundo, y así se lo dije a Matthew cuando la compró. Pero hoy en día es inútil decirle algo a Matthew. Tiempo hubo en que hacía caso de mis consejos, pero ahora compra cosas para Ana sin ton ni son, y los horteras de Carmody saben que pueden engañarle con cualquier cosa. Basta con que le digan que algo es bonito y a la moda para que Matthew les suelte su dinero. Ten cuidado de mantener tu falda lejos de las ruedas, Ana, y ponte tu chaqueta abrigada.

Luego Marilla bajó la escalera con paso majestuoso pensando orgullosamente cuan dulce parecía Ana, envuelta en ese rayo de luna y lamentando no poder ir al festival a escuchar a su niña.

—Estoy pensando si no está demasiado húmedo para mi vestido —dijo Ana ansiosamente.

—En absoluto —respondió Diana empujando el postigo de la ventana—. Es una noche perfecta y no habrá rocío. Mira la luz de la luna.

—¡Estoy tan contenta de que mi ventana mire hacia el este! —dijo Ana acercándose a Diana—. Es tan bello ver llegar la mañana sobre las largas colinas resplandeciendo a través de las puntiagudas copas de los abetos! Es algo nuevo cada mañana y siento como si bañara mi alma en esos primeros rayos de sol. Oh, Diana, ¡quiero tan entrañablemente a este pequeño cuarto! No sé cómo podré dejarlo cuando vaya a la ciudad el mes que viene.

—No hables de tu partida esta noche —rogó Diana—. No quiero pensar en ella; me hace sentir muy triste y hoy quiero pasar una noche divertida. ¿Qué vas a recitar, Ana? ¿Estás nerviosa?

—Ni un poquito. He recitado en público tan a menudo que ahora ya no me preocupa en absoluto. He decidido declamar «El voto de la Doncella». ¡Es tan patético! Laura Spencer va a recitar algo cómico, pero yo prefiero hacer llorar a la gente.

—¿Y qué dirás si te piden un bis?

—No lo harán —se burló Ana, quien en lo más íntimo de su ser abrigaba la esperanza de que lo harían y ya se veía contándoselo a Matthew a la mañana siguiente durante el desayuno—. Allí llegan Billy y Jane; oigo el ruido de las ruedas. Vamos.

Billy Andrews insistió en que Ana debía ir en el asiento de delante, a su lado, a lo que ésta accedió de mala gana. Hubiera preferido mucho más sentarse atrás con las jovencitas, donde podría haber reído y charlado a su gusto. Junto a Billy no había probabilidades de charla ni risa. Éste era un robusto joven, grande y grueso, de veinte años de edad, con cara redonda e inexpresiva y una dolorosa escasez del don de la conversación. Pero admiraba inmensamente a Ana, y estaba henchido de orgullo ante la perspectiva de viajar hasta White Sands con esa delicada y erguida criatura junto a él.

Ana contribuyó a alegrar el viaje volviéndose a charlar con las niñas y pasándole ocasionalmente un soplo de vida a Billy, quien gruñía, resoplaba y nunca alcanzaba a dar con una respuesta antes de que fuera demasiado tarde. Era una noche dedicada a la diversión. El camino estaba lleno de coches que se dirigían hacia el hotel, y de todos surgían risas y charlas. Cuando llegaron, el hotel estaba completamente iluminado. Se encontraron con las damas de la comisión y una de ellas condujo a Ana a la sala de espera, que estaba ocupada por los miembros del Club Sinfónico de Charlottetown, entre quienes Ana repentinamente se sintió asustada y tímida. Su vestido, que en la buhardilla le había parecido tan delicado y bonito, se le presentaba ahora simple y ordinario; demasiado simple y ordinario, pensaba, entre todas aquellas sedas y encajes que brillaban y crujían en torno. ¿Qué era su collarcito de perlas comparado con los diamantes de la elegante dama que se encontraba a su lado? ¡Y qué pobre debía parecer su única rosa blanca de jardín junto a las flores de invernadero que usaban las demás! Ana se quitó el sombrero y la chaqueta y se quedó miserablemente en un rincón. Hubiera deseado estar de vuelta en su blanco cuarto de «Tejas Verdes». Fue aún peor cuando se halló repentinamente en el escenario del salón de actos del hotel. Las luces eléctricas la deslumbraban y el perfume y el susurrar de la gente la mareaban. Deseaba hallarse entre el auditorio con Diana y Jane, quienes parecían estarlo pasando estupendamente. Se encontraba aprisionada entre una fornida dama vestida de seda rosa y una joven alta de mirada desdeñosa que llevaba un vestido de encaje blanco. La obesa señora miró ocasionalmente en derredor e inspeccionó a Ana a través de sus quevedos hasta que ésta, que era muy sensible a que la examinaran así, sintió la imperiosa necesidad de gritar, y la joven del vestido de encaje hablaba en voz alta con la que se encontraba a su lado sobre los «patanes campesinos» y las «bellezas rústicas» riéndose por anticipado de los despliegues de talento local que había en el programa. Ana pensó que odiaría a la del vestido blanco hasta el fin de sus días.

Para desgracia de Ana, en el hotel se encontraba alojada una recitadora profesional y había consentido en declamar. Era una mujer delgada, de ojos oscuros, que llevaba una magnífica túnica de tela gris plateado, como rayos de luna, con gemas en el cuello y en su oscuro cabello. Poseía una voz espléndida y un maravilloso poder de expresión que hicieron enloquecer al auditorio. Ana, olvidándose por el momento de sí misma y de todas sus dificultades, escuchó arrebatada y con los ojos brillantes; pero cuando hubo terminado se cubrió repentinamente el rostro con las manos. Nunca podría levantarse y recitar después de aquello, nunca. ¿Es que había siquiera pensado que podría recitar? ¡Cómo le gustaría estar en «Tejas Verdes»! En aquel momento tan poco propicio oyó su nombre. De algún modo, Ana, quien no notó el pequeño sobresalto de sorpresa de la chica vestida de encaje blanco, aunque tampoco hubiera comprendido el cumplido que esto significaba, se puso de pie y se adelantó como atontada. Estaba tan pálida que Diana y Jane, que se hallaban entre el auditorio, se apretaron las manos nerviosamente.

Ana era víctima de un ataque de miedo a la concurrencia. Nunca había recitado ante un auditorio como éste y el espectáculo paralizaba completamente sus energías. Todo era tan extraño, tan brillante e inquietante; las filas de damas con trajes de fiesta, los rostros críticos, toda la atmósfera de riqueza y cultura que la envolvía. Había mucha diferencia con los sencillos bancos del Club del Debate ocupados por los rostros simpáticos y familiares de amigos y vecinos. Esas gentes, pensó, serían jueces implacables. Quizá, al igual que la joven del vestido blanco, ya se divertían por anticipado ante los «rústicos esfuerzos». Se sintió desesperada, avergonzada y miserable. Le temblaron las rodillas, se agitó su corazón y sintió que se desmayaba, no podía pronunciar ni una palabra, y hubiera huido del escenario a pesar de la humillación que le acarrearía el hecho.

Pero repentinamente, ante sus asustados ojos dilatados apareció la figura de Gilbert Blythe, con una sonrisa en el rostro que a Ana le pareció triunfal e insultante. En realidad, no había nada de eso. Gilbert simplemente sonreía apreciativamente, por el espectáculo en general y en particular ante el efecto producido por la silueta blanca de Ana y su cara espiritual contra un fondo de palmas. Josie Pye, que había ido con él, estaba sentada a su lado y su rostro sí que mostraba triunfo e insulto. Pero Ana no vio a Josie Pye y de haberlo hecho no le habría dado importancia. Respiró profundamente e irguió la cabeza con orgullo, sintiendo que el valor y la decisión sacudían su cuerpo. No fracasaría delante de Gilbert Blythe; ¡él nunca tendría ocasión de reírse de ella, nunca, nunca! El miedo y los nervios se desvanecieron y comenzó a recitar. Su voz clara y dulce llegó hasta los rincones más lejanos del salón sin un temblor o una interrupción. En un instante se recuperó y como reacción de aquel horrible momento de parálisis recitó como nunca lo había hecho. Cuando terminó hubo un estallido de aplausos. Ana volvió á su asiento sonrojada por la timidez y el placer, para encontrarse con que la dama del vestido de seda rosa le oprimía la mano y se la sacudía vigorosamente.

—Querida, has estado espléndida —bufó—. He llorado como una criatura, te lo aseguro. ¡Anda, te están aplaudiendo, quieren un bis!

—Oh, no puedo hacerlo —dijo Ana, confusa—. Pero sin embargo, debo ir, o Matthew se sentirá desilusionado. Él dijo que me pedirían un bis.

—Entonces no desilusiones a Matthew —exclamó la dama de rosa riendo.

Sonriendo ruborizada, con los ojos brillantes, Ana volvió ágilmente y recitó una amena y graciosa selección que cautivó aún más a su auditorio. El resto de la noche completó su pequeño triunfo.

Cuando el festival hubo terminado, la robusta dama de rosa, que era la esposa de un millonario norteamericano, la tomó bajo su protección y la presentó a todo el mundo y todos fueron muy amables con ella. La recitadora profesional, la señora Evans, se acercó a conversar con Ana y le dijo que tenía una voz divina y que «interpretaba» sus poesías magníficamente. Hasta la joven del vestido de encaje blanco tuvo para ella un pequeño cumplido. La cena tuvo lugar en el gran comedor espléndidamente decorado; Diana y Jane también fueron invitadas ya que habían ido con Ana, pero Bill no pudo ser hallado, pues se había fugado ante el temor de que se le invitara. Sin embargo, estaba esperándolas con el coche cuando todo hubo terminado, y las tres jovencitas salieron a la blanca y tranquila luz de la luna. Ana suspiró profundamente y miró al cielo azul más allá de las oscuras ramas de los abetos.

¡Oh, qué alivio era encontrarse otra vez fuera en medio de la pureza y el silencio de la noche! ¡Qué grandioso y maravilloso estaba todo, con el murmullo del mar y las oscuras escolleras que como formidables gigantes guardaban las costas!

—¿No ha sido todo espléndido? —suspiró Jane cuando volvían—. Me gustaría ser una rica americana y poder pasar los veranos en un hotel, usar joyas y vestidos escotados y comer todos los días sorbetes y ensalada de pollo. Estoy segura de que eso sería mucho más divertido que enseñar en una escuela. Ana, tu declamación fue simplemente grandiosa, aunque al principio me pareció que nunca ibas a comenzar. Creo que estuviste mejor que la señora Evans.

—Oh, no, no digas esas cosas, Jane —dijo Ana rápidamente—, porque son tonterías. No pude haber estado mejor que la señora Evans; bien sabes que es una profesional y yo sólo soy una colegiala con un poco de arte para recitar. Me doy por satisfecha con haber gustado a todos.

—Tengo un cumplido para ti, Ana —dijo Diana—. Por lo menos creo que debió ser un cumplido por el tono en que me lo dijeron. De cualquier modo, parte de él lo fue. Había un americano sentado detrás, de apariencia muy romántica y ojos y cabellos negros. Josie Pye dice que es un distinguido artista y que la prima de su madre, que está en Boston, está casada con un hombre que fue al colegio con él. Bueno, ¿no es cierto, Jane, que le oímos decir: «¿Quién es la niña que está en el escenario con ese espléndido cabello de Tiziano? Me gustaría pintar su rostro». Pero, Ana, ¿qué quiere decir cabello de Tiziano?

—Creo que significa simplemente rojo —rió Ana—. Tiziano era un artista famoso a quien le gustaba pintar mujeres con cabellos rojos.

—¿Habéis visto la cantidad de diamantes que llevaban las señoras? —suspiró Jane—. Eran simplemente deslumbrantes. ¿No os gustaría ser ricas?

—Somos ricas —dijo Ana firmemente—. Tenemos dieciséis años, somos felices como reinas y, más o menos, todas tenemos sueños. Mirad el mar, todo de plata y sombras y ensueños de cosas no vistas. No podríamos gozar más de su hermosura por el hecho de que tuviéramos millones de dólares y diamantes. Aunque pudieras, sé que no te cambiarías por ninguna de esas mujeres. ¿Te gustaría ser esa joven del vestido de encaje blanco y parecer siempre descontenta como si hubieras nacido de espaldas a las bellezas del mundo? ¿O la dama de seda rosa, amable y gentil como es, pero tan robusta y baja que no tiene figura? ¿O la señora Evans, con esa triste mirada en los ojos? Debe haber sido muy desgraciada alguna vez para tener esa mirada. ¡Sabes que no lo harías, Jane Andrews!

—Oh, no sé, exactamente —dijo Jane dudando—. Pienso que los diamantes serían un gran consuelo para cualquier persona.

—Bueno, yo por mi parte no quiero ser más que yo misma, aunque nunca tenga el consuelo de los diamantes —declaró Ana—. Me siento perfectamente feliz siendo Ana de las «Tejas Verdes» con mi collarcito de perlas. Sé que Matthew me lo regaló con más cariño del que nunca ha conocido la señora vestida de rosa.

CAPÍTULO XXXIV

Una alumna de la Academia de la Reina

Las tres semanas siguientes fueron de mucha actividad en «Tejas Verdes», pues Ana se estaba preparando para ir a la Academia y quedaba mucho por coser y arreglar. El equipaje de Ana fue abundante y bonito; Matthew se ocupó de ello y por una vez Marilla no objetó nada a lo que él eligiera o comprara. Más aún, una tarde subió ella misma a la buhardilla con los brazos llenos de un delicado material verde pálido.

—Ana, aquí tienes algo para hacerte un vestido vaporoso. No creo que lo necesites en realidad; tienes bastantes vestidos pero he pensado que te gustaría algo elegante para ponerte si tuvieras que salir de noche alguna vez en la ciudad, a una fiesta o algo por el estilo. He oído que Jane, Ruby y Josie tienen «trajes de noche» como se les llama y no quiero que seas menos que ellas. La señora Alian me ayudó a elegirlo la semana pasada en el pueblo y conseguiremos que Emily Gillis te lo cosa. Emily tiene buen gusto y sus conjuntos son inigualables.

—Oh, Marilla, es simplemente hermoso —dijo Ana—, muchísimas gracias. No debería ser tan buena conmigo; cada día se me hace más difícil irme.

El vestido verde fue confeccionado con cuantos volantes, alforzas y frunces permitiera el buen gusto de Emily. Ana se lo puso una noche para placer de Marilla y Matthew y recitó «El voto de la Doncella» para ellos en la cocina. Mientras Marilla contemplaba la cara brillante y animada y los movimientos gráciles, sus pensamientos volvieron a la noche en que Ana llegara a «Tejas Verdes», y se representó la vívida imagen de la extraña y asustada niña con su ridículo vestido de lana amarillo pardusco y dolorosa mirada. Algo en aquel recuerdo trajo lágrimas a los ojos de Marilla.

—Mi poesía la ha hecho llorar, Marilla —dijo Ana alegremente, inclinándose sobre su silla para depositar un suave beso en su mejilla—. A eso llamo yo un triunfo positivo.

—No, no lloraba por la declamación —dijo Marilla, que se hubiera despreciado por mostrar tal debilidad ante «poesías»—. No pude evitar pensar en la niña que fuiste, Ana. Y deseaba que te hubieras quedado así, a pesar de tus rarezas. Ya has crecido y te vas y pareces tan alta y elegante y tan... tan... completamente diferente con ese vestido... como si ya no pertenecieras a Avonlea... y yo me sentí tan sola al pensarlo.

—¡Marilla! —Ana se sentó en la falda de su protectora, tomó su arrugada cara entre sus manos y la miró a los ojos grave y tiernamente—. No he cambiado en lo más mínimo, de verdad. Es mi exterior. El verdadero yo, aquí dentro, está igual. No modificará nada donde vaya o cuanto cambie exteriormente; en el corazón siempre seré su pequeña Ana y os querré cada día más.

Ana apoyó su fresca mejilla contra la ajada de Marilla y alargó la mano para palmear el hombro de Matthew. Marilla hubiera dado cuanto tenía por poseer el poder de Ana para traducir en palabras sus sentimientos; pero la naturaleza y la costumbre lo habían decidido en sentido contrario, y lo único que podía hacer era abrazar a la muchacha y apretarla contra su corazón, deseando no tener nunca que dejarla ir.

Matthew, con una sospechosa humedad en los ojos, se puso de pie y salió al campo. Bajo las estrellas de la noche de verano cruzó el jardín hasta la puerta de los álamos.

—Bueno, sospecho que no ha sido mal criada —murmuró orgullosamente—. Creo que el que me entremetiera ocasionalmente no hizo mucho daño, Es inteligente, guapa y adorable. Ha sido una bendición para nosotros, y nunca hubo un error más afortunado que el de la señora Spencer, si es que fue cosa de suerte. No lo creo. Fue la Providencia; el Todopoderoso sabía que la necesitábamos.

Llegó por fin el día en que Ana tuvo que partir. Ella y Matthew salieron en el coche una hermosa mañana de septiembre, después de una lacrimosa despedida de Diana, y otra, seca y práctica, de Marilla, por lo menos por parte de ésta. Pero cuando Ana hubo partido, Diana secó sus lágrimas y fue a una excursión a la playa de White Sands con algunos de sus primos de Carmody, donde consiguió olvidar su tristeza; Marilla, sin embargo, se lanzó fieramente a hacer trabajos innecesarios y continuó haciéndolos durante todo el día, con el más amargo dolor de cabeza, el que quema y desgarra sin poder deshacerse en lágrimas. Pero aquella noche, cuando Marilla se acostó, aguda y miserablemente consciente de que en la pequeña habitación no palpitaba la presencia de una vida juvenil, ni la quietud era turbada por ningún suave suspiro, hundió su cara en la almohada y lloró por su muchacha con sollozos tan apasionados que la aterraron cuando recobró la calma lo suficiente como para reflexionar sobre lo malo que era querer tanto a un ser pecador como ella.

Ana y el resto de los colegiales llegaron a la ciudad justo a tiempo para entrar en la Academia. El primer día transcurrió rápidamente en un torbellino de excitación, trabando amistad con los nuevos estudiantes, aprendiendo a conocer a los profesores de un golpe de vista y eligiendo las clases. Ana, aleccionada por la señorita Stacy, escogió el segundo curso; Gilbert eligió lo mismo. Esto significaba obtener el título de maestro en un año en vez de en dos; pero también significaba más trabajo. Jane, Ruby, Josie, Charlie y Moody Spurgeon, que no estaban tan aguijoneados por la ambición, siguieron el primer curso. Ana tuvo noción de su soledad al encontrarse en una habitación con otros cincuenta estudiantes, todos desconocidos, excepto el muchacho alto de cabellos castaños que se sentaba al otro lado del aula; pero aquello no la ayudaba mucho, como reflexionó pesimista. Sin embargo, no podía negar que estaba contenta de estar en el mismo curso; la vieja rivalidad seguiría adelante y, de faltarle, apenas si hubiera sabido qué hacer.

—No me sentiría cómoda sin ella —reflexionó—. Gilbert parece muy decidido. Supongo que en este mismo momento está decidiendo ganar la medalla. ¡Qué mentón tan espléndido tiene! Nunca lo había notado antes. Quisiera que Josie y Ruby hubieran elegido nuestro curso también. Supongo que no me sentiré tan solitaria cuando haga amistades. ¿Cuáles de estas muchachas serán mis amigas? Es realmente una especulación interesante. Desde luego que he prometido a Diana que ninguna muchacha de la Academia, no importa cuánto la aprecie, llegará a serme tan querida como ella; me gusta el aspecto de esa chica de ojos castaños y blusa púrpura. Parece muy vivaz; luego está esa otra pálida y rubia que mira a través de la ventana. Tiene un hermoso cabello y mira como si soñara. Me gustaría conocerlas a ambas, conocerlas lo suficiente como para pasear enlazadas y llamarlas por el sobrenombre. Pero en este momento no las conozco y ellas no me conocen a mí y probablemente no quieren conocerme. ¡Oh, estoy tan sola!

Todavía se sintió más sola al encontrarse sin compañía en su dormitorio al caer la noche. No se alojaba con el resto de las chicas, que tenían parientes en la ciudad que las habían tomado a su cargo. La señorita Josephine Barry la hubiera albergado gustosa, pero Beechwood se hallaba tan lejos de la Academia que no era conveniente; de manera que la señorita Barry buscó una casa de huéspedes, asegurando a Matthew y Marilla que era el lugar más apropiado para Ana.

—La señora de la casa es una gran señora venida a menos —explicó la señorita Barry—. Su marido era un oficial británico y es muy cuidadosa con los inquilinos que admite. Ana no encontrará bajo su techo ninguna persona objetable. La mesa es buena y la casa está cerca de la Academia, en un barrio tranquilo.

Todo esto era cierto pero no ayudó en nada a Ana en la dolorosa nostalgia que se apoderó de ella. Miró desmayadamente su estrecha habitación, con las paredes oscuramente empapeladas y desnudas, la pequeña cama de hierro y la vacía biblioteca y se le hizo un horrible nudo en la garganta al recordar su blanca estancia en «Tejas Verdes», donde tenía la sensación placentera de un exterior grande, verde, tranquilo; de dulces guisantes creciendo en el jardín y la luz de la luna dando en el huerto; del arroyo bajo la cuesta y las ramas de pino movidas por el viento nocturno; de un vasto cielo estrellado y de la luz en la ventana de Diana brillando entre los árboles. Aquí no había nada de eso; Ana sabía que tras la ventana estaba la dura calle, con la red de hilos de teléfono cerrando el cielo, el golpeteo de pies extraños y mil luces brillando en casas extrañas. Sabía que estaba a punto de echarse a llorar, y luchó para evitarlo.

—No lloraré. Es tonto y débil... Ahí va la tercera lágrima resbalando por mi nariz. ¡Y ahora siguen otras! Debo pensar en algo divertido que no tenga relación con Avonlea, y eso empeora las cosas... Cuatro... cinco... Volveré el viernes a casa, pero parece que aún falta un siglo. Oh, Marilla está en la puerta, buscándome en el sendero... Seis... siete... ocho... ¡para qué contarlas! Ya son un torrente. No puedo alegrarme... No quiero alegrarme. ¡Es más bello estar triste!

El torrente de lágrimas hubiera seguido, sin duda, si en aquel momento no hubiera aparecido Josie Pye. En la alegría de ver una cara familiar, Ana olvidó el poco amor que le tuviera a Josie. Como parte de la vida en Avonlea, hasta una Pye era bienvenida.

—¡Estoy tan contenta de que hayas venido! —dijo Ana.

—Has estado llorando —dijo Josie, con agravante piedad—. Supongo que sientes nostalgia; algunos tienen muy poco autocontrol a ese respecto. Yo no tengo intención de sentir nostalgia. ¡La ciudad es tan hermosa después de la vulgar Avonlea! Pienso cómo he podido vivir allí tanto tiempo. No deberías llorar, Ana; no hace bien al cutis y los ojos y la nariz se te enrojecen. He tenido un día magnífico en la Academia. Nuestro profesor de francés es un perfecto pato. Su bigote te daría risa. ¿No tienes algo comestible, Ana? Me estoy muriendo de hambre. Ah, sospeché que Marilla te cargaría con una tarta. Por eso vine. De otro modo hubiera ido al parque a oír tocar a la banda con Frank Stockley. Él se hospeda en el mismo lugar que yo y es un caballero. Te distinguió hoy en clase y me preguntó quién era esa muchacha pelirroja. Le dije que eras una huérfana que habían adoptado los Cuthbert y que nadie sabía mucho sobre ti antes de eso.

Ana estaba cavilando si, después de todo, las lágrimas y la soledad no eran mejor que la compañía de Josie, cuando aparecieron Jane y Ruby, cada una con una cinta con los colores de la Academia, azul y escarlata, prendida en la chaqueta. Como Josie no se «hablaba» con Jane por aquel entonces, tuvo que callarse.

—Bueno —dijo Jane con un suspiro—, siento como si hubieran pasado siglos desde la mañana. Debería estar en casa estudiando a Virgilio; ese horrible y viejo profesor nos dio veinte versos para mañana, para empezar. Pero esta noche no me podría sentar a estudiar. Ana, me parece que veo rastro de lágrimas, confiésalo. Restaurará mi autoestima, pues estaba llorando cuando llegó Ruby. No me importa ser una llorona si alguien también lo es. ¿Tarta? ¿Me darás un trocito? Gracias. Tiene el sabor de Avonlea.

Ruby, viendo sobre la mesa el calendario de la Academia, quiso saber si Ana trataría de obtener la medalla de oro.

Ana se ruborizó y admitió que sí.

—Oh, eso me recuerda —dijo Josie— que la Academia conseguirá por fin una de las becas Avery. Frank Stockley me lo dijo; uno de sus tíos está en la Comisión de Gobernadores. Mañana será anunciado en la Academia.

¡Una beca Avery! Ana sintió que su corazón latía con más rapidez, y los horizontes de su ambición se ampliaron como por arte de magia. Antes de que Josie trajera la noticia, la meta de sus ambiciones había sido una licencia provincial de maestra de primera clase a fin de año y quizá la medalla. Pero ahora, en un momento, se vio ganando la beca Avery, siguiendo un curso de Filosofía y Letras en el colegio de Redmond y graduándose con su toga, todo eso antes de que se extinguiera el eco de las palabras de Josie. La beca Avery era en inglés, y Ana sentía que aquí su pie se apoyaba en el brezo natal.

Un rico industrial de Nueva Brunswick había muerto y legado parte de su fortuna para becas, que debían distribuirse entre las escuelas secundarias y las academias de las provincias costeras, de acuerdo a su respectiva importancia. Se dudó de si se le otorgaría una a la Academia de la Reina, pero el asunto se arregló al fin y, al terminar el año, el graduado que tuviera las mejores calificaciones en inglés y literatura inglesa ganaría la beca: doscientos cincuenta dólares por año durante cuatro años en el colegio de Redmond. ¡No era de extrañar que aquella noche fuera Ana a acostarse con las mejillas encendidas!

—Ganaré la beca, si lo que hace falta es trabajar duro —resolvió—. ¿No se enorgullecerá Matthew si llego a graduarme en Filosofía y Letras? ¡Oh, es delicioso tener ambiciones! ¡Estoy tan contenta de tener tantas! Y nunca parecen llegar a su fin; eso es lo mejor. Tan pronto se obtiene una, se ve otra brillando más alto. ¡Hacen que la vida sea tan interesante!

CAPÍTULO XXXV

El invierno en la Academia de la Reina

La nostalgia de Ana fue disipándose, en su mayor parte gracias a las visitas que hacía a «Tejas Verdes» cada fin de semana. Mientras el buen tiempo duró, los estudiantes de Avonlea iban a Carmody todos los viernes por la noche en el nuevo ferrocarril. Diana y varias otras jóvenes de Avonlea iban a esperarlos y todos juntos se dirigían hacia el pueblo alegremente. Ana pensaba que aquellos paseos de los viernes por la noche por las colinas otoñales, el aire cortante, con las luces de Avonlea titilando al frente, eran las mejores horas de toda la semana.

Gilbert Blythe casi siempre caminaba junto a Ruby Gillis y le llevaba la maleta. Ruby era una joven muy hermosa que ya se consideraba muy mayor; llevaba las faldas tan largas como su madre se lo permitía y en la ciudad peinaba su cabello hacia arriba, aunque tenía que soltárselo cuando iba a su casa. Tenía los ojos grandes y brillantes y una rolliza y vistosa figura. Reía mucho, era alegre y de buen carácter y disfrutaba francamente de las cosas agradables de la vida.

—Pero yo no creo que sea la clase de joven que le pueda gustar a Gilbert —le dijo Jane a Ana. Ana tampoco lo creía, pero no lo hubiera reconocido ni por la beca Avery. Tampoco podía evitar pensar que sería muy agradable tener un amigo como Gilbert para reír y charlar con él y cambiar ideas sobre libros, estudios y ambiciones. Sabía que Gilbert las tenía y Ruby Gillis no parecía la clase de persona con quien poder discutirlas con provecho.

Ana no abrigaba tontas ideas sentimentales respecto a Gilbert. Los chicos eran para ella, cuando se detenía a considerarlos, posibles buenos compañeros. Si ella y Gilbert hubieran sido amigos, no le hubiera importado que hubiera tenido otras amigas o hubiera paseado con ellas. Hacía amigas con facilidad; amigos tenía muchos, pero poseía una vaga conciencia de que la amistad masculina podía también ser provechosa para completar las propias concepciones del compañerismo. Pensaba que si Gilbert la hubiera acompañado alguna vez hasta su casa desde el tren podrían haber mantenido conversaciones interesantes sobre el nuevo mundo que se presentaba ante sus ojos. Gilbert era un joven inteligente que poseía ideas propias y una firme determinación a obtener lo mejor de sí. Ruby Gillis le dijo a Jane Andrews que ella no entendía la mitad de las cosas que decía Gilbert Blythe; que él hablaba igual que Ana Shirley cuando pensaba algo detenidamente y que por su parte a ella no le parecía que fuera muy divertido andar entre libros y todas esas cosas cuando no había necesidad de ello. Frank Stockley era más alegre y sabía más de modas, pero así y todo no era ni la mitad de guapo que Gilbert. ¡Y ella realmente no sabía cuál le gustaba más!

En la Academia, Ana fue formando su pequeño círculo de amistades, todos estudiantes concienzudos, imaginativos y ambiciosos como ella. Pronto intimó con la joven «vivaz», Stella Maynard, y con la de «aspecto soñador», Priscilla Grant, descubriendo que la doncella pálida de aspecto espiritual estaba llena de alegría y le gustaba hacer jugarretas y travesuras, mientras que la vivaz Stella de ojos negros tenía el corazón lleno de anhelantes sueños y fantasías, tan etéreos y coloridos como los de la misma Ana.

Después de las fiestas de Navidad, los estudiantes de Avonlea renunciaron a las visitas de los viernes a sus hogares y se pusieron a trabajar de firme. Para esa época todos los escolares de la Academia habían alcanzado su puesto dentro de los grados y las distintas clases habían establecido los diferentes matices que las individualizaban. Algunos hechos eran aceptados en general. Se admitía que la lucha por la obtención de la medalla se disputaba sólo entre tres contendientes: Gilbert Blythe, Ana Shirley y Lewis Wilson; respecto a la beca Avery, había más dudas; cualquier alumno de un grupo de seis podía obtenerla. La medalla de bronce de matemáticas ya se le daba por ganada a un muchachito gordo de tierra adentro, que tenía una frente pronunciada y usaba una chaqueta remendada. Ruby Gillis era la más guapa de la Academia; en la clases de segundo curso, Stella Maynard se llevaba la palma de la belleza, con una pequeña pero crítica minoría que se inclinaba en favor de Ana Shirley. Ethel Marr era considerada por todos los jueces competentes como la que poseía el mejor estilo para peinase, y Jane Andrews, la sencilla, trabajadora, escrupulosa Jane, se llevaba todos los honores del curso de economía doméstica. Hasta Josie Pye alcanzó cierta preeminencia como la joven de hablar más mordaz que asistía a la Academia. De manera que podía darse por sentado que cada uno de los antiguos alumnos de la señorita Stacy había alcanzado su puesto en la Academia.

Ana trabajaba dura y tenazmente. Su rivalidad con Gilbert continuaba con la misma intensidad que en la escuela de Avonlea, aunque no era del conocimiento de toda la clase; pero de cualquier modo, había perdido algo de su dureza. Ana ya no quería la victoria para derrotar a Gilbert, sino por el orgullo de obtenerla sobre un enemigo de valía. Valdría la pena ganar, pero Ana no pensaba que la vida sería insoportable si no lo conseguía.

A pesar de las lecciones, los estudiantes hallaban ocasiones para divertirse. Ana pasaba la mayor parte de sus horas libres en Beechwood; los domingos solía almorzar allí y después iba a la iglesia con la señorita Barry. Esta última, como ella misma admitía, se estaba volviendo vieja, pero sus ojos negros no perdían su brillo ni su lengua su vigor. Pero nunca lo ejercitó con Ana, quien continuaba siendo la favorita de la anciana señorita.

—Esta Ana adelanta cada vez más —decía—. Me canso de otros niños; hay en ellos una irritante y eterna uniformidad. Ana tiene tantos matices como un arco y cada matiz es el más hermoso mientras dura. No sé si es tan divertida como cuando niña, pero se hace querer, y a mí me gusta la gente que es así.

Antes de que se dieran cuenta, llegó la primavera; en Avonlea, las flores de mayo brotaban tímidamente en los secos eriales donde aún quedaba nieve y el «aroma del verde» corría por los bosques de los valles. Pero en Charlottetown hostigaba a los alumnos de la Academia a pensar y a hablar nada más que de los exámenes.

—Parece imposible que el curso esté casi terminado —dijo Ana—. ¡Pero si el otoño pasado daba la impresión de hallarse tan lejos con todo un invierno de estudios y clases por delante! Y aquí estamos, con los exámenes la semana que viene. ¿Sabéis una cosa? A veces creo que los exámenes lo son todo, pero cuando veo los brotes en los castaños y la neblina azul al final de las clases, no me parecen ni la mitad de importantes.

Jane, Ruby y Josie, que acababan de llegar, no compartían su punto de vista. Para ellas los exámenes eran siempre lo más importante; mucho más que los brotes de los castaños o las flores de mayo. Todo eso estaba muy bien para Ana, que, después de todo, tenía la seguridad de pasar, pero cuando todo el futuro depende de un examen, una no podía considerarlo filosóficamente.

—En las últimas dos semanas he perdido cuatro kilos —suspiró Jane—. No gano nada diciendo que no me preocupo. Me preocuparé. El preocuparse ayuda en algo; cuando una se está preocupando parece que estuviera haciendo algo. Sería horrible que no obtuviera mi diploma después de haber asistido a la Academia durante todo el invierno. Y de haber gastado tanto dinero.

—Yo no me preocupo —dijo Josie Pye—. Si no apruebo este año, lo haré al año que viene. Mi padre puede hacer frente al gasto. Ana, Frank Stockley dijo que el profesor Tremaine afirma que es seguro que Gilbert Blythe ganará la medalla y que probablemente Emily Clay obtenga la beca Avery.

—Eso me preocupará mañana, Josie —dijo Ana—, pero ahora siento que mientras sepa que las violetas florecen en el valle de «Tejas Verdes» y que pequeños abetos asoman sus copas sobre el Sendero de los Amantes, no importa el hecho de que obtenga o no la beca. He hecho todo lo que he podido y comienzo a comprender lo que quiere decir «el placer de la lucha». Después de luchar y vencer, lo mejor es luchar y fracasar. ¡Chicas, no habléis de los exámenes!

Mirad la bóveda verde del cielo sobre aquellas casas e imaginad cómo será sobre los bosques oscuros de Avonlea.

—¿Qué vas a ponerte para la distribución de diplomas, Jane? —preguntó Ruby en tono práctico. Jane y Josie respondieron inmediatamente y la conversación derivó hacia la moda. Pero Ana, con los codos apoyados en el alféizar de la ventana, con su suave mejilla contra las apretadas manos y los ojos soñadores, miraba aquel cielo vespertino y tejía sus sueños de futuro con el dorado hilo del optimismo juvenil. El futuro era suyo; los años venideros se presentaban como rosas unidas en una guirnalda inmortal.

CAPÍTULO XXXVI
La gloria y el sueño

La mañana en que serían colocados los resultados de todos los exámenes en los tableros de informes de la Academia, Ana y Jane caminaban juntas por la calle. Jane estaba feliz y sonriente; los exámenes habían pasado y estaba casi segura de haber aprobado. Su mente no se hallaba turbada por otras consideraciones; no tenía más ambiciones y, consecuentemente, no se sentía inquieta. En este mundo pagamos un precio por todo cuanto conseguimos y, aunque vale la pena tener ambiciones, éstas no se alcanzan con facilidad, sino que exigen su precio en trabajo, abnegación, ansiedad y descorazonamiento. Ana estaba pálida y callada; dentro de diez minutos sabría quién había ganado la medalla y quién la beca. En aquel instante parecía no haber nada más allá de esos diez minutos.

—Seguro que ganarás una de las dos cosas —dijo Jane, que no podía entender que el cuerpo de profesores pudiera ser tan poco leal para disponer otra cosa.

—No tengo esperanzas de ganar la beca —dijo Ana—. Todos dicen que Emily Clay la ganará. Y no voy a ir hasta el tablero a mirar antes que nadie. No tengo valor para ello. Voy directamente a la sala de espera de las chicas. Tú debes leer los anuncios y venir a decírmelo, Jane. Y te imploro, en nombre de nuestra antigua amistad, que lo hagas con prontitud. Si he fracasado, dímelo, sin tratar de endulzar la noticia y, pase lo que pase, no te compadezcas de mí. Prométemelo, Jane.

Jane así lo hizo pero, tal como ocurrieron las cosas, no hubo necesidad de tal promesa. Cuando llegaron al umbral de la Academia, encontraron el salón lleno de chicos que llevaban en andas a Gilbert Blythe y que gritaban a todo pulmón: —¡Viva Blythe, ganador de la medalla!

Por un instante, Ana sintió la amargura de la derrota y la desilusión. ¡De manera que ella había fracasado y Gilbert había ganado! Bueno, lo sentía por Matthew, que estaba seguro de su triunfo.

De repente alguien gritó:

—¡Tres hurras por la señorita Shirley, ganadora de la beca!

—¡Oh, Ana! —tartamudeó Jane, mientras corría a la sala de espera, entre gritos—. ¡Oh, Ana, estoy tan orgullosa! ¿No es maravilloso?

Y entonces las muchachas la rodearon y Ana fue el centro de un grupo risueño y feliz. Le palmearon los hombros y le estrecharon vigorosamente las manos. Entre empujones y apretones, se las arregló para decir a Jane: —¡Oh, Marilla y Matthew se alegrarán tanto! Debo transmitirles inmediatamente la noticia.

La distribución de diplomas fue el siguiente acontecimiento importante. Se llevó a cabo en el gran salón de honor de la Academia. Se pronunciaron discursos, se leyeron ensayos, se cantaron canciones y se entregaron públicamente las recompensas, los diplomas y las medallas.

Marilla y Matthew estuvieron allí, con ojos y oídos sólo para una estudiante: una alta muchacha de traje verde pálido, de mejillas suavemente coloreadas y ojos rutilantes, que leyó el mejor ensayo y que fue señalada como ganadora de la beca Avery.

—Supongo que estarás contenta de que nos hayamos quedado con ella, Marilla —murmuró Matthew, hablando por vez primera desde que entró en el salón.

—No es la primera vez que lo estoy —respondió Marilla—. Parece que te gusta refregar las cosas, Matthew Cuthbert.

La señorita Barry, que estaba sentada tras ellos, se inclinó hacia delante y tocó a Marilla en la espalda con su parasol.

—¿No están orgullosos de Ana? Yo sí —dijo.

Ana regresó a Avonlea aquella tarde con Matthew y Marilla. No había estado allí desde abril y sentía que no podía esperar un día más. Los capullos de manzano estaban rompiendo y el mundo era fresco y joven. Diana la esperaba en «Tejas Verdes». Marilla había plantado un rosal en flor en el alféizar; Ana miró en torno y suspiró profundamente.

—¡Oh, Diana, es maravilloso estar de regreso! ¡Es tan hermoso ver los pinos destacándose contra el rosado cielo y el huerto blanco y la Reina de las Nieves! ¿No es delicioso el aroma de la menta? Y la rosa… es un canto, una esperanza y una plegaria a un tiempo. ¡Y estoy muy contenta de volver a verte, Diana!

—Pensé que querías a esa Stella Maynard más que a mí —dijo Diana en tono de reproche—. Josie Pye me dijo que sí. Hasta afirmó que estabas enfadada con ella.

Ana rió y golpeó a Diana con los marchitos narcisos de su ramo.

—Stella Maynard es la chica a quien más quiero en el mundo, después de otra. Y esa otra eres tú, Diana. Te quiero más que nunca y tengo tantísimas cosas que contarte. Pero ahora siento que mi mayor alegría es sentarme aquí y mirarte. Estoy cansada, cansada de ser estudiosa y ambiciosa. Pienso pasar mañana dos horas por lo menos tendida en el manzanar, sin pensar en nada.

—Lo has hecho muy bien, Ana. Supongo que ahora que has conseguido la beca no enseñarás.

—No. Iré a Redmond en septiembre. ¿No es maravilloso? Tendré nuevas ambiciones después de tres gloriosos y dorados meses de vacaciones. Jane y Ruby van a enseñar. ¿No es fantástico que todos, hasta Moody y Josie, hayamos pasado?

—Los síndicos de Newbridge ya le han ofrecido su colegio a Jane —dijo Diana—. Gilbert Blythe va a enseñar también. Debe hacerlo. Su padre no puede pagarle los estudios, así que tendrá que ganarse el sustento. Espero que consiga el colegio de aquí si la señorita Ames decide irse.

Ana sintió una peculiar sensación de desmayada sorpresa. No lo sabía; contaba con que Gilbert también iría a Redmond. ¿Qué haría sin la inspiradora rivalidad? El trabajo no resultaría tan atractivo, ni siquiera en un instituto mixto con la perspectiva de un título superior, sin su amigo el enemigo Al desayunar, la mañana siguiente, Ana se sobresaltó al comprobar que Matthew no tenía buen aspecto. Sus cabellos estaban mucho más grises que el año anterior.

—Marilla —dijo excitada cuando se hubo ido—, ¿Matthew no está bien?

—No —dijo Marilla con tono preocupado—. Ha tenido algunos ataques al corazón esta primavera y no se preocupa mucho. He temido por él, pero últimamente ha mejorado bastante y tenemos un buen jornalero, de manera que espero que se recoja de una vez y descanse. Quizá lo haga ahora que has vuelto. Siempre le alegras.

Ana se inclinó sobre la mesa y tomó la cara de Marilla entre sus manos.

—Usted no tiene tan buen aspecto como yo deseo, Marilla. Parece cansada. Creo que ha trabajado demasiado. Debe descansar ahora que he vuelto. Voy a tomarme un día libre para recorrer los antiguos lugares y revivir viejos sueños, y luego será su turno de haraganear mientras yo trabajo.

Marilla sonrió afectuosa a su muchacha.

—No es el trabajo; es mi cabeza. Me duele a menudo. El doctor Spencer me ha dicho que tengo que usar gafas, pero no me hacen nada bien. A fin de junio vendrá a la isla un distinguido oculista y el médico dice que debo verle. Creo que lo haré. No puedo ni leer ni coser ahora con comodidad. Bueno, Ana, te has portado muy bien en la Academia. Obtener el título de magisterio en un año y ganar la beca, bueno, bueno; la señora Lynde dice que el orgullo ciega y que no cree en la educación superior de las mujeres, pues le parece que las inutiliza para su verdadera misión. No creo una palabra. Hablando de Rachel, ¿has oído algo últimamente sobre el Banco Abbey, Ana?

—Sé que no iba muy bien —contestó Ana—. ¿Por qué?

—Eso es lo que dijo Rachel. Estuvo allí un día de la semana pasada y dice que lo oyó comentar. Matthew se sintió verdaderamente preocupado. Todo cuanto hemos ahorrado está allí; cada penique. Yo quería que Matthew lo pusiera en la Caja de Ahorros, pero el viejo señor Abbey fue amigo de papá y él siempre guardó allí su dinero. Matthew dijo que cualquier banco con él a la cabeza era suficientemente bueno.

—Creo que ha sido director nominal durante años —dijo Ana—. Es un hombre muy viejo; en realidad, sus sobrinos son los directores de la institución.

—Bueno, cuando Rachel nos dijo eso, quise que Matthew retirara inmediatamente nuestro dinero, y él dijo que lo pensaría. Pero el señor Russell le aseguró ayer que el banco estaba bien.

Ana pasó un hermoso día en compañía del mundo exterior. Nunca olvidó aquel día; ¡fue tan dorado y hermoso, tan despojado de sombras! Ana pasó algunas de sus mejores horas en el manzanar; fue a la Burbuja de la Dríada, a Willowmere y al Valle de las Violetas; visitó la rectoría y tuvo una agradable charla con la señora Alian, y finalmente, al caer la tarde, acompañó a Matthew a buscar las vacas al prado, a través del Sendero de los Amantes. Los bosques estaban glorificados por el ocaso y el cálido esplendor que se colaba por los valles del oeste. Matthew caminaba lentamente con la cabeza inclinada; Ana, alta y erguida, adoptó su ágil paso al suyo.

—Hoy ha trabajado mucho, Matthew —dijo con reproche—. ¿Por qué no se toma las cosas con más calma?

—Bueno, no veo por qué no —dijo Matthew mientras abría el portón para dejar pasar las vacas—. Es que me vuelvo viejo y me olvido. Bueno, bueno; siempre he trabajado duro, y lo mejor será morir al pie del cañón.

—Si yo hubiera sido el muchacho que mandaron buscar —dijo Ana—, sería capaz de ayudarle de cien maneras. Sólo por eso me gustaría haberlo sido.

—Bueno, te prefiero a cien muchachos, Ana —dijo Matthew acariciándole la mano—. Imagínate, más que a cien muchachos. Bueno, creo que no fue un muchacho quien ganó la beca Avery, ¿no es así? Fue una niña, mi niña, mi niña de quien estoy orgulloso.

Y le sonrió con su tímida sonrisa mientras entraba al prado. Ana llevó el recuerdo de esa sonrisa cuando se fue a su cuarto aquella noche y se sentó durante largo rato frente a la ventana abierta, pensando en el pasado y soñando con el futuro. Fuera, La Reina de las Nieves estaba blanca a la luz de la luna y las ranas croaban en el pantano, tras «La Cuesta del Huerto». Ana siempre recordó la belleza plateada y pacífica y la fragante calma de aquella noche. Fue la última antes de que el dolor llegara a su vida, y nadie ha vuelto a ser igual cuando ha sentido sobre sí ese toque frío y santificante.

CAPÍTULO XXXVII

La muerte siega una vida

—¡Matthew! ¡Matthew! ¿Qué ocurre? ¿Estás enfermo?

Era Marilla quien hablaba, reflejando alarma en cada palabra. Ana atravesó el salón con las manos llenas de narcisos blancos —mucho tiempo pasó antes de que la muchacha pudiera volver a disfrutar con la vista o el perfume de los narcisos blancos—, a tiempo para escucharla y ver a Matthew de pie junto a la puerta del porche, con un periódico doblado en las manos y la cara gris con una mueca extraña. Ana dejó caer las flores y cruzó la cocina hacia él al mismo tiempo que Marilla. Ambas llegaron demasiado tarde; antes de que estuvieran a su lado, Matthew había caído sobre el umbral.

—Se ha desvanecido —dijo Marilla—. Ana, corre en busca de Martin. ¡Rápido! Está en el granero.

Martin, el mozo, que acababa de llegar del correo, salió al momento en busca del médico, deteniéndose en «La Cuesta del Huerto» para enviar al señor Barry y a su esposa. La señora Lynde, que estaba de visita, también fue. Encontraron a Ana y Marilla tratando de volver a Matthew a la conciencia.

La señora Lynde las apartó suavemente, le tomó el pulso y le puso el oído sobre el corazón. Las miró a la cara con triste expresión y lágrimas en los ojos.

—Oh, Marilla —dijo gravemente—, no creo... que podamos hacer nada por él.

—Señora Lynde, ¿no pensará...? No puede pensar que Matthew esté... esté... —Ana no pudo decir la horrible palabra; palideció.

—Me temo que sí. Mira su cara. Cuando hayas visto ese gesto tan a menudo como yo, sabrás qué significa.

Ana miró la quieta cara y contempló el sello de la Gran Presencia.

Cuando llegó el médico, declaró que la muerte había sido instantánea y probablemente indolora, causada con toda probabilidad por una gran impresión. El secreto de ésta fue descubierto en el periódico que Matthew tenía y que Martin trajera aquella mañana del correo. Traía la noticia de la quiebra del Banco Abbey.

La noticia se esparció con rapidez por Avonlea, y durante todo el día amigos y vecinos llegaron a «Tejas Verdes», entrando y saliendo en visitas de afecto para el muerto y los vivos. Por vez primera, el tímido y callado Matthew Cuthbert era una persona de gran importancia; la blanca majestad de la muerte había caído sobre él y le había apartado de los demás.

Cuando la noche calma cayó suavemente sobre «Tejas Verdes», la vieja casa quedó quieta y tranquila. En la sala yacía Matthew Cuthbert en su ataúd, con su largo cabello gris encuadrándole la plácida cara, donde tenía una pequeña sonrisa, como si durmiera, con sueños placenteros. Había flores rodeándole, dulces flores antiguas que plantara su madre en el jardín familiar en sus días de recién casada y por las cuales sintiera Matthew un amor secreto y callado. Ana las había recogido y se las había traído, con los ojos angustiados y sin lágrimas. Era lo último que podía hacer por él.

Los Barry y la señora Lynde las acompañaron aquella noche. Diana fue a la buhardilla, donde estaba Ana junto a la ventana y le dijo: —Querida Ana, ¿quieres que me quede esta noche a dormir contigo?

—Gracias, Diana —Ana miró cariñosamente a su amiga—. Creo que no lo tomarás a mal si te digo que quiero estar sola. No tengo miedo. No he estado sola un minuto desde que ocurriera y quiero estarlo. Quiero estar sola y en silencio para hacerme a la idea. No puedo hacerme a la idea. La mitad del tiempo me parece que Matthew no puede estar muerto y la otra mitad me parece que lo ha estado desde largo tiempo atrás y que he tenido este horrible dolor desde entonces.

Diana no comprendió del todo. Podía entender mejor la pena vehemente de Marilla, que rompía todos los límites de su reserva natural y sus costumbres de toda la vida con sus sollozos, que la agonía sin lágrimas de Ana. Pero se retiró amablemente, dejando a Ana sola con su dolor.

Ana tenía la esperanza de que las lágrimas llegarían al quedarse sola. Le parecía terrible no poder llorar por Matthew, a quien había querido tanto, y que había sido tan bueno; Matthew, que la tarde anterior había paseado con ella y que ahora yacía en el oscuro cuarto de abajo con esa terrible paz en el rostro. Pero las lágrimas no llegaban, ni aun cuando se arrodilló junto a la ventana y rezó, mirando a las estrellas más allá de las colinas; no llegaban; sólo un horrible y sordo dolor continuo golpeándola hasta que se durmió, rendida por la pena y la excitación del día.

En medio de la noche despertó, rodeada de silencio y oscuridad, y el recuerdo del día se presentó ante sus ojos como una ola de amargura. Podía ver el rostro de Matthew sonriéndole como le había sonreído cuando se despidiera en la puerta la noche anterior; podía escuchar su voz diciendo: «Mi niña, mi niña, de quien estoy orgulloso». Entonces las lágrimas llegaron y Ana lloró de todo corazón. Marilla la oyó y fue a consolarla.

—Bueno, bueno, no llores así, cariño. Eso no lo traerá de vuelta. No… no… no es bueno llorar así. Yo lo sabía hoy, pero no podía evitarlo. ¡Ha sido siempre un hermano tan bueno!… Pero Dios sabe lo que hace.

—Oh, déjeme llorar, Marilla —gimió Ana—. Las lágrimas no me hieren tanto como el dolor de hoy. Quédese un ratito conmigo y abráceme, así. No pude dejar quedarse a Diana; es buena y dulce; pero ésta no es su pena, está fuera de ella y no puede acercarse lo suficiente a mi corazón como para ayudarme. ¡Es nuestra pena, suya y mía! Oh, Marilla, ¿qué haremos sin él?

—Nos tenemos la una a la otra, Ana. No sé qué haría si tú no estuvieras aquí, si nunca hubieras venido. Oh, Ana, sé que he sido algo estricta y quizá dura contigo, pero por eso no debes pensar que no te quiero tanto como te quería Matthew. Quiero decírtelo ahora, que puedo hacerlo. Nunca he tenido facilidad para expresar lo que sentía mi corazón, pero en momentos como éste es más fácil. Te quiero tan profundamente como si fueras sangre de mi sangre y has sido mi alegría y consuelo desde que llegaste a «Tejas Verdes».

Dos días después Matthew Cuthbert fue llevado lejos de los campos que había labrado, los huertos que amara y los árboles que plantara, y entonces Avonlea retornó a su usual placidez y hasta la rutina de «Tejas Verdes» volvió a su cauce normal. El trabajo fue hecho y las obligaciones cumplidas con la misma regularidad de antes, aunque siempre con el doloroso sentimiento de «pérdida en todas las cosas familiares». Ana, nueva ante el dolor, pensó tristemente cómo podían continuar las cosas como antes sin Matthew. Sentía una especie de vergüenza y remordimiento cuando descubrió que los amaneceres detrás de los abetos y los pálidos capullos rosados abriéndose en el jardín le hacían sentir la misma alegría cuando los veía; que le agradaban las visitas de Diana y que las bromas y palabras de ésta la hacían reír; que, en resumen, el hermoso mundo de flores, de amor y amistad no había perdido ninguno de los poderes que nutrían su fantasía y hacían estremecer su corazón, que la vida la reclamaba aún con insistentes voces.

—De cualquier modo, me parece una deslealtad para con Matthew el encontrar placer en esas cosas ahora que él se ha ido —le dijo tristemente a la señora Alian una tarde que se hallaban juntas en el jardín de la misión—. Lo echo mucho de menos, todo el tiempo, y así y todo, señora Alian, el mundo y la vida me parecen hermosos e interesantes. Hoy Diana dijo algo gracioso y me encontré riendo. Cuando aquello ocurrió pensé que nunca podría volver a reír. Y me parece que no debería hacerlo.

—Cuando estaba Matthew, le agradaba oírte reír, y también le gustaba saber que hallabas placer en las cosas agradables que te rodeaban —dijo la señora Alian bondadosamente—. Ahora simplemente está ausente y eso le continúa gustando. Tengo la seguridad de que no debemos cerrar nuestros corazones a las sanas influencias que nos ofrece la naturaleza. Pero comprendo tus sentimientos. Creo que todos experimentamos lo mismo. Nos resistimos a la idea de que algo pueda alegrarnos cuando alguien a quien amamos ya no está para disfrutar con nosotros, y sentimos como si fuéramos infieles a nuestra pena cuando vemos que vuelve a nosotros el interés por la vida.

—Esta tarde bajé al cementerio a plantar un rosal en la tumba de Matthew —dijo Ana soñadoramente—. Corté un esqueje del rosal blanco que su madre trajo de Escocia hace mucho tiempo; eran las rosas que más le gustaban a Matthew. ¡Tan pequeñas y dulces con sus espinosos tallos! Me sentí alegre al poder plantar el rosal sobre su tumba, como si estuviera haciendo algo que le gustaba. Espero que tenga rosas así en el cielo. Quizá estén allí las almas de todas esas rositas que él amó durante tantos veranos. Debo irme a casa. Marilla está sola y se siente muy triste al anochecer.

—Me temo que estará más triste aun cuando tú te vayas al colegio —dijo la señora Alian.

Ana no respondió; se despidió y volvió lentamente a «Tejas Verdes». Marilla estaba sentada en los escalones de la puerta del frente, y Ana tomó asiento junto a ella. La puerta se encontraba abierta, mantenida por una gran concha marina cuyas suaves circunvoluciones internas recordaban el rosado de los atardeceres. Ana recogió unas madreselvas y se las puso en el cabello. Le gustaba la deliciosa fragancia que la envolvía como una bendición cada vez que se movía.

—Vino el doctor Spencer mientras tú no estabas —dijo Marilla—. Dijo que el especialista estará mañana en la ciudad e insistió en que debo ir a hacerme examinar los ojos. Creo que será mejor que lo haga. Le estaré más que agradecida si puede darme los anteojos que convengan a mis ojos. No te importaría quedarte sola, ¿verdad? Martin tendrá que llevarme y hay que planchar y hacer pan.

—Estaré bien. Diana vendrá a hacerme compañía. Me encargaré de planchar y de hornear; no tiene que preocuparse de que le almidone los pañuelos o sazone con linimento.

Marilla rió.

—Eras especial para meter la pata en aquellos tiempos, Ana. Siempre te estabas metiendo en camisa de once varas. Yo pensaba que estabas posesa. ¿Recuerdas cuando te teñiste el pelo?

—Ya lo creo. Nunca lo olvidaré —sonrió Ana, tocándose la pesada trenza, que estaba enrollada alrededor de su bien formada cabeza—. A veces todavía me río un poco cuando recuerdo lo que me preocupaba mi cabello. Pero no me río mucho, porque era verdaderamente una gran preocupación. Sufrí terriblemente por mi cabello y mis pecas. Éstas, realmente, han desaparecido, y la gente es lo suficientemente amable como para decirme que ahora mi cabello es castaño rojizo; todos menos Josie Pye. Ayer me dijo que sinceramente cree que está más rojo que nunca, o que por lo menos mi vestido negro hace que lo parezca. Y me preguntó si las personas que tienen cabello rojo alguna vez se acostumbran a él. Marilla, casi me he decidido a renunciar a mis intentos para hacer que me guste Josie Pye. He hecho lo que llamaría un esfuerzo heroico para lograrlo, pero Josie no quiere ser agradable.

—Josie es una Pye —exclamó Marilla secamente—, de manera que no puede evitar ser desagradable. Supongo que la gente de esa clase servirá para algo, pero debo admitir que sé tanto de ello como de la utilidad del cardo. ¿Se dedicará Josie a la enseñanza?

—No, regresará a la Academia el año próximo. Y también lo harán Moody Spurgeon y Charlie Sloane. Jane y Ruby van a enseñar, y ambas han conseguido colegios; Jane en Newbridge, y Ruby en un lugar del oeste.

—Gilbert Blythe también lo hará, ¿no es cierto?

—Sí —respondió Ana brevemente.

—¡Qué chico tan guapo! —dijo Marilla abstraídamente—. Lo vi en la iglesia el domingo pasado y parece tan alto y varonil. Se parece muchísimo a su padre cuando tenía su edad. John Blythe era un muchacho muy atractivo. Éramos muy buenos amigos, él y yo. La gente decía que era mi pretendiente.

Ana la miró con repentino interés.

—Oh, Marilla... ¿Y qué pasó...? ¿Por qué no...?

—Tuvimos una disputa. No lo perdoné cuando me lo rogó. Tenía intención de hacerlo, después de un tiempo; pero estaba malhumorada y enfadada y quería castigarlo primero. Él nunca regresó; los Blythe son muy orgullosos. Pero siempre me sentí... algo triste. Pensaba que me hubiera gustado haberle perdonado cuando tuve la oportunidad de hacerlo.

—De manera que también ha habido algo de romance en su vida —dijo Ana suavemente.

—Sí, supongo que puedes llamarlo así. No lo hubieras pensado al verme, ¿no es cierto? Pero nunca debes comentarlo con gentes de fuera. Todos han olvidado lo que hubo entre John y yo. Y yo también. Pero lo recordé cuando vi a Gilbert el domingo pasado.

CAPÍTULO XXXVIII
El recodo del camino

Marilla fue a la ciudad al día siguiente, regresando al atardecer. Ana había ido a «La Cuesta del Huerto» y regresó para encontrar a Marilla en la cocina, sentada frente a la mesa, con la cabeza apoyada en la mano. Nunca había visto a Marilla tan quieta.

—¿Está muy cansada, Marilla?

—Sí… no…, no lo sé —dijo Marilla lentamente, alzando la vista—. Supongo que estoy cansada, pero no había pensado en ello. No es ésa la razón.

—¿Vio usted al oculista? ¿Qué le dijo?

—Sí, le vi. Me examinó los ojos. Dice que si abandono por entero la lectura y la costura y cualquier otra clase de trabajo que canse los ojos, si tengo cuidado de no llorar y si llevo los lentes que me ha recetado, cree que mis ojos no empeorarán y se me curarán los dolores de cabeza. En caso contrario, dice que estaré completamente ciega en seis meses. ¡Ciega! ¡Ana, piensa en ello!

Ana quedó silenciosa. Le parecía que no podía pronunciar palabra. Entonces dijo valientemente, no sin un temblor en la voz.

—Marilla, no piense en eso. Le han dado esperanza. Si tiene cuidado, no perderá la vista por completo; y es muy posible que los lentes le curen los dolores de cabeza.

—No me parece que haya muchas esperanzas —dijo Marilla amargamente—. ¿Para qué viviré si no puedo ni leer, ni coser, ni hacer cosas por el estilo? Mejor sería estar ciega… o muerta. En lo que se refiere a llorar, no puedo evitarlo cuando me siento sola. Pero no se gana nada con hablar de ello. Te agradecería que me preparases una taza de té. Estoy exhausta. No digas nada a nadie sobre esto por un tiempo. No podría resistir que los amigos vinieran a hacer preguntas, a apiadarse de mí y a charlar sobre ello.

Cuando Marilla hubo cenado, Ana la convenció de que se acostara. Entonces se trasladó a la buhardilla y se sentó junto a la ventana, sola con sus lágrimas y su tristeza en el corazón. ¡Cuánto habían cambiado las cosas desde que se sentara allí la noche siguiente a su regreso! Entonces se sentía llena de esperanzas y alegría y el futuro parecía prometedor. Ana tenía la sensación de que habían pasado varios años desde entonces, pero antes de que se acostara, en sus labios tenía una sonrisa y en su corazón, paz. Había mirado valerosamente a la cara a su deber y lo encontró amigable, como siempre se encuentra cuando lo enfrentamos francamente.

Una tarde, pocos días después, Marilla volvió lentamente del prado, donde había estado hablando con un visitante; un hombre a quien Ana conocía de vista como John Sadler, de Carmody. Ana caviló qué habrían hablado para que Marilla trajera esa expresión.

—¿Qué quería el señor Sadler, Marilla?

Marilla se sentó junto a la ventana y miró a Ana. A pesar de la prohibición, había lágrimas en sus ojos y dijo a Ana con voz quebrada: —Supo que quería vender «Tejas Verdes» y quiere comprarla.

—¡Comprarla! ¿Comprar «Tejas Verdes»? —Ana pensó que había oído mal—. Oh, Marilla, ¿no pensará vender «Tejas Verdes»?

—Ana, no sé qué otra cosa puede hacerse. Lo he pensado mucho. Si mis ojos estuvieran fuertes, podría quedarme y administrarla con un buen empleado. Pero como estoy, no puedo. Quizá pierda la vista del todo y quede inútil para administrarla. Oh, nunca pensé que vería el día en que tendría que vender mi casa. Pero las cosas irán de mal en peor, hasta que llegará el momento en que nadie querrá comprarla. La quiebra del banco se llevó todo nuestro dinero y deben pagarse algunos pagarés que firmó Matthew el otoño pasado. La señora Lynde me aconseja que venda la granja y me hospede en cualquier parte; supongo que con ella. No se obtendrá mucho; es pequeña y los edificios viejos. Pero será suficiente como para vivir. Me alegro de que poseas esa beca, Ana. Lamento que no tengas un hogar donde pasar las vacaciones, pero supongo que te arreglarás.

Marilla cedió y se echó a llorar amargamente.

—No debe vender «Tejas Verdes» —dijo Ana resueltamente.

—Oh, Ana, quisiera no tener que hacerlo. Pero tú misma puedes verlo. No puedo quedarme aquí sola. Enloquecería de dolor y soledad. Y mi vista desaparecería; lo sé.

—No tendrá que quedarse aquí sola, Marilla. Yo estaré con usted. No voy a Redmond.

—¡Que no vas a Redmond! —Marilla alzó su arrugada cara de entre sus manos y contempló a Ana—. ¿Qué quieres decir?

—Lo que oye. No voy a aceptar la beca. Lo decidí la noche después de que usted regresó de la ciudad. Seguramente que no irá a pensar que la dejaré sola en su dolor, Marilla, después de todo cuanto ha hecho por mí. He estado pensando y trazando planes. Déjeme que le cuente mis proyectos. El señor Barry quiere arrendarnos la granja el año próximo, de manera que no tendrá que preocuparse por ese lado. Yo enseñaré. He solicitado el colegio local, pero no sé si lo obtendré, pues tengo entendido que los síndicos se lo han prometido a Gilbert Blythe. Pero puedo tener la escuela de Carmody. El señor Blair me lo dijo anoche. Desde luego, no será tan conveniente como enseñar en Avonlea. Pero me puedo quedar a vivir aquí y desplazarme todos los días hasta Carmody, por lo menos durante el buen tiempo. Hasta en invierno puedo venir a casa los viernes. Guardaremos un caballo para eso. Oh, lo tengo todo planeado, Marilla. Y le leeré y la mantendré alegre. No se sentirá ni triste ni sola. Y seremos felices juntas, usted y yo.

Marilla había escuchado como en sueños.

—Oh, Ana, sé que me las podría arreglar muy bien si tú estuvieras aquí, pero no puedo dejar que te sacrifiques por mí. Sería terrible.

—¡Tonterías! —Ana rió alegremente—. No hay sacrificio. Nada sería peor que dejar «Tejas Verdes»; nada podría herirme más. Debemos guardar este viejo y querido lugar. Ya estoy decidida, Marilla. No voy a Redmond y sí voy a quedarme aquí a enseñar. No se preocupe lo más mínimo por mí.

—Pero tus ambiciones y...

—Tengo tantas ambiciones como siempre. Lo único que ha cambiado es el objeto de ellas. Seré una buena maestra y salvaré su vista. Además, tengo pensado estudiar en casa y tomar un pequeño curso. Oh, tengo docenas de planes, Marilla. Los he estado pensando durante una semana. Daré lo mejor de mi vida y la vida me devolverá lo mejor de ella. Cuando dejé la Academia, la vida parecía extenderse recta como un largo camino. Parecía perderse en el horizonte. Ahora hay un recodo en ese camino. No sé qué habrá tras él, pero creeré que será lo mejor. Esa curva posee cierta fascinación, Marilla. Pienso cómo será el camino tras ella. Lo que hay de verde gloria y de luz y sombra suave; qué nuevos paisajes; qué nuevas bellezas; qué curvas, colinas y valles se extienden más allá.

—No sé si debería dejarte abandonarla —dijo Marilla, refiriéndose a la beca.

—Pero si no puede evitarlo. Tengo dieciséis años y medio y «soy terca como una muía», como me dijo una vez la señora Lynde —dijo Ana—. Oh, Marilla, no me tenga lástima. No me gusta que se compadezca de mí y no hay necesidad de ello. El solo pensar en quedarme en «Tejas Verdes» me alegra el corazón. Nadie la querrá como usted y yo, de manera que debemos quedarnos en ella.

—Bendita muchacha —dijo Marilla cediendo—. Siento como si me hubieras inyectado una nueva vida. Sospecho que debería azotarte y mandarte a Redmond, pero sé que no puedo, de manera que no lo intentaré.

Cuando se corrió la voz en Avonlea de que Ana Shirley había abandonado la idea de aceptar la beca y tenía intenciones de permanecer allí y enseñar, se discutió bastante el asunto. La mayoría de la buena gente, que nada sabía sobre los ojos de Marilla, lo creyó una tontería. La señora Alian, no. Se lo dijo a Ana con tales palabras de aprobación que la hizo llorar. Tampoco lo consideró así la buena de la señora Lynde. Llegó un atardecer y encontró a Ana y Marilla sentadas en la puerta principal, disfrutando del cálido y perfumado crepúsculo. Les gustaba sentarse allí cuando caía el sol;

las mariposas blancas volaban por el jardín y el olor a menta llenaba el húmedo aire.

La señora Rachel depositó su sustancial persona sobre el poyo de piedra, tras el cual crecía una alta planta de rojas y amarillas malvas, con un largo respiro, mezcla de fatiga y alivio.

—Confieso que me alegro de sentarme. He estado de pie todo el día y cien kilos de peso son una buena carga para que un par de pies la lleven de un lado a otro. Es una bendición no ser gorda, Marilla. Espero que usted la aprecie. Bueno, Ana, he oído que has abandonado tu intención de seguir estudiando. Me alegra de veras saberlo. Tienes tanta educación como la que puede sufrir una mujer con comodidad. No creo en eso de las muchachas yendo a la escuela secundaria con los varones y atiborrándose la cabeza con griegos y latines y tonterías por el estilo.

—Pero si voy a estudiar griego y latín, señora Lynde —dijo Ana riendo—. Seguiré el curso en «Tejas Verdes» y estudiaré las mismas cosas que en el colegio secundario.

La señora Lynde alzó sus manos en sagrado terror.

—Ana Shirley, te matarás.

—No. Tendré éxito. No voy a excederme. Tengo muchísimo tiempo libre durante las largas noches de invierno y no tengo ningunas ganas de hacer el tonto. Enseñaré en Carmody, ¿sabe?

—No lo sé. Sospecho que enseñarás en Avonlea. Los síndicos han decidido darte el colegio.

—¡Señora Lynde! —gritó Ana, saltando sobre sus pies de la sorpresa—. Pero si yo creía que se lo habían prometido a Gilbert Blythe.

—Así fue. Pero tan pronto Gilbert supo que tú lo habías solicitado, fue a verlos; sabrás que anoche tenían una reunión en el colegio, y les dijo que retiraba su solicitud y sugería que aceptaran la tuya. Dijo que enseñaría en White Sands. Estoy segura de que dejó el colegio para beneficiarte, porque sabía cuánto querías quedarte con Marilla, y debo decir que fue muy bueno y sensato de su parte, eso es. Es un verdadero sacrificio, también, pues tendrá que pagarse el alojamiento en White Sands y todo el mundo sabe que deberá ganarse el pago de sus estudios. De manera que los síndicos decidieron emplearte a ti. Me alegré muchísimo cuando Thomas vino a decírmelo.

—No creo que deba aceptarlo —murmuró Ana—. Quiero decir, no pienso que debería dejar que Gilbert haga tal sacrificio por... por mí.

—Sospecho que ya no puedes evitarlo. Ha firmado con los síndicos de White Sands. De manera que de nada serviría que ahora te negaras. Desde luego que te harás cargo del colegio. Te irá muy bien, ahora que ya no quedan Pye. Josie fue la última, lo cual es una suerte. Durante los últimos veinte años ha habido algún Pye en el colegio y sospecho que su misión en la vida era recordar a los maestros que la tierra no era su mundo. ¿Qué quieren decir esas luces en la buhardilla de los Barry?

—Diana me hace señas de que vaya —dijo Ana—. Ya sabe que seguimos la vieja costumbre. Perdóneme si voy a ver qué desea.

Ana descendió como un ciervo por la cuesta de los tréboles y desapareció entre las sombras del Bosque Embrujado. La señora Lynde la contempló indulgente.

—Todavía tiene mucho de niña.

—Pero también hay mucho de mujer —respondió Marilla, con un momentáneo retorno a su vieja hosquedad.

Pero la hosquedad ya no era el carácter distintivo de Marilla. La señora Lynde le dijo a Thomas esa noche: —Marilla Cuthbert se ha vuelto melosa. Eso es.

Ana fue la tarde siguiente al pequeño cementerio de Avonlea, a poner flores frescas en la tumba de Matthew y regar la rosa de Escocia. Se quedó allí hasta el anochecer, gozando de la paz y tranquilidad del lugar; el murmullo de los álamos era cual una suave y gentil conversación con la hierba que crecía libremente entre las tumbas. Cuando partió por fin y bajó la larga colina que moría en el Lago de las Aguas Refulgentes, ya hacía tiempo que había caído el sol y toda Avonlea estaba ante ella, iluminada por la mortecina luz, «el fantasma de una antigua paz». En el aire había una frescura como si el viento hubiera soplado sobre los dulces campos de tréboles. Las luces de las casas parpadeaban aquí y allá entre los árboles. A lo lejos estaba el mar, brumo-so y púrpura, con su murmullo incesante y embrujador. El occidente era una gloria de suaves tonos y la laguna los reflejaba en todas sus gamas. La belleza hizo estremecer el corazón de Ana y, agradecida, le abrió las puertas de su alma.

—Mi mundo querido —murmuró—, eres muy hermoso y me alegra vivir en ti.

A mitad del camino en la colina, un muchacho alto salió silbando de la puerta de la casa de los Blythe. Era Gilbert, y el silbido murió en sus labios cuando reconoció a Ana. Se quitó cortésmente la gorra, pero hubiera cruzado en silencio si Ana no se hubiera detenido, alargándole la mano.

—Gilbert —dijo, con las mejillas rojas—, quiero agradecerle que me cediera el colegio. Ha sido un gran detalle de su parte y quiero que sepa cuánto lo agradezco.

Gilbert tomó ansiosamente la mano que le ofrecían.

—No fue nada particularmente bueno de mi parte, Ana. Me gustó prestar algún pequeño servicio. ¿Vamos a ser amigos después de esto? ¿Me has perdonado de verdad mi vieja culpa?

Ana rió y trató sin éxito de retirar su mano.

—Ya te perdoné aquel día en el embarcadero. Fui una estúpida cabezota. Desde entonces, debo confesarte, lo he sentido terriblemente.

—Seremos los mejores amigos —dijo Gilbert jubilosamente—. Hemos nacido para serlo, Ana. Has burlado al destino mucho tiempo. Sé que nos podemos ayudar uno a otro de muchas maneras. Tú vas a continuar estudiando, ¿no es así? Yo también. Vamos, te acompañaré a casa.

Marilla miró curiosamente a Ana cuando ésta entró en la cocina.

—¿Quién venía contigo por el sendero, Ana?

—Gilbert Blythe —respondió Ana, avergonzada de encontrarse sonrojada—. Lo encontré en la colina de los Barry.

—No creí que tú y Gilbert fuerais tan buenos amigos como para estar charlando media hora en la puerta —dijo Marilla con una seca sonrisa.

—No lo éramos; fuimos buenos enemigos. Pero hemos decidido que será más sensato ser buenos amigos en el futuro. ¿Estuvimos de verdad media hora? Parecieron unos pocos minutos. Es que tenemos cinco años de silencio que vencer.

Ana se sentó junto a su ventana acompañada de un alegre sentimiento. El viento soplaba suavemente entre las cerezas y llegaba el olor de la menta. Las estrellas titilaban sobre los pinos del valle y la luz de Diana brillaba en la distancia.

El horizonte de Ana se había cerrado desde la noche en que se sentó allí a su regreso de la Academia; pero si la senda ante sus pies había de ser estrecha, sabía que las flores de la tranquila felicidad la bordearían. La alegría del trabajo sincero, de la aspiración digna y de la amistad sería suya; nada podía apartarla de su derecho a la fantasía o del mundo ideal de sus sueños. ¡Y siempre estaba el recodo del camino!

—«Gloria a Dios en las Alturas, y paz en la tierra a los hombres de buena voluntad» —murmuró suavemente Ana.

Made in the USA
Coppell, TX
10 October 2022

84392428R00168